JN128447

太宰治
誰も知らぬ

女性小説セレクション

Osamu Dazai Selection

井原あや 編

春陽堂書店

太宰治　女性小説セレクション　誰も知らぬ　【目次】

凡例

一、本書は、『太宰治全集』（筑摩書房、一九八九年〜一九九二年）を底本とした。この全集は、各作品の初出掲載誌・紙を底本としたものであり、本書のコンセプトである当時の読者が読んだ形に近い本文とするためである。

一、作品本文は原則として、底本のままとし、漢字は常用漢字に、仮名遣いは歴史的仮名遣いに統一した。

一、底本に付されているルビはそのまま生かした。

一、本文中には、今日の観点からみると差別的、不適切な表現もあるが、作品発表当時の時代的背景、作品自体の持つ文学性、また著者がすでに故人である事情を鑑み、底本の通り掲載した。

（編集部）

誰も知らぬ

太宰治　女性小説セレクション

雌に就いて

フキジー人は其最愛の妻すら、少しく嫌味を覚ゆれば忽ち殺して其肉を食ふと云ふ。又タスマニヤ人は其妻死する時は、其子までも共に埋めて平然たる姿なりと。濠洲の或る土人の如きは、其子の死するや、之を山野に運び、其脂をとりて釣魚の餌となすと云ふ。

その若草といふ雑誌に、老い疲れたる小説を発表するのは、いたづらに、奇を求めての仕業でもなければ、読者へ無関心であるといふことへの証明でもない。このやうな小説もまた若い読者たちによろこばれるのだと思つてゐるからである。私は、いまの世の中の若い読者たちが、案外に老人であることを知つてゐる。こんな小説くらゐ、なんの苦もなく受けいれて呉れるだらう。これは、希望を失つた人たちの読む小説である。——

ことしの二月二十六日には、東京で、青年の将校たちがことを起した。その日に私は、客人と長火鉢をはさんで話をしてゐた。事件のことは全く知らずに、女の寝巻に就いて、話をしてゐた。

「どうも、よく判らないのだがね。具体的に言つてみないか、リアリズムの筆法でね。女のことを語るときには、この筆法に限るやうだ。寝巻は、やはり、長襦袢かね？」

このやうな女がゐたなら、死なずにすむのだがといふやうな、お互ひの胸の奥底にひめたる、あこがれの人の影像をさぐり合つてゐたのである。客人は、二十七八歳の、弱い側妻《そばめ》を求めてゐた。向島の一隅の、しもたやの二階を借りて住まつてゐて、五歳のてなし児とふたりきりのくらしである。かれは、川開きの花火の夜、そこへ遊びに行き、その五歳の娘に絵をかいてやるのだ。まんまるいまるをかいて、それを真黄いろのクレオンでもつて、ていねいに塗りつぶし、満月だよ、と教へてやる。女は、幽かな水色の、タオルの寝巻を着て、藤の花模様の伊達巻をしめる。客人は、それを語つてから、こんどは、私の女を問ひただした。問はれるがままに、私も語つた。

「ちりめんは御免だ。不潔でもあるし、それに、だらしがなくていけない。僕たちは、どうも意気ではないのでねえ。」

「パジヤマかね？」

「いつそう御免だ。着ても着なくても、おなじぢやないか。上衣《うはぎ》だけなら漫画ものだ。」

「それでは、やはり、タオルの類かね？」

「いや、洗ひたての、男の浴衣《ゆかた》だ。荒い棒縞で、帯は、おなじ布地の細紐。柔道着のやうに、前結びだ。あの、宿屋の浴衣だな。あんなのがいいのだ。すこし、少年を感じさせるやうな、そんな女がいいのかしら。」

「わかつたよ。君は、疲れてゐる疲れてゐると言ひながら、ひどく派手なんだね。いちばん華やかな祭礼はお葬ひだといふのと同じやうな意味で、君は、ずいぶん好色なところをねらつてゐるのだよ。髪は？」

「日本髪は、いやだ。油くさくて、もてあます。かたちも、たいへんグロテスクだ。」

「それ見ろ。無雑作の洋髪なんかが、いいのだらう？　女優だね。むかしの帝劇専属の女優なんかがいいのだよ。」

「ちがふね。女優は、けちな名前を惜しがつてゐるから、いやだ。」

「茶化しちやいけない。まじめな話なんだよ。」

「さうさ。僕も遊戯だとは思つてゐない。愛することは、いのちがけだよ。甘いとは思はない。」

「どうも判らん。リアリズムで行かう。旅でもしてみるかね。さまざまに、女をうごかしてみると、案外はつきり判つて来るかもしれない。」

「ところが、あんまりうごかない人なのだ。ねむつてゐるやうな女だ。」

「君は、てれるからいけない。かうなつたら、厳粛に語るよりほかに方法がないのだ。まづ、その女に、君の好みの、宿屋の浴衣を着せてみようぢやないか。」

「それぢや、いつそのこと、東京駅からやつてみようか。」

「よし、よし。まづ、東京駅に落ち合ふ約束をする。」

「その前夜に、旅に出ようとそれだけ言ふと、ええ、とうなづく。午後の二時に東京駅で待つてゐるよ、と言ふと、また、ええとうなづく。それだけの約束だね。」

「待て、待て。それは、なんだい。女流作家かね？」

「いや、女流作家はだめだ。僕は女流作家には評判が悪いのだ、どうもねえ。少し生活に疲れた女画家。お金持の女の画かきがあるやうぢやないか。」

「同じことさ。」

「さうかね。それぢや、やつぱり芸者といふことになるかねえ。とにかく、男におどろかなくなつてゐる女ならいいわけだ。」

「その旅行の前にも関係があるのかね？」

「あるやうな、ないやうな。よしんば、あつたとしても、記憶が夢みたいに、おぼつかない。一年に、三度より多くは逢はない。」

「旅は、どこにするか。」

「東京から、二三時間で行けるところだね。山の温泉がいい。」

「あまりはしやぐなよ。女は、まだ東京駅にさへ来てゐない。」

「そのまへの日に、うそのやうな約束をして、まさかと思ひながら、それでもひよつとしたらといふやうな、たよりない気持で、東京駅へ行つてみる。来てゐない。それぢや、ひとりで旅行しようと思つて、それでも、最後の五分まで、待つてみる。」

「荷物は？」

「小型のトランクひとつ。二時にもう五分しかないといふ、危いところで、ふと、うしろを振りかへる。」

「女は笑ひながら立つてゐる。」

「いや、笑つてゐない。まじめな顔をしてゐる。おそくなりまして、と小声でわびる。」

「君のトランクを、だまつて受けとらうとする。」

「いや、要《い》らないのです、と明白にことわる。」

「青い切符かね？」

「一等か三等だ。まあ、三等だらうな。」

「汽車に乗る。」

「女を誘つて食堂車へはひる。テエブルの白布も、テエブルのうへの草花も、窓のそとの流れ去る風景も、不愉快ではない。僕はぼんやりビイルを呑む。」

「女にも一杯ビイルをすすめる。」

「いや、すすめない。女には、サイダアをすすめる。」

「夏かね？」

「秋だ。」

「ただ、さうしてぼんやりしてゐるのか？」

「ありがたうと言ふ。それは僕の耳にさへ大へん素直にひびく。ひとりで、ほろりとする。」

「宿屋へ着く。もう、夕方だね。」

「風呂へはひるところあたりから、そろそろ重大になつて来るね。」

「もちろん一緒には、はひらないね？　どうする？」

「一緒には、どうしてもはひれない。僕がさきだ。ひと風呂浴びて、部屋へ帰る。女は、どてらに着換へてゐる。」

「そのさきは、僕に言はせて呉れ。ちがつたら、ちがつた、と言つて呉れたまへ。およその見当は、ついてゐるつもりだ。君は部屋の縁側の籐椅子に腰をおろして、煙草をやる。煙草は、ふんぱつして、Camelだ。紅葉《もみぢ》の山に夕日があたつてゐる。しばらくして、女は風呂からあがつて来る。縁側の欄干に手拭を、かうひろげて掛けるね。それから、君のうしろにそつと立つて、君の眺めてゐるその同じものを従順《おとな》しく眺めてゐる。君が美しいと思つてゐるその気持をそのとほりに、汲んでゐる。ながくて五分間だね。」

「いや、一分でたくさんだ。五分間ぢや、それつきり沈んで死んでしまふ。」

「お膳が来るね。お酒がついてゐる。呑むかね？」

「待てよ。女は、東京駅で、おそくなりまして、と言つたきりで、それからあと、まだ何も言つてやしない。この辺で何か、もう一ことくらゐあつていいね。」

「いや、ここで下手なことを言ひだしたら、ぶちこはしだ。」

「さうかね。ぢやまあ、だまつて部屋へはひつて、お膳のまへに二人ならんで坐る。へんだな。」

「ちつともへんぢやない。君は、女中と何か話をしてゐれば、それで、いいぢやないか。」

「いや、さうぢやない。女が、その女中さんをかへしてしまふのだ。こちらでいたしますから、と低いがはつきり言ふのだ。不意に言ふのだ。」

「なるほどね。そんな女なのだね。」

「それから、男の児のやうな下手な手つきで、僕にお酌をする。すましてゐる。お銚子を左の手に持つたまま、かたはらの夕刊を畳のうへにひろげ、右の手を畳について、夕刊を読む。」

「夕刊には、加茂川の洪水の記事が出てゐる。」

「ちがふ。ここで時世の色を点綴させるのだね。動物園の火事がいい。百匹にちかいお猿が檻の中で焼け死んだ。」

「陰惨すぎる。やはり、明日の運勢の欄あたりを読むのが自然ぢやないか。」

「僕はお酒をやめて、ごはんにしよう、と言ふ。女とふたりで食事をする。たまご焼がついてゐる。わびしくてならぬ。急に思ひ出したやうに、箸を投げて、机にむかふ。トランクから原稿用紙を出して、それにくしやくしや書きはじめる。」

「なんの意味だね？」

「僕の弱さだ。かう、きざに気取らなければ、ひつこみがつかないのだ。業《ごふ》みたいなものだ。ひどく不気嫌になつてゐる。」

「じたばたして来たな。」

「書くものがない。いろは四十七文字を書く。なんどもなんども、繰りかへし繰りかへし書く。書きながら女に言ふ。いそぎの仕事を思ひ出した、忘れぬうちに片づけてしまひたいから、あなたは、その間に、まちを見物していらつしやい。しづかな、いいまちです。」

「いよいよぶちこはしだね。仕方がない。女は、はあ、と承諾する。着がへしてから部屋を出る。」

「僕は、ひつくりかへるやうにして寝ころぶ。きよろきよろあたりを見まはす。」

「夕刊の運勢欄を見る。一白水星、旅行見合せ、とある。」

「一本三銭のCamelをくゆらす。すこし豪華な、ありがたい気持になる。自分が可愛くなる。」

「女中がそつとはひつて来て、お床は？　といふことになる。」

「はね起きて、二つだよ、と快活に答へる。ふと、お酒を呑みたく思ふが、がまんをする。」

「そろそろ女のひとがかへつて来ていいころだね。」

「まだだ。やがて女中のゐなくなつたのを見すまして、僕は奇妙なことをはじめる。」

「逃げるのぢや、ないだらうね。」

「お金をしらべる。十円紙幣が三枚。小銭が二三円ある。」

「大丈夫だ。女がかへつたときには、また、贋の仕事をはじめてゐる。はやかつたかしら、と女がつぶやく。多少おどおどしてゐる。」

「答へない。仕事をつづけながら、僕にかまはずにおやすみなさい、と言ふ。すこし命令の口調だ。いろはにほへと、一字一字原稿用紙に書き記す。」

「女は、おさきに、とうしろで挨拶をする。」

「ちりぬるをわか、と書いて、ゑひもせす、と書く。それから、原稿用紙を破る。」

「いよいよ、気ちがひじみて来たね。」

「仕方がないよ。」

「まだ寝ないのか？」

「風呂場へ行く。」

「すこし寒くなつて来たからね。」

「それどころぢやない。軽い惑乱がはじまつてゐるのだ。お湯に一時間くらゐ、阿呆みたいにつかつてゐる。風呂から這ひ出るころには、ぼつとして、幽霊だ。部屋へ帰つて来ると、女は、もう寝てゐる。枕もとに行燈《あんどん》の電気スタンドがついてゐる。」

「女は、もう、ねむつてゐるのか？」

「ねむつてゐない。目を、はつきりと、あいてゐる。顔が蒼い。口をひきしめて、天井を見つめてゐる。僕は、ねむり薬を呑んで、床へはひる。」

「女の？」

「さうぢやない。――寝てから五分くらゐたつて、僕は、そつと起きる。いや、むつくり起きあがる。」

「涙ぐんでゐる。」

「いや、怒つてゐる。立つたままで、ちらと女のはうを見る。女は蒲団の中でからだをかたくする。僕はその様を見て、なんの不足もなくなつた。トランクから荷風の冷笑といふ本を取り出し、また床の中へはひる。女のはうへ背をむけたままで、一心不乱に本を読む。」

「荷風は、すこし、くさくないかね？」

「それぢや、バイブルだ。」

「気持は、判るのだがねえ。」

「いつそ、草双紙ふうのものがいいかな？」

「君、その本は重大だよ。ゆつくり考へてみようぢやないか。怪談の本なんかもいいのだがねえ。何かないかね。パンセは、ごつい し、春夫の詩集は、ちかすぎるし、何かありさうなものだがね。」

「――あるよ。僕のたつた一冊の創作集。」

「ひどく荒涼として来たね。」

「はしがきから読みはじめる。うろうろうろうろ読みふける。ただ、ひたすらに、われに救ひあれといふ気持だ。」

「女に亭主があるかね？」

「背中のはうで水の流れるやうな音がした。ぞつとした。かすかな音であつたけれども、背柱の焼けるやうな思ひがした。女が、しのんで寝返りを打つたのだ。」

「それで、どうした？」

「死なうと言つた。女も、――」

「よしたまへ。空想ぢやない。」

客人の推察は、あたつてゐた。そのあくる日の午後に情死を行つた。芸者でもない、画家でもない、私の家に奉公してゐたまづしき育ちの女なのだ。

女は寝返りを打つたばかりに殺された。私は死に損ねた。七年たつて、私は未だに生きてゐる。

喝　采

手招きを受けたる童子
いそいそと壇にのぼりつ

「書きたくないことだけを、しのんで書き、困難と思はれたる形式だけを、えらんで創り、デパートの紙包さげてぞろ〳〵路ゆく小市民のモラルの一切を否定し、十九歳の春、わが名は海賊の王、チヤイルド・ハロルド、清らなる一行の詩の作者、たそがれ、うなだれつゝ街をよぎれば、家々の門口より、ほの白き乙女の影、走り寄りて桃金孃《たうきんぢやう》の冠《かんむり》を捧ぐとか、真《しん》なるもの、美なるもの、兀鷹《はげたか》の怒、鳩の愛、四季を通じて五月の風、夕立ち、はれては青葉したゝり、いづかたよりぞレモンの香、やさしき人のみ住むといふ、太陽の国、果樹の国、あこがれ求めて、梶は釘づけ、ただまつしぐらの冒険旅行、わが身は、船長にして一等旅客、同時に老練の司厨長、嵐よ来い。竜巻よ来い。弓矢、来い。氷山、来い。渦まく淵を恐れず、暗礁おそれず、誰《たれ》ひとり知らぬ朝、出帆、さらば、ふるさと、わかれの言葉、いひも終らずたちまち坐礁、不吉きはまる門出であつた。新調のその船の名は、細胞文藝、井伏鱒二、林房雄、久野豊彦、崎山兄弟、舟橋聖一、藤田郁義、井上幸次郎、その他数氏、未《ま》だほとんど無名にして、それぞれ、辻馬車、鷲の巣、十字街、青空、驢馬、等々の同人雑誌の選手なりしを手紙で頼んで、小説の原稿もらひ、地方に於ては堂々の文芸雑誌、表紙三度刷、百頁近きもの、六百部刷つて創刊号、三十部くらゐ売れたであらうか。もすこし売りたく、二号には吉屋信子の原稿もらつて、私、末代までの恥辱、逢ふ人、逢ふ人に笑はれるなどの挿話まで残して、三号出し、損害かれこれ五百円、それでも三号雑誌と言はれたくなくて、ただそれだけの理由でもつて、むりやり四号印刷して、そのときの編輯後記、『今迄で、三回出したけれど、何時だつて得意な気持で出した覚えがないのである。罵倒号など、僕の死ぬ迄、思ひ出させては赤面させる代物らしいのである。どんな雑誌の編輯後記を見ても、大した気焔なのが、羨ましいとも感じて居る。僕は恥辱を忍んで言ふのだけれど、なんの為に雑誌を作るのか実は判らぬのである。単なる売名的のものではなからうか。それなら止した方がいゝのではあるまいか。いつも僕はつらい思ひをしてゐる。こんなものを、——そんな感じがして閉口して居る。殆ど自分一人で何から何迄、やつて来たのだが、それだけ余計に僕は此の雑誌にこだはつて居る。此の雑誌を出してからは、僕は自分の所謂素質といふものに、とても不安を感じて来た。他人《ひと》の悪口も言へなくなつたし……。こんな意気地のない狡猾な奴になつたのが、やたらに淋しく思はれもするのだ。事毎にいゝ子に成りたがるから、いけないのだ。編輯上にも色々変つた計画があつたのだが、気おくれがして一つもやれなかつた。心にも無い、こんなぢみなものにして了《しま》つた。自分の小才を押へて仕事をするのは苦しいもんであると僕は思ふ。事実とても苦しかつた。』先夜ひそかに如上の文章を読みかへしてみて、おのが思念の風貌、十春秋、ほとんど変つてゐないことを知るに及んで呆然たり、いや、いや、十春秋一日の如く変らぬわが眉間の沈痛の色に、今更ながらうんざりしたのである。わが名は安易の敵、有頂天の小姑、あした死ぬる生命《いのち》、お金ある宵はすなはち富者万燈の祭礼、一朝めざむれば、大井の板、わが家のそれに非《あら》ず、あやしげの青い壁紙に大、小、星のかたちの銀紙ちらしたる三円天国、死んで死に切れぬ傷のいたみ、わが友、中村地平、かくのごとき朝、ラヂオ体操の音楽を聞き、声を放つて泣いたさうな。シンデレラ姫の物語を考へついた人は、よつぽど、お話にもなにもならないほど、不仕合せな人なのだ、マツチ売の娘の物語を考へついた人もまた、煙草のみたいが叶はず、マツチ点火しては、焔をみつめ、ほそぼそ青い焔の尾をひいて消える、また点火、涙でぼやけてマツチの火、あるいは金殿玉楼くらゐに見えたかも知れない。年一年と、くらしが苦しく、わが絶望の書も、どうにも気はづかしく、夜半の友、モラルの否定も、いまは金縁看板の習性の如くにさへ見え、言ひたくなき内容、困難の形式、十春秋、それをのみ繰りかへし繰りかへし、いまでは、どうやら、この露地が住み良く、たそがれの頃、翼を得て、こゝかしこを意味なく飛翔する、わが身は蝙蝠、あゝ、いやらしき毛の生えた鳥、歯のある蛾、生きた蛙を食ふといふ、このごろこれら魔性怪性のものを憎むこととしきり、これらこそ安易の夢、無智の快楽、十年まへ、太陽の国、果樹の国をあこがれ求めて船出した十九の春の心にかへり、あたゝかき真昼、さくらの花の吹雪を求め、泥の海、蝙蝠の巣、船橋とやらの漁師まちより鬚も剃らずに出て来た男、ゆるし給へ。」

瘦軀《そうく》、一本の孟宗竹、蓬髪《ほうはつ》、ぼうぼうの鬚、血の気なき、白紙に似たる頬、糸よりも細き十指、さら〳〵、竹の騒ぐが如き音たてて立ち、あはれや、その声、老鴉《らうあ》の如くに嗄《しやが》れてゐた。

「紳士、ならびに、淑女諸君。私もまた、幸福クラブの誕生を、最もよろこぶ者のひとりでございます。わが名は、狭き門の番卒、困難の王、安楽のくらしをして居るときこそ、窓のそと、荒天の下の不仕合せをのみ見つめ、わが頬は、涙に濡れ、ほの暗きランプの灯《ひ》にて、ひとり哀しき絶望の詩をつくり、おのれ苦しく、命のほどさへ危き夜には、薄き化粧、ズボンにプレス、頬には一筋、微笑の皺、夕立ちはれて柳の糸しづかに垂れたる下の、折目正しき軽装のひと、これが、この世の不幸の者、今宵死ぬる命か、しかも、かれ、友を訪れて語るは、これ生のよろこび、青春の歌、間抜けの友は調子に乗り、レコオド持ち出し、こは乾杯の歌、勝利の歌、歌へ歌はむ、など騒々しきを、夜も更けたり、またの日にこそ、と約した、またの日、あゝ、香煙濛々の底、仏間の奥隅、屛風の陰、白き四角の布切れの下、鼻孔には綿、いやはや、これは失礼いたしました。幸福クラブ誕生の日に、かゝる不吉の物語、いや、あやまります、あやまります。さて、この暗黒の時に当り、毎月いちど、このご結構のサロンに集ひ、一人一題、世にも幸福の物語を囁き交はさむとの御趣旨、ちかごろ聞かぬ御卓見、私たのまれもせぬに御一同に代り、あらためて主催者側へお礼を申し、合せてこの会、以後休みなくひらかれますやう一心に希望して居ることを言ひ添へ、それでは、私、御指命を拝し、今宵、第一番の語り手たる光栄を得させていただきます。（少し前置きが長すぎたぞ！ など、二、三、無遠慮の掛声あり。）私、ただいま、年に二つ、三つ、それも雑誌社のお許しを得て、一篇、十分くらゐの時間があれば、たいてい読み切れるやうな、さうして、読後十分くらゐで、きれいさつぱり忘れられてしまふやうな、たいへんあつさりした短篇小説、二つ、三つ、書かせていただき、年収、六十円、（まさか！ など、失笑の声あり、満場ざわめく。）ひと月平均いくらになりませうか、（除名せよ！ と声高に叫ぶ青年あり。）お待ち下さい。すこし言ひすぎました。おゆるし下さい。たいへんの失言でございました。取消させていただきます。幸福クラブ、誕生の第一の夕、しかも最初の話手が陰惨酷烈、たうてい正視できぬある種の生活断面を、ちらとでもお目にかけたとあつては、重大の問題、ゆゝしき責任を感じます。（点燈。）ありがたいことには、神様、今いちどだけ、私をおゆるし下さいました。たそがれ、部屋の四隅のくらがりに何やら蠢めき人の心も、死にたくなるころ、ぱつと灯がついて、もの皆がいき〳〵と、背戸の小川に放たれた金魚の如く、よみがへるから不思議です。このシヤンデリヤ、おそらく御当家の女中さんが、廊下で、スヰツチをひねつた結果、さつと光の洪水、私の失言も何も一切合切ひつくるめて押し流し、まるで異つた国の樹陰でぽかつと眼をさましたやうな思ひで居られるこの機を逃さず、素知らぬ顔して話題をかへ、ひそかに冷汗拭うて思ふことには、あゝ、かのドアの陰いまだ相見ぬ当家のお女中さんこそ、わが命の親、（どつと哄笑。）この笑ひの波も灯のおかげ、どうやら順風の様子、一路平安を念じつつ綱を切つてする〳〵出帆、題は、作家の友情について。（全く自信を取りかへしたもの丶如く、卓上、山と積まれたる水菓子、バナナ一本を取りあげるより早く頬ばり、ハンケチ出して指先を拭ひ口を拭ひ一瞬苦悶、はつと気を取り直したる態にて。）私は、このバナナを食ふたびごとに思ひ出す。三年まへ、私は中村地平といふ少し気のきいた男と、のべつまくなしに議論してゐて半年ほどをむだに費やしたことがございます。そのころ、かれは、二、三の創作を発表し、地平さん、地平さん、と呼ばれて、大いに仕合せであつた。地平も、そのころ、おのれを仕合せとは思はず、何かと心労多かつたことであつたやうだが、それより、三年たつて、今日、精も根も使ひはたして、洋服の中に腐りかけた泥がいつぱいだぶ〳〵たまつて、あゝ、夕立よ、ざつと降れ、銀座のまんなかであらうと、二重橋ちかきお広場であらうと、ごめん蒙つて素裸になり、石鹼ぬたくつて夕立ちにこの身を洗はせたくてたまらぬ思ひに焦がれつゝ、会社への忠義のため、炎天の下の一匹の蟻、わが足は蠅取飴の地獄に落ちたが如くに、――いや、またしても除名の危機、おゆるし下さい、つまり、友人、中村地平が、そのやうな、けふの日、ふと三年まへのことを思つて、あゝ、あのころはよかつたな、とゐても立つても居られぬほどの貴き苦悶を、万々むりのおねがひなれども、できるだけ軽く諸君の念頭に置いてもらつて、さうして、その地獄の日々《にちにち》より三年まへ、顔あはすより早く罵詈雑言、はじめは、しかつめらしくプウシキンの怪談趣味について、ドオデエの通俗性について、さらに一転、斎藤実と岡田啓介に就いて人物月旦、再転しては、バナナは美味なりや、否や、三転しては、一女流作家の身の上について、さらに逆転、お互ひの身なり風俗、殺したき憎しみもて左右にわかれて、あくる日は又、早朝より、めしを五杯たべて見苦しい、いや、さういふ君の上品ぶりの古陋頑迷、それから各々ひらき直つて、いつたい君の小説、――云云と、おたがひ腹の底のどこかしらで、ゆるせぬ反撥、しのびがたき敵意、あの小説は、なんだい、とてんから認めてゐなかつたのだから、うまく折合ふ道理はなし、或日、地平は、かれの家の裏庭に、かねて栽培のトマト、ことのほか赤く粒も大なるもの二十個あまり、風呂敷に包めるを、わが玄関の式台に、どさんと投げつけるが如くに置いて、風呂敷かへしたまへ、ほかの家へ持つて行く途中なのだが、重くていやだから、こゝへ置いて行く、トマト、いやだらう、風呂敷かへせ、とてれくさがつて不機嫌になり、面伏せたまゝ、私の二階の部屋へ、どん〳〵足音たかくあがつていつて、私も、すこしむつとなり、階段のぼる彼のうしろ姿に、ほかへ持つて行くものを、こゝへ置かずともいゝ、僕はトマト、好きぢやないんだ、こんなトマトなぞにうつつを抜かしてゐやがるから、ろくな小説もできない、など有り合せの悪口を二つ三つ浴びせてやつたが、地平おのれのぶざまに、身も世もなきほど恥ぢらひ、その日は、将棋をしても、指角力しても、すこぶるまごつき、全くなつてゐなかつた。地平は、私と同じで、五尺七寸、しかも毛むくぢやらの男ゆゑ、たいへん貧乏を恐れて、また大男に洗ひざらしの浴衣、無精鬚に焼味噌のさがりたる、この世に二つ無き無体裁と、ちやんと心得て居るゆゑ、それだけ、貧にはもろかつた。そのころ地平、縞の派手な春服を新調して、部屋の中で、一度、私に着せて見せて、すぐ、おのが失態に気づいて、そゝくさと脱ぎ捨てゝ、つんとすまして見せたが、かれ、この服を死ぬるほど着て歩きたく、けれども、かうして部屋の中でだけ着て、うろ〳〵してゐるのには、理由があつた。かれの吉祥寺の家は、実姉とその旦那さんとふたりきりの住居《すまゐ》で、かれがそこの日当りよすぎるくらゐの離れ座敷八畳一間を占領し、かれに似ず、小さくそゝたる実の姉様《ねえさま》が、何かとかれの世話を焼き、よい小説家として美事に花咲くやう、きら〳〵光るストオヴを設備し、また、部屋の温度のほどを知るために、寒暖計さへ柱に掛けられ、二十六歳のかれにとつては、姉のそのやうな心労ひとつひとつ、いやらしく、恥づかしく、私がたづねて行くと、五尺七寸の中村地平は、眼にもとまらぬ早業でその寒暖計をかくすのだ。その頃生活派と呼ばれ、一様に三十歳を越して、奥様、子供、すでに一家のあるじ、さうして地味の小説を書いて、おとなしく一日一日を味ひつゝ生きて居る一群の作家があつて、その謂はば、生活派の作家のうちの二、三人が、地平の家のまはりに居住してゐた。もちろん、地平の先輩である。かれは、ときたま、からだをちぢめて、それら諸先輩に文学上の多くの不審を、子供のやうな曇りなき眼で、小説と記録とちがひますか？　小説と日記とちがひますか？『創作』といふ言葉を、誰が、いつごろ用ゐたのでせう、など傍《そば》の者の、はら〳〵するやうな、それでゐて至極もつともの、昨夜《ゆうべ》、寝てから、暗闇の中、じつと息をころして考へに考へ抜いた揚句の果の質問らしく、誠実あふれ、いかにもして解き聞かせてもらひたげの態度なれば、先輩も面くらひ、そのところがわかればねえ、などと呟き、ひどく弱つて、頭をかゝへ、いよいよ腐つて沈思黙考、地平は知らず、きよとんと部屋の窓の外、風に吹かれて頬かむり飛ばして女房に追はせる畑の中の百姓夫婦を眺めて居る。そのやうに、一種不思議のおくめんなき人柄を持つてゐた地平でも、流石《さすが》におのれ一人、縞の春服を着て歩けなかつた。生活派の人たちにすまないと言ふのである。私は、それについても、地平はだめだ、芸術家は、いつでも堂々としてゐたい、鼠のやうに逃げぐち許りを捜してゐるのでは、将来の大成がむづかしい、僕もそのうち、支那服を着てみるつもりである、など、あゝ、そのころは、お互ひが、まだ〳〵仕合せであつたのだ。三年たつて、私は、死ぬるよりほかに、全くもつて、生きてゆく路がなくなつた。昨年の春、えい、幸福クラブ、除名するなら、するがよい、熊の月の輪のやうな赤い傷跡つけて、さうして、一年後のけふも尚、一杯ビイル呑んで、上気すれば、縄目が、あり〳〵浮んで来る、そのやうな死にそこなひの友人のために、井伏鱒二氏、檀一雄氏、それに地平も加へて三人、私の実兄を神田淡路町の宿屋に訪れ、もう一箇年、お金くださいと、たのんで呉れた。その日、井伏さんと檀君と、ふたりさきに出掛けて、地平は、用事のために一足おくれて、その実兄の宿へ行く途中、荻窪の私の家へほんの鳥渡、立ち寄つて、私の就職のことで二、三、打ち合せてから、井伏さんたちのあとを追つて荻窪の駅へ、私も駅まで見送つていつて、ふたり並んで歩くのだが、地平、女のやうにぬかるみを細心に拾ひ拾ひして歩くのだ。そのやうな大事のときでも、その緊張をほぐしたい私の悪癖が、そつと鎌首もたげて、ちらと地平の足もとを覗いて、やられた。停車場まで、きつく顔をそむけて、地平が、なにを言つても、ただ、うん〳〵とうなづいてゐた。地平は、わざ〳〵服を着かへて来て呉れた。縞の模様の派手な春服。地平のはうでは、そのまへに二、三度、泣いたすがたを私に見つけられたことがあつて、それがまた、私の地平軽蔑のたねになつたのであるが、私はそのときはじめてのことなり、見せたくなくて、そのうちに両肩がぴくついて、眼先が見えなくなつて、ひどくこまつた。一年すぎて、私の生活が、またもや、そろ〳〵困つて、二、三の人にめいわくかけて、昨夜《ゆうべ》、地平と或る会合の席上、思ひがけなく顔を合せ、お互ひ少し弱つて、不自然であつた。私は、バツト一本、ビイル一滴のめぬからだになつてしまつて、淋しいどころの話でなかつた。地平はお酒を呑んで、泣いてゐた。私もお酒が呑めたら、泣くにきまつてゐる、そのやうな、へんな気持で、いまは、地平のことのほかには、何一つ語れず書けぬ状態ゆゑ、たまには、くつろぎ、おゆるし下さい。渡る世間に鬼がないといふ言葉がございますけれど、ほんたうだと思ひます。それに、このごろ、涙もろくなつてしまつて、どうしたのでせう、地平のこと、佐藤さんのこと、佐藤さんの奥様のこと、井伏さんのこと、井伏さんの奥さんのこと、家人の叔父吉沢さんのこと、飛島さんのこと、檀君のこと、山岸外史の愛情、順々にお知らせしようつもりでございましたが、私の話の長びくほど、後に控へた深刻力作氏のお邪魔になるだけのことゆゑ、どこで切つても関《かま》はぬ物語、かりに喝采と標題をうつて、ひとり、おのれの心境をいたはること、以上の如くでございます。」

あさましきもの

賭弓《のりゆみ》に、わななく〳〵久しうありて、はづしたる矢の、もて離れてことかたへ行きたる。

こんな話を聞いた。

たばこ屋の娘で、小さく、愛くるしいのがゐた。男は、この娘のために、飲酒をやめようと決心した。娘は、男のその決意を聞き、「うれしい」と呟いて、うつむいた。うれしさうであつた。「僕の意志の強さを信じて呉れるね？」男の声も真剣であつた。娘はだまつて、こつくり首肯《うなづ》いた。信じた様子であつた。

男の意志は強くなかつた。その翌々日、すでに飲酒を為《な》した。日暮れて、男は蹌踉《さうらう》、たばこ屋の店さきに立つた。

「すみません」と小声で言つて、ぴよこんと頭をさげた。真実わるい、と思つてゐた。娘は、笑つてゐた。

「こんどこそ、飲まないからね」

「なにさ」娘は、無心に笑つてゐた。

「かんにんして、ね」

「だめよ、お酒飲みの真似なんかして」

男の酔ひは一時にさめた。「ありがたう。もう飲まない」

「たんと、たんと、からかひなさい」

「おや、僕は、僕は、ほんたうに飲んでゐるのだよ」

あらためて娘の瞳を凝視した。

「だつて」娘は、濁りなき笑顔で応じた。「誓つたのだもの。飲むわけないわ。こゝではお芝居およしなさいね」

てんから疑つて呉れなかつた。

男は、キネマ俳優であつた。岡田時彦さんである。先年なくなつたが、ぢみな人であつた。あんな、せつなかつたこと、ございませんでした、としんみり述懐して、行儀よく紅茶を一口すゝつた。

また、こんな話も聞いた。

どんなに永いこと散歩しても、それでも物たりなかつたといふ。ひとけなき夜の道。女は、息もたえぐ〵の思ひで、幾度となく胴をくねらせた。けれども、大学生は、レインコオトのポケツトに両手をつゝこんだまゝ、さつさと歩いた。女は、その大学生の怒《いか》つた肩に、おのれの丸いやはらかな肩をこすりつけるやうにしながら男の後を追つた。

大学生は、頭がよかつた。女の発情を察知してゐた。歩きながら囁いた。

「ね、この道をまつすぐに歩いていつて、三つ目のポストのところでキスしよう」

女は、からだを固くした。

一つ。女は、死にさうになつた。

二つ。息ができなくなつた。

三つ。大学生は、やはりどん〵歩いて行つた。女は、そのあとを追つて、死ぬよりほかはないわ、と呟いて、わが身が雑巾《ざふきん》のやうに思はれたさうである。

女は、私の友人の画家が使つてゐたモデル女である。花の衣服をするつと脱いだら、おまもり袋が首にぷらんとさがつてゐたつけ、とその友人の画家が苦笑してゐた。

また、こんな話も聞いた。

その男は、甚だ身だしなみがよかつた。鼻をかむのにさへ、両手の小指をつんとそらして行つた。洗練されてゐる、と人もおのれも許してゐた。その男が、或る微妙な罪名のもとに、牢へいれられた。牢へはひつても、身だしなみがよかつた。男は、左肺《さはい》を少し悪くしてゐた。検事は、男を、病気も重いことだし、不起訴にしてやつてもいいと思つてゐたらしい。男は、それを見抜いてゐた。一日、男を呼び出して、訊問した。検事は、机の上の医師の診断書に眼を落しながら、

「君は、肺がわるいのだね？」

男は、突然、咳にむせかへつた。こん〱、と三つはげしく咳をしたが、これは、ほんたうの咳であつた。けれども、それから更に、こん、こん、と二つ弱い咳をしたが、それは、あきらかに嘘の咳であつた。身だしなみのよい男は、その咳をしすましてから、なよ〱と首《かうべ》をあげた。

「ほんたうかね」能面に似た秀麗な検事の顔は、薄笑ひしてゐた。

男は、五年の懲役を求刑されたよりも、みじめな思ひをした。男の罪名は、結婚詐欺であつた。不起訴といふことになつて、やがて出牢できたけれども、男は、そのときの検事の笑ひを思ふと、五年のちの今日《こんにち》でさへ、ゐても立つても居られません、と、やはり典雅に、なげいて見せた。男の名は、いまになつては、少し有名になつてしまつて、ここには、わざと明記しない。

弱く、あさましき人の世の姿を、冷く三つ列記したが、さて、さういふ乃公《だいこう》自身は、どんな

ものであるか。これは、かの新人競作、幻燈のまちの、なでしこ、はまゆふ、椿、などの、ちよいと、ちよいとの手招きと変らぬ早春コント集の一篇たるべき運命の不文、知りつゝも濁酒《だくしゆ》三合を得たくて、ペン百貫の杖よりも重き思ひ、しのびつつ、やうやく六枚、あきらかにこれ、破廉恥の市井売文の徒《ともがら》、あさましとも、はづかしとも、ひとりでは大家のやうな気で居《を》れど、誰《たれ》も大家と見ぬぞ悲しき。一笑。

燈籠

言へば言ふほど、人は私を信じて呉れません。逢ふひと、逢ふひと、みんな私を警戒いたします。ただ、なつかしく、顔を見たくて訪ねていつても、なにしに来たといふやうな目つきでもつて迎へて呉れます。たまらない思ひでございます。

もう、どこへも行きたくなくなりました。すぐちかくのお湯屋へ行くのにも、きつと日暮をえらんでまゐります。誰にも顔を見られたくないのです。ま夏のじぶんには、それでも、夕闇の中に私のゆかたが白く浮んで、おそろしく日立つやうな気がして、死ぬるほど当惑いたしました。きのふ、けふ、めつきり涼しくなつて、そろそろセルの季節にはひりましたから、早速、黒地の単衣《ひとへ》に着換へるつもりでございます。こんな身の上のままに秋も過ぎ、冬も過ぎ、春も過ぎ、またぞろ夏がやつて来て、ふたたび白地のゆかたを着て歩かなければならないとしたなら、それは、あんまりのことでございます。せめて来年の夏までには、この朝顔の模様のゆかたを臆することなく着て歩ける身分になつてゐたい、縁日の人ごみの中を薄化粧して歩いてみたい、そのときのよろこびを思ふと、いまから、もう胸がときめきいたします。

盗みをいたしました。それにちがひはございませぬ。いいことをしたとは思ひませぬ。けれども、――いいえ、はじめから申しあげます。私は、神様にむかつて申しあげるのだ、私は、人を頼らない、私の話を信じられる人は、信じるがいい。

私は、まづしい下駄屋の、それも一人娘でございます。ゆうべ、お台所に坐つて、ねぎを切つてゐたら、うらの原つぱで、ねえちやん！ と泣きかけて呼ぶ子供の声があはれに聞えて来ましたが、私は、ふつと手を休めて考へました。私にも、あんなに慕つて泣いて呼びかけて呉れる弟か妹があつたならば、こんな侘しい身の上にならなくてよかつたのかも知れない、と思はれて、ねぎの香《にほひ》の沁みる眼に、熱い涙が湧いて出て、手の甲で涙を拭いたら、いつそうねぎの匂ひに刺され、あとからあとから涙が出て来て、どうしていいかわからなくなつてしまひました。

あの、わがまま娘が、たうとう男狂ひをはじめた、と髪結さんのところから噂が立ちはじめたのは、ことしの葉桜のころで、なでしこの花や、あやめの花が縁日の夜店に出はじめて、けれども、あのころは、ほんたうに楽しうございました。水野さんは、日が暮れると、私を迎へに来て呉れて、私は、日の暮れぬさきから、もう、ちやんと着物を着かへて、お化粧もすませ、何度も何度も、家の門口を出たりはひつたりいたします。近所の人たちは、そのやうな私の姿を見つけて、それ、下駄屋のさき子の男狂ひがはじまつたなど、そつと指さし囁き交して笑つてゐたのが、あとになつて私にも判つてまゐりました。父も母も、うすうす感づいてゐたのでせうが、それでも、なんにも言へないのです。私は、ことし二十四になりますけれども、それでもお嫁に行かず、おむこさんも取れずにゐるのは、うちの貧しいゆゑもございますが、母は、この町内での顔ききの地主さんのおめかけだつたのを、私の父と話合つてしまつて、地主さんの恩を忘れて父の家へ駈けこんで来て間もなく私を産み落し、私の目鼻立ちが、地主さんにも、また私の父にも似てゐないとやらで、いよいよ世間を狭くし、一時はほとんど日陰者あつかひを受けてゐたらしく、そんな家庭の娘ゆゑ、縁遠いのもあたりまへでございませう。もつとも、こんな器量では、お金持の華族さんの家に生れてみても、やつぱり、縁遠いさだめなのかも知れませぬけれど。それでも、私は、私の父をうらんでゐません。母をもうらんで居りませぬ。私は、父の実の子です。誰がなんと言はうと、私は、それを信じて居ります。父も母も、私を大事にして呉れます。私も、ずいぶん両親を、いたはります。父も母も、弱い人です。実の子の私にさへ、何かと遠慮をいたします。弱いおどおどした人を、みんなでやさしくいたはらなければならないと存じます。私は、両親のためには、どんな苦しい淋しいことにでも堪へ忍んでゆかうと思つてゐました。けれども、水野さんと知り合ひになつてからは、やつぱり、すこし親孝行を怠つてしまひました。

申すも恥かしいことでございます。水野さんは、私より五つも年下の商業学校の生徒なのです。けれども、おゆるし下さい。私には、ほかに仕様がなかつたのです。水野さんとは、ことしの春、私が左の眼をわづらつて、ちかくの眼医者へ通つて、その病院の待合室で、知り合ひになつたのでございます。私は、ひとめで人を好きになつてしまふたちの女でございます。やはり私と同じやうに左の眼に白い眼帯をかけ、不快げに眉をひそめて小さい辞書のペエジをあちこち繰つてしらべて居られる御様子は、たいへんお可哀さうに見えました。私もまた、眼帯のために、うつうつ気が鬱して、待合室の窓からそとの椎の若葉を眺めてみても、椎の若葉がひどい陽炎《かげろふ》に包まれてめらめら青く燃えあがつてゐるやうに見え、外界のものがすべて、遠いお伽噺《とぎばなし》の国の中に在るやうに思はれ、水野さんのお顔が、あんなにこの世のものならず美しく貴く感じられたのも、きつと、あの、私の眼帯の魔法が手伝つてゐたと存じます。

水野さんは、みなし児なのです。誰も、しんみになつてあげる人がないのです。もとは、仲々の薬種問屋で、お母さんは水野さんが赤ん坊のころになくなられ、またお父さんも水野さんが十二のときにおなくなりになられて、それから、うちがいけなくなつて、兄さん二人、姉さん一人、みんなちりぢりに遠い親戚に引きとられ、末子の水野さんは、お店の番頭さんに養はれることになつて、いまは、商業学校に通はせてもらつてゐるものの、それでもずいぶん気づまりな、わびしい一日一日を送つて居られるらしく、私と一緒に散歩などしてゐるときだけが、たのしいのだ、とご自分でもしみじみさうおつしやつてゐたことがございます。身のまはりに就いてても、いろいろとご不自由のことがあるらしく、ことしの夏、お友達と海へ泳ぎに行く約束をしちやつたとおつしやつて、それでも、ちつとも楽しさうな様子が見えず、かへつて打ちしをれて居られて、その夜、私は盗みをいたしました。男の海水着を一枚盗みました。

町内では、一ばん手広く商つてゐる大丸の店へすつとはひつていつて、女の簡単服をあれこれえらんでゐるふりをして、うしろの黒い海水着をそつと手繰り寄せ、わきの下にぴつたりかかへこみ、静かに店を出たのですが、二三間あるいて、うしろから、もし、もし、と声をかけられ、わあつと、大声発したいほどの恐怖にかられて気違ひのやうに走りました。どろぼう！といふ太いわめき声を背後《うしろ》に聞いて、がんと肩を打たれてよろめいて、ふつと振りむいたら、ぴしやんと頬を殴られました。

私は、交番に連れて行かれました。交番のまへには、黒山のやうに人がたかりました。みんな町内の見知つた顔の人たちばかりでした。私の髪はほどけて、ゆかたの裾からは膝小僧さへ出てゐました。あさましい姿だと思ひました。

おまはりさんは、私を交番の奥の畳を敷いてある狭い部屋に坐らせ、いろいろ私に問ひただしました。色が白く、細面の、金縁《きんぶち》の眼鏡をかけた、二十七、八のいやらしいおまはりさんでございました。ひととほり私の名前や住所や年齢を尋ねて、それをいちいち手帖に書きとつてから、急ににやにや笑ひだして、

――こんどで、何回めだね？

と言ひました。私は、ぞつと寒気を覚えました。私には、答へる言葉が思ひ浮ばなかつたの

でございます。まごまごしてゐたら、これは牢屋へいれられる、重い罪名を負はされる、なんとかして巧く言ひのがれなければ、と私は必死になつて弁解の言葉を捜したのでございますが、なんと言ひ張つたらよいのか、五里霧中をさまよふ思ひで、あんなに恐ろしかつたことはございません。叫ぶやうにして、やつと言ひ出した言葉は、自分ながら、ぶざまな唐突なもので、けれども一こと言ひだしたら、まるで狐につかれたやうにとめどもなく、おしやべりがはじまつて、なんだか狂つてゐたやうにも思はれます。

――私を牢へいれては、いけません。私は悪くないのです。私は二十四になります。二十四年間、私は親孝行いたしました。父と母に、大事に大事に仕へて来ました。私は、何が悪いのです。私は、ひとさまから、うしろ指ひとつさされたことがございません。水野さんは、立派なかたです。いまに、きつと、お偉くなるおかたなのです。それは、私に、わかつて居ります。私は、あのおかたに恥をかかせたくなかつたのです。お友達と海へ行く約束があつたのです。人並の仕度をさせて、海へやらうと思つたんだ、それがなぜ悪いことなのです。私は、ばかです。ばかなんだけれど、それでも、私は立派に水野さんを仕立《したて》てごらんにいれます。あのおかたは、上品な生れの人なのです。他の人とは、ちがふのです。私は、どうなつてもいいんだ、あのひとさへ、立派に世の中へ出られたら、それでもう、私はいいんだ、私には仕事があるのです。私を牢にいれては、いけません、私は二十四になるまで、何ひとつ悪いことをしなかつた。弱い両親を一生懸命いたはつて来たんぢやないか。いやです、いやです、私を牢へいれては、いけません。私は牢へいれられるわけはない。二十四年間、努めに努めて、さうしてたつた一晩、ふつと間違つて手を動かしたからつて、それだけのことで、二十四年間、いいえ、私の一生をめちやめちやにするのは、いけないことです。まちがつてゐます。私には、不思議でなりません。一生のうち、たつたいちど、思はず右手が一尺うごいたからつて、それが手癖の悪い証拠になるのでせうか。あんまりです、あんまりです。たつたいちど、ほんの二、三分の事件ぢやないか。私は、まだ若いのです。これからの命です。私はいままでと同じやうにつらい貧乏ぐらしを辛抱して生きて行くのです。それだけのことなんだ。私は、なんにも変つてゐやしない。きのふのままの、さき子です。海水着ひとつで、大丸さんに、どんな迷惑がかかるのか、人をだまして千円二千円しぼりとつても、いいえ、一身代《ひとしんだい》つぶしてやつて、それで、みんなにほめられてゐる人さへあるぢやございませんか。牢はいつたい誰のためにあるのです。お金のない人ばかり牢へいれられてゐます。私は、××にだつて同情できるんだ。あの人たちは、きつと他人をだますことの出来ない弱い正直な性質なんだ。人をだましていい生活をするほど悪がしこくないから、だんだん追ひつめられて、あんなばかげたことをして、二円、三円を強奪して、さうして五年も十年も牢へはひつてゐなければいけない、ははははは、をかしい、をかしい、なんてこつた、ああ、ばかばかしいのねえ。

私は、きつと狂つてゐたのでせう。それにちがひございませぬ。おまはりさんは、蒼い顔をして、じつと私を見つめてゐました。私は、ふつとそのおまはりさんを好きに思ひました。泣きながら、それでも無理して微笑んで見せました。どうやら私は、精神病者のあつかひを受けたやうでございます。おまはりさんは、はれものにさはるやうに、大事に私を警察署へ連れていつて下さいました。その夜は、留置場へとめられ、朝になつて、父が迎へに来て呉れて、私は、家へかへしてもらひました。父は家へ帰る途中、なぐられやしなかつたか、と一言そつと私にたづねたきりで、他にはなんにも言ひませんでした。

その日の夕刊を見て、私は顔を、耳まで赤くしました。私のことが出てゐたのでございます。万引にも三分の理、変質の左翼少女滔々《たうたう》と美辞麗句、といふ見出しでございました。恥辱は、それだけでございませんでした。近所の人たちは、うろうろ私の家のまはりを歩いて、私もはじめは、それがなんの意味かわかりませんでしたが、みんな私の様《さま》を覗きに来てゐるのだ、と気附いたときには、私はわなわな震へました。私のあの鳥渡《ちよつと》した動作が、どんなに大事件だつたのか、だんだんはつきりわかつて来て、あのとき、私のうちに毒薬があれば私は気楽に呑んだことでございませうし、ちかくに竹藪でもあれば、私は平気で中へはひつていつて首を吊つたことでございませう。二、三日のあひだ、私の家では、店をしめました。

やがて私は、水野さんからもお手紙いただきました。

——僕は、この世の中で、さき子さんを一ばん信じてゐる人間であります。ただ、さき子さんには、教育が足りない。さき子さんは、正直な女性なれども、環境に於いて正しくないところがあります。僕はそこの個所を直してやらうと努力して来たのであるが、やはり絶対のものがあります。人間は、学問がなければいけません。先日、友人とともに海水浴に行き、海浜にて人間の向上心の必要について、ながいこと論じ合つた。僕たちは、いまに偉くなるだらう。さき子さんも、以後は行ひをつつしみ、犯した罪の万分の一にても償ひ、深く社会に陳謝するやう、社会の人、その罪を憎みて、その人を憎まず。水野三郎。（読後かならず焼却のこと。封筒もともに焼却して下さい。必ず。）

これが、その手紙の全文でございます。私は、水野さんが、もともと、お金持の育ちだつたことを忘れてゐました。

針の筵《むしろ》の一日一日がすぎて、もう、こんなに涼しくなつてまゐりました。今夜は、父が、どうもこんなに電燈が暗くては、気が滅入《めい》つていけない、と申して、六畳間の電球を、五十燭のあかるい電球と取りかへました。さうして、親子三人、あかるい電燈の下で、夕食をいただきました。母は、ああ、まぶしい、まぶしいといつては、箸持つ手を額にかざして、たいへん浮き浮きはしやいで、私も、父にお酌をしてあげました。私たちのしあはせは、所詮こんな、お部屋の電球を変《かへ》ることくらゐのものなのだ、とこつそり自分に言ひ聞かせてみましたが、そんなにわびしい気も起らず、かへつてこのつつましい電燈をともした私たち一家が、ずいぶん綺麗な走馬燈のやうな気がして来て、ああ、覗くなら覗け、私たち親子は、美しいのだ、と庭に鳴く虫にまでも知らせてあげたい静かなよろこびが、胸にこみあげて来たのでございます。

I can speak

くるしさは、忍従の夜。あきらめの朝。この世とは、あきらめの努めか。わびしさの堪《こら》へか。わかさ、かくて、日に虫食はれゆき、仕合せも、陋巷《ろうかう》の内に、見つけし、となむ。

わが歌、声を失ひ、しばらく東京で無為徒食して、そのうちに、何か、歌でなく、謂はば「生活のつぶやき」とでもいつたやうなものを、ぼそぼそ書きはじめて、自分の文学のすすむべき路すこしづつ、そのおのれの作品に依つて知らされ、ま、こんなところかな？　と多少、自信に似たものを得て、まへから腹案してゐた長い小説に取りかかつた。

昨年、九月、甲州の御坂峠《みさかたうげ》頂上の天下茶屋といふ茶店の二階を借りて、そこで少しづつ、その仕事をすすめて、どうやら百枚ちかくなつて、読みかへしてみても、そんなに悪い出来ではない。あたらしく力を得て、とにかくこれを完成させぬうちは、東京へ帰るまい、と御坂の木枯つよい日に、勝手にひとりで約束した。

ばかな約束をしたものである。九月、十月、十一月、御坂の寒気堪《た》へがたくなつた。あのころは、心細い夜がつづいた。どうしようかと、さんざ迷つた。自分で勝手に、自分に約束して、いまさら、それを破れず、東京へ飛んで帰りたくても、何かそれは破戒のやうな気がして、峠のうへで、途方に暮れた。甲府へ降りようと思つた。甲府なら、東京よりも温いほどで、この冬も大丈夫すごせると思つた。

甲府へ降りた。たすかつた。変なせきが出なくなつた。甲府のまちはづれの下宿屋、日当りのいい一部屋かりて、机にむかつて坐つてみて、よかつたと思つた。また、少しづつ仕事をすすめた。

おひるごろから、ひとりでぼそぼそ仕事をしてゐると、わかい女の合唱が聞えて来る。私はペンを休めて、耳傾ける。下宿と小路《こみち》ひとつ距《へだ》て製糸工場が在るのだ。そこの女工さんたちが、作業しながら、唄ふのだ。なかにひとつ、際立つていい声が在つて、そいつがリイドして唄ふのだ。鶏群の一鶴、そんな感じだ。いい声だな、と思ふ。お礼を言ひたいとさへ思つた。工場の塀をよぢのぼつて、その声の主を、ひとめ見たいとさへ思つた。

ここにひとり、わびしい男がゐて、毎日毎日あなたの唄で、どんなに救はれてゐるかわからない、あなたは、それをご存じない、あなたは私を、私の仕事を、どんなに、けなげに、はげまして呉れたか、私は、しんからお礼を言ひたい。そんなこと書き散らして、工場の窓から、投文《なげぶみ》しようかとも思つた。

けれども、そんなことして、あの女工さん、おどろき、おそれてふつと声を失つたら、これは困る。無心の唄を、私のお礼が、かへつて濁らせるやうなことがあつては、罪悪である、私は、ひとりでやきもきしてゐた。

恋、かも知れなかつた。二月、寒いしづかな夜である。工場の小路で、酔漢の荒い言葉が、突然起つた。私は、耳をすました。

——ば、ばかにするなよ。何がをかしいんだ。たまに酒を呑んだからつて、おらあ笑はれるやうな覚えは無え。I can speak English. おれは、夜学へ行つてんだよ。姉さん知つてるかい？知らねえだらう。おふくろにも内緒で、こつそり夜学へかよつてゐるんだ。偉くならなければ、いけないからな。姉さん、何がをかしいんだ。何を、そんなに笑ふんだ。かう、姉さん。おらあな、いまに出征するんだ。そのときは、おどろくなよ。のんだくれの弟だつて、人なみの働きはできるさ。嘘だよ、まだ出征とは、きまつてねえのだ。だけども、さ、I can speak English. Can you speak English? Yes, I can. いいなあ、英語つて奴は。姉さん、はつきり言つて呉れ。おらあ、いい子だな、な、いい子だらう？おふくろなんて、なんにも判りやしないのだ。……

私は、障子を少しあけて、小路を見おろす。はじめ、白梅かと思つた。ちがつた。その弟の白いレンコオトだつた。

季節はづれのそのレンコオトを着て、弟は寒さうに、工場の塀にひたと背中をくつつけて立つてゐて、その塀の上の、工場の窓から、ひとりの女工さんが、上半身《うははんしん》乗り出し、酔つた弟を、見つめてゐる。

　月が出てゐたけれど、その弟の顔も、女工さんの顔も、はつきりとは見えなかつた。姉の顔は、まるく、ほの白く、笑つてゐるやうである。弟の顔は、黒く、まだ幼い感じであつた。I can speak といふその酔漢の英語が、くるしいくらゐ私を撃つた。はじめに言葉ありき。よろづのもの、これに拠りて成る。ふつと私は、忘れた歌を思ひ出したやうな気がした。たあいない風景ではあつたが、けれども、私には忘れがたい。

　あの夜の女工さんは、あのいい声のひとであるか、どうかは、それは、知らない。ちがふだらうね。

葉桜と魔笛

桜が散つて、このやうに葉桜のころになれば、私は、きつと思ひ出します。——と、その老夫人は物語る。——いまから三十五年まへ、父はその頃まだ存命中でございまして、私の一家、と言ひましても、母はその七年まへ私が十三のときに、もう他界なされて、あとは、父と、私と妹と三人きりの家庭でございましたが、父は、私十八、妹十六のときに島根県の日本海に沿つた人口二万余りの或るお城下まちに、中学校長として赴任して来て、恰好の借家もなかつたので、町はづれの、もうすぐ山に近いところに一つ離れてぽつんと建つて在るお寺の、離れ座敷、二部屋《ふたへや》拝借して、そこに、ずつと、六年目に松江の中学校に転任になるまで、住んでゐました。私が結婚致しましたのは、松江に来てからのことで、二十四の秋でございますから、当時としては、ずいぶん遅い結婚でございました。早くから母に死なれ、父は頑固一徹の学者気質《かたぎ》で、世俗のことには、とんと、うとく、私がゐなくなれば、一家の切りまはしが、まるで駄目になることが、わかつてゐましたので、私も、それまでにいくらも話があつたのでございますが、家を捨てゝまで、よそへお嫁に行く気が起らなかつたのでございます。せめて、妹さへ丈夫でございましたならば、私も、少し気楽だつたのですけれども、妹は、私に似ないで、たいへん美しく、髪も長く、とてもよくできる、可愛い子でございましたが、からだが弱く、その城下まちへ赴任して、二年目の春、私二十、妹十八で、妹は、死にました。そのころの、これは、お話でございます。妹は、もう、よほどまへから、いけなかつたのでございます。腎臓結核といふ、わるい病気でございまして、気のついたときには、両方の腎臓が、もう虫食はれてしまつてゐたのださうで、医者も、百日以内、とはつきり父に言ひました。どうにも、手のほどこし様が無いのださうでございます。ひとつき経ち、ふたつき経つて、そろそろ百日目がちかくなつて来ても、私たちは、だまつて見てゐなければいけません。妹は、何も知らず、割に元気で、終日寝床に寝たきりなのでございますが、それでも、陽気に歌をうたつたり、冗談言つたり、私に甘えたり、これがもう三、四十日経つと、死んでゆくのだ、はつきり、それにきまつてゐるのだ、と思ふと、胸が一ぱいになり、総身を縫針で突き刺されるやうに苦しく、私は、気が狂ふやうになつてしまひます。三月、四月、五月、さうです。五月のなかば、私は、あの日を忘れません。

野も山も新緑で、はだかになつてしまひたいほど温く、私には、新緑がまぶしく、眼にちかちか痛くつて、ひとり、いろいろ考へごとをしながら帯の間に片手をそつと差しいれ、うなだれて野道を歩き、考へること、考へること、みんな苦しいことばかりで息ができなくなるくらゐ、私は、身悶えしながら歩きました。どおん、どおん、と春の土の底の底から、まるで十万億土から響いて来るやうに、幽かな、けれども、おそろしく幅のひろい、まるで地獄の底で大きな大きな太鼓でも打ち鳴らしてゐるやうな、おどろおどろした物音が、絶え間なく響いて来て、私には、その恐しい物音が、なんであるか、わからず、ほんたうにもう自分が狂つてしまつたのではないか、と思ひ、そのまゝ、からだが凝結して立ちすくみ、突然わあつ！　と大声が出て、立つて居《を》られずぺたんと草原に坐つて、思ひ切つて泣いてしまひました。

あとで知つたことでございますが、あの恐しい不思議な物音は、日本海大海戦、軍艦の大砲の音だつたのでございます。東郷提督の命令一下で、露国のバルチツク艦隊を一挙に撃滅なさるための、大激戦の最中だつたのでございます。ちやうど、そのころでございますものね。海軍記念日は、ことしも、また、そろそろやつてまゐります。あの海岸の城下まちにも、大砲の音が、おどろおどろ聞えて来て、まちの人たちも、生きたそらが無かつたのでございませうが、私は、そんなこととは知らず、ただもう妹のことで一ぱいで、半狂気《はんきちが》ひの有様だつたので、何か不吉な地獄の太鼓のやうな気がして、ながいこと草原で、顔もあげずに泣きつづけて居りました。日が暮れかけて来たころ、私はやつと立ちあがつて、死んだやうに、ぼんやりなつてお寺へ帰つてまゐりました。

「ねえさん。」と妹が呼んでをります。妹も、そのころは、痩せ衰へて、ちから無く、自分でも、うすうす、もうそんなに永くないことを知つて来てゐる様子で、以前のやうに、あまり何かと私に無理難題いひつけて甘つたれるやうなことが、なくなつてしまつて、私には、それがまた一そうつらいのでございます。

「ねえさん、この手紙、いつ来たの？」

私は、はつと、むねを突かれ、顔の血の気が無くなつたのを自分ではつきり意識いたしました。

「いつ来たの？」妹は、無心のやうでございます。私は、気を取り直して、

「ついさつき。あなたの眠つてゐらつしやる間に。あなた、笑ひながら眠つてゐたわ。あたし、こつそりあなたの枕もとに置いといたの。知らなかつたでせう？」

「ああ、知らなかつた。」妹は、夕闇の迫つた薄暗い部屋の中で、白く美しく笑つて、「ねえさん、あたし、この手紙読んだの。をかしいわ。あたしの知らないひとなのよ。」

知らないことがあるものか。私は、その手紙の差出人のＭ・Ｔといふ男のひとを知つてをります。ちやんと知つてゐたのでございます。いいえ、お逢ひしたことは無いのでございますが、私が、その五、六日まへ、妹の箪笥をそつと整理して、その折に、ひとつの引き出しの奥底に、一束の手紙が、緑のリボンできつちり結ばれて隠されて在るのを発見いたし、いけないことでせうけれども、リボンをほどいて、見てしまつたのでございます。およそ三十通ほどの手紙、全部がそのＭ・Ｔさんからのお手紙だつたのでございます。もつとも手紙のおもてには、

M・Tさんのお名前は書かれてをりませぬ。手紙の中に、ちやんと書かれてあるのでございます。さうして、手紙のおもてには、差出人としていろいろの女のひとの名前が記されてあつて、それがみんな、実在の、妹のお友達のお名前でございましたので、私も父も、こんなにどつさり男のひとと文通してゐるなど、夢にも気附かなかつたのでございます。

きつと、そのM・Tといふ人は、用心深く、妹からお友達の名前をたくさん聞いて置いて、つぎつぎとその数ある名前を用ゐて手紙を寄こしてゐたのでございませう。私は、それにきめてしまつて、若い人たちの大胆さに、ひそかに舌を巻き、あの厳格な父に知れたら、どんなことになるだらう、と身震ひするほどおそろしく、けれども、一通づつ日附にしたがつて読んでゆくにつれて、私まで、なんだか楽しく浮き浮きして来て、ときどきは、あまりの他愛なさに、ひとりでくすくす笑つてしまつて、おしまひには自分自身にさへ、広い大きな世界がひらけて来るやうな気がいたしました。

私も、まだそのころは二十になつたばかりで、若い女としての口には言へぬ苦しみも、いろいろあつたのでございます。三十通あまりの、その手紙を、まるで谷川が流れ走るやうな感じで、ぐんぐん読んでいつて、去年の秋の、最後の一通の手紙を、読みかけて、思はず立ちあがつてしまひました。雷電に打たれたときの気持つて、あんなものかも知れませぬ。のけぞるほどに、ぎよつと致しました。妹たちの恋愛は、心だけのものではなかつたのです。もつと醜くすすんでゐたのでございます。私は、手紙を焼きました。一通のこらず、焼きました。M・T

は、その城下まちに住む、まづしい歌人の様子で、卑怯なことには、妹の病気を知るとともに、妹を捨て、もうお互ひ忘れてしまひませう、など残酷なこと平気でその手紙にも書いてあり、それつきり、一通の手紙も寄こさないらしい具合でございましたから、これは、私さへ黙つて一生ひとに語らなければ、妹は、きれいな少女のままで死んでゆける。誰も、ごぞんじ無いのだ、と私は苦しさを胸一つにをさめて、けれども、その事実を知つてしまつてからは、なほのこと妹が可哀さうで、いろいろ奇怪な空想も浮んで、私自身、胸がうづくやうな、甘酸つぱい、それは、いやな切ない思ひで、あのやうな苦しみは、年ごろの女のひとでなければ、わからない、生地獄でございます。まるで、私が自身で、そんな憂き目に逢つたかのやうに、私は、ひとりで苦しんでをりました。あのころは、私自身も、ほんとに、少し、をかしかつたのでございます。

「姉さん、読んでごらんなさい。なんのことやら、あたしには、ちつともわからない。」

私は、妹の不正直をしんから憎く思ひました。

「読んでいいの?」さう小声で尋ねて、妹から手紙を受け取る私の指先は、当惑するほど震へてゐました。ひらいて読むまでもなく、私は、この手紙の文句を知つてをります。けれども私は、何くはぬ顔してそれを読まなければいけません。手紙には、かう書かれてあるのです。

——けふは、あなたにおわびを申し上げます。僕がけふまで、がまんしてあなたにお手紙差し上げなかつたわけは、すべて僕の自信の無さからであります。僕は、貧しく、無能であります。あなたひとりを、どうしてあげることもできないのです。ただ言葉で、その言葉には、みぢんも嘘が無いのでありますが、ただ言葉で、あなたへの愛の証明をするよりほかには、何ひとつできぬ僕自身の無力が、いやになつたのです。あなたを、一日も、いや夢にさへ、忘れたことはないのです。けれども、僕は、あなたを、どうしてあげることもできない。それが、つらさに、僕は、あなたと、おわかれしようと思つたのです。あなたの不幸が大きくなればなるほど、さうして僕の愛情が深くなればなるほど、僕はあなたに近づきにくくなるのです。おわかりでせうか。僕は、決して、ごまかしを言つてゐるのではありません。僕は、それを僕自身の正義の責任感からと解してゐました。けれども、それは、僕のまちがひ。僕は、はつきり間違つて居りました。おわびを申し上げます。僕は、あなたに対して完璧の人間にならうと、我慾を張つてゐただけのことだつたのです。僕たち、さびしく無力なのだから、他《ほか》になんにもできないのだから、せめて言葉だけでも、誠実こめてお贈りするのが、まことの謙譲の、美しい生きかたである、と僕はいまでは信じてゐます。つねに、自身にできる限りの範囲で、それを為し遂げるやうに努力すべきだと思ひます。どんなに小さいことでもよい。タンポポの花一輪の贈りものでも、決して恥ぢずに差し出すのが、最も勇気ある、男らしい態度であると信じます。僕は、もう逃げません。僕は、あなたを愛してゐます。毎日、毎日、手紙を上げます。毎日、毎日、歌をつくつてお送りします。それから、毎日、毎日、あなたのお庭の塀のそとで、口笛吹いて、お聞かせしませう。あしたの晩の六時には、さつそく口笛、軍艦マアチ吹いてあげます。僕の口笛は、うまいですよ。いまのところ、それだけが、僕の力で、わけなくできる奉仕です。お笑ひになつては、いけません。いや、お笑ひになつて下さい。元気でゐて下さい。神さまは、きつとどこかで見てゐます。僕は、それを信じてゐます。あなたも、僕も、ともに神の寵児です。きつと、美しい結婚できます。

　待ち待ちて　ことし咲きけり　桃の花　白と聞きつつ　花は紅《あか》なり

　僕は勉強してゐます。すべては、うまくいつてゐます。では、また、明日《あす》。M・T。

「姉さん、あたし知つてゐるのよ。」妹は、澄んだ声で、さう呟き、「ありがたう、姉さん、これ、姉さんが書いたのね。」

　私は、あまりの恥づかしさに、その手紙、千々に引き裂いて、自身の髪をくしやくしや引き搔《むし》つてしまひたく思ひました。ゐても立つてもをられぬ、とはあんな思ひを指して言ふのでせう。私が書いたのだ。妹の苦しみを見かねて、私が、これから毎日、M・Tの筆蹟を真似て、妹の死ぬる日まで、手紙を書き、下手な和歌を、苦心してつくり、それから晩の六時には、こつそり塀の外へ出て、口笛吹かうと思つてゐたのです。

　恥かしかつた。下手な歌みたいなものまで書いて、恥づかしうございました。身も世も、あらぬ思ひで、私は、すぐには返事も、できませんでした。

「姉さん、心配なさらなくても、いいのよ。」妹は、不思議に落ちついて、崇高なくらゐに美しく微笑してゐました。「姉さん、あの緑のリボンで結んであつた手紙を見たのでせう？ あれは、ウソ。あたし、あんまり淋しいから、をととしの秋から、ひとりであんな手紙書いて、あたしに宛てて投函してゐたの。姉さん、ばかにしないでね。青春といふものは、ずいぶん大事なものなのよ。あたし、病気になつてから、それが、はつきりわかつて来たの。ひとりで、自分あての手紙なんか書いてるなんて、汚い。あさましい。ばかだ。あたしは、ほんたうに男のかたと、うんと大胆に遊べば、よかつた。あたしのからだを、しつかり抱いてもらひたかつた。姉さん、あたしは今までいちども、恋人どころか、よその男のかたと話してみたこともなかつた。姉さんだつて、さうなのね。姉さん、あたしたち間違つてゐた。お悧巧すぎた。ああ、死ぬなんて、いやだ。あたしの手が、指先が、髪が……可哀さう。死ぬなんて、いやだ。いやだ。」

私は、かなしいやら、こはいやら、うれしいやら、はづかしいやら、胸が一ぱいになり、わからなくなつてしまひまして、妹の痩せた頰に、私の頰をぴつたり押しつけ、ただもう涙が出て来て、そつと妹を抱いてあげました。そのとき、ああ、聞えるのです。低く幽かに、でも、たしかに、軍艦マアチの口笛でございます。妹も、耳をすましました。ああ、時計を見ると六時なのです。私たち、言ひ知れぬ恐怖に、強く強く抱き合つたまま、身じろぎもせず、そのお庭の葉桜の奥から聞えて来る不思議なマアチに耳をすましてをりました。

神さまは、在る。きつと、ゐる。私は、それを信じました。妹は、それから三日目に死にました。医者は、首をかしげてをりました。あまりに静かに、早く息をひきとつたからでございませう。けれども、私は、そのとき驚かなかつた。何もかも神さまの、おぼしめしと信じてゐました。

いまは、——年とつて、もろもろの物慾が出て来て、お恥かしうございます。信仰とやらも少し薄らいでまゐつたのでございませうか、あの口笛も、ひよつとしたら、父の仕業ではなかつたらうかと、なんだかそんな疑ひを持つこともございます。学校のおつとめからお帰りになつて、隣りのお部屋で、私たちの話を立ち聞きして、ふびんに思ひ、厳酷の父としては一世一代の狂言したのではなからうか、と思ふことも、ございますが、まさか、そんなこともないでせうね。父が在世中なれば、問ひただすこともできるのですが、父がなくなつて、もう、かれこれ十五年にもなりますものね。いや、やつぱり神さまのお恵みでございませう。

私は、さう信じて安心してをりたいのでございますけれども、どうも、年とつて来ると、物慾が起り、信仰も薄らいでまゐつて、お恥かしう存じます。

ア、秋

本職の詩人ともなれば、いつどんな注文があるか、わからないから、常に詩材の準備をして置くのである。

「秋について」といふ注文が来れば、よし来た、と「ア」の部の引き出しを開いて、愛、青、赤、アキ、いろいろのノオトがあつて、そのうちの、あきの部のノオトを選び出し、落ちついてそのノオトを調べるのである。

トンボ。スキトホル。と書いてある。

秋になると、蜻蛉《とんぼ》も、ひ弱く、肉体は死んで、精神だけがふらふら飛んでゐる様子を指して言つてゐる言葉らしい。蜻蛉のからだが、秋の日ざしに、透きとほつて見える。

秋ハ夏ノ焼ケ残リサ。と書いてある。焦土である。

夏ハ、シヤンデリヤ。秋ハ、燈籠《トウロウ》。とも書いてある。

コスモス、無残《ムザン》。と書いてある。

いつか郊外のおそばやで、ざるそば待つてゐる間《ま》に、食卓の上の古いグラフを開いて見て、そのなかに大震災の写真があつた。一面の焼野原、市松の浴衣《ゆかた》着た女が、たつたひとり、ぽつんと立つてゐた。私は、胸が焼き焦げるほどにそのみじめな女を恋した。おそろしい情慾をさへ感じました。悲惨と、情慾とは、うらはらのものらしい。息がとまるほどに、苦しかつた。枯野のコスモスに行き逢ふと、私は、それと同じ痛苦を感じます。秋の朝顔も、コスモスと同じくらゐに私を瞬時、窒息させます。

秋ハ夏ト同時ニヤツテ来ル。と書いてある。

夏の中に、秋がこつそり隠れて、もはや来てゐるのであるが、人は、炎熱にだまされて、それを見破ることが出来ぬ。耳を澄まして注意をしてゐると、夏になると同時に、虫が鳴いてゐるのだし、庭に気をくばつて見てゐると、桔梗の花も、夏になるとすぐ咲いてゐるのを発見するし、蜻蛉だつて、もともと夏の虫なんだし、柿も夏のうちにちやんと実を結んでゐるのだ。

秋は、ずるい悪魔だ。夏のうちに全部、身支度をととのへて、せせら笑つてしやがんでゐる。僕くらゐの烱眼《けいがん》の詩人になると、それを見破ることができる。家の者が、夏をよろこび海へ行かうか、山へ行かうかなど、はしやいで言つてゐるのを見ると、ふびんに思ふ。もう秋が、夏と一緒に忍び込んで来てゐるのに。秋は、根強い曲者である。

怪談ヨロシ。アンマ。モシ、モシ。

マネク、ススキ。アノ裏ニハ墓地ガアリマス。

路問へバ、ヲンナ唖《オシ》ナリ、枯野原。

よく意味のわからぬことが、いろいろ書いてある。何かのメモのつもりであらうが、僕自身にも書いた動機が、よくわからぬ。

窓外、庭ノ黒土ヲバサバサ這ヒズリマハツテキル醜キ秋ノ蝶ヲ見ル。並ハヅレテ、タクマシキガ故ニ、死ナズ在リヌル。決シテ、ハカナキ態ニハ非ズ。と書かれてある。

これを書きこんだときは、私は大へん苦しかつた。いつ書きこんだか、私は決して忘れないけれども、今は言はない。

捨テラレタ海。と書かれてある。

秋の海水浴場に行つてみたことがありますか。なぎさに破れた絵日傘が打ち寄せられ、歓楽の跡、日の丸の提燈も捨てられ、かんざし、紙屑、レコオドの破片、牛乳の空瓶、海は薄赤く濁つて、どたりどたりと浪打つてゐた。

緒方サンニハ、子供サンガアツタネ。

秋ニナルト、肌ガカワイテ、ナツカシイワネ。

飛行機ハ、秋ガ一バンイイノデスヨ。

これもなんだか、意味がよくわからぬが、秋の会話を盗み聞きして、そのまま書きとめて置いたものらしい。

また、こんなのも、ある。

芸術家ハ、イツモ、弱者ノ友デアツタ筈ナノニ。

ちつとも秋に関係ない、そんな言葉まで、書かれてあるが、或いはこれも、「季節の思想」といつたやうなわけのものかも知れない。

その他《ほか》、
絵本。農家。秋ト兵隊。秋ノ蚕。火事。ケムリ。オ寺。

ごたごた一ぱい書かれてある。

おしやれ童子

子供のころから、お洒落のやうでありました。小学校、毎年三月の修業式のときには必ず右総代として校長から賞品をいただくのであるが、その賞品を壇上の校長から手渡してもらはうと、壇の下から両手を差し出す。厳粛な瞬間である。その際、この子は何よりも、自分の差し出す両腕の恰好に、おのれの注意力の全部を集めてゐるのです。絣の着物の下に純白のフランネルのシャツを着てゐるのですが、そのシャツが着物の袖口から、一寸ばかり覗き出て、シャツの白さが眼にしみて、いかにも自身が天使のやうに純潔に思はれ、ひとり、うつとり心酔してしまふのでした。修業式のまへの晩、袴と晴着と、それから仕立おろしの白いフランネルのシャツとを、枕もとに並べて置いて寝て、なかなか眠れず、二度も三度も枕からそつと頭をもたげては、枕もとの品品《しなじな》を見ました。まだ、そのころはランプゆゑ部屋は薄暗いものでしたが、それでもフランネルのシャツは、純白に光つて、燃えてゐるやうでした。一夜明けて修業式の朝、起きて素早くシヤツを着込み、あるときは、年とつた女中に内緒でたのんで、シヤツの袖口のボタンを、更に一つづつ多く縫ひつけさせたこともありました。賞品をもらふときシヤツの袖がちらと出て、貝のボタンが三つも四つも、きらきら光り輝くやうに企てたのでした。家を出て、学校へ行く途々も、こつそり両腕を前方へ差し出し、賞品をもらふ真似をして、シヤツの袖が、あまり多くもなく少くもなく、ちやうどいい工合ひに出るかどうか、なんどもなんども下検分《したけんぶん》してみるのでした。

誰にも知られぬ、このやうな侘びしいおしやれは、年一年と工夫に富み、村の小学校を卒業して馬車にゆられ汽車に乗り十里はなれた県庁所在地の小都会へ、中学校の入学試験を受けるために出掛けたときの、そのときの少年の服装は、あはれに珍妙なものでありました。白いフランネルのシヤツは、よつぽど気に入つてゐたものとみえて、やはり、そのときも着てゐました。しかも、こんどのシヤツには蝶々の翅のやうな大きい襟がついてゐて、その襟を、夏の開襟シヤツの襟を背広の上衣の襟の外側に出してかぶせてゐるのと、そつくり同じ様式で、着物の襟の外側にひつぱり出し、着物の襟に覆ひかぶせてゐるのです。なんだか、よだれ掛けのやうにも見えます。でも、少年は悲しく緊張して、その風俗が、そつくり貴公子のやうに見えるだらうと思つてゐたのです。久留米絣に、白つぽい縞の、短い袴をはいて、それから長い靴下、編上のピカピカ光る黒い靴。それからマント。父はすでに歿し、母は病身ゆゑ、少年の身のまはり一切は、やさしい嫂《あによめ》の心づくしでした。少年は、嫂に怜悧に甘えて、むりやりシヤツの襟を大きくしてもらつて、嫂が笑ふと本気に怒り、少年の美学が誰にも解せられぬことを涙が出るほど口惜しく思ふのでした。「瀟洒、典雅」少年の美学の一切は、それに尽きてゐました。いやいや、生きることのすべて、人生の目的全部がそれに尽きてゐました。マントは、わざとボタンを掛けず、小さい肩から今にも滑り落ちるやうに、あやふく羽織つて、さうしてそれを小粋な業だと信じてゐました。どこから、そんなことを覚えたのでせう。おしやれの本能といふものは、手本がなくても、おのづから発明するものかも知れません。

ほとんど生れてはじめて都会らしい都会に足を踏みこむのでしたから、少年にとつては一世一代の凝つた身なりであつたわけです。興奮のあまり、その本州の北端の一小都会に着いたとたんに、少年の言葉つきまで一変してしまつてゐたほどでした。かねて少年雑誌で習ひ覚えてあつた東京弁を使ひました。けれども宿に落ちつき、その宿の女中たちの言葉を聞くと、ここもやつぱり少年の生れ故郷と全く同じ、津軽弁でありましたので、少年はすこし拍子抜けがしました。生れ故郷と、その小都会とは、十里も離れてゐないのでした。

中学校へはひつてからは、校規のきびしい学校でしたので、おしやれも仲々むづかしく、やけくそになつて、ズボンの寝押《ねお》しも怠り、靴も磨かず、胴乱《どうらん》をだらんとさげて、わざと猫背になつて歩きました。そのときの猫背が後になつて、十五年のちの、いまになつても、なほりません。あのころは、おしやれの暗黒時代と言へませう。

その小都会から更に十里はなれた或る城下まちの高等学校にはひつてからは、少年のお洒落も、のびのびと発展いたしました。発展しすぎて、やはり珍妙なものになりました。マントを三種類つくりました。一枚のマントは、海軍紺《ネビイブルウ》のセル地で、吊鐘マントでありました。引きずるほど、長く造らせました。少年もそのころは、背丈もひよろひよろ伸びて五尺七寸ちかくになつてゐましたので、そのマントは、悪魔の翼のやうで、頗る効果がありました。このマントを着るときには、帽子を被りませんでした。魔法使ひに、白線ついた制帽は不似合ひと思つたのかも知れません。「オペラの怪人」といふ綽名を友人達から貰つて、顔をしかめ、けれども内心まんざらでもないのでした。もう一枚のマントは、プリンス・オブ・ウエルスの海軍将校としての、あの御姿を美しいと思つて、あれをお手本にして造らせました。ところどころに少年の独創も加味されてゐました。第一に、襟です。大きい広い襟でした。どういふわけか広い襟を好んだやうです。その襟には黒のビロオドを張りました。胸はダブルの、金ボタンを七つづつ、きつちり並べて附けました。ボタンの列の終つたところで、きゆつと細く胴を締めて、それから裾が、ぱつとひらいて短く、そこのリズムが至極軽妙を必要とするので、洋服屋に三度も縫ひ直しを命じました。袖も細めに、袖口には、小さい金ボタンを四つづつ縦に並べて附けさせました。黒の、やや厚いラシヤ地でした。これを冬の外套として用ゐました。この外套には、白線の制帽も似合つて、まさしく英国の海軍将校のやうに見えるだらうと、すこし自信もあつたやうです。白のカシミヤの手袋を用ゐ、厳寒の候には、白い絹のシヨオルをぐるぐる頸に巻きつけました。凍え死すとも、厚ぼつたい毛糸の類は用ゐぬ覚悟の様でした。けれども、この外套は、友人たちに笑はれました。大きい襟を指さして、よだれかけみたいだね、失敗だね、大黒様《だいこくさま》みたいだね、と言つて大笑ひした友人がひとりあつたのでした。また、やあ君か、おまはりさんかと思つた、と他意なく驚く友人もありました。北方の海軍士官は、情無く思ひました。やがて、その外套を止しました。さらに一枚、造りました。こんどは、黒のラシヤ地を敬遠して、コバルト色のセル地を選び、それでもつて再び海軍士官の外套を試みました。乾坤一擲の意気でありました。襟は、ぐつと小さく、全体を更に細めに華奢《きやしや》に、胴のくびれは痛いほど、きゆつと締めて、その外套を着るときには、少年はひそかにシヤツを一枚脱がなければならなかつたのでした。この外套に対しては、誰もなんとも言ひませんでした。友人たちも笑はず、ただ、へんに真面目なよそよそしい顔になつて、さうしてすぐ顔をそむけました。少年も、その輝くほどの外套を着ながら、流石に孤独寂寥の感に堪へかね、泣きべそかいてしまひました。お洒落ではあつても、心は弱い少年だつたのです。たうとうその苦心の外套をも廃止して、中学時代からのボロボロのマントを、頭からすつぽりかぶつて、喫茶店へ葡萄酒飲みに出かけたりするやうになりました。

喫茶店で、葡萄酒飲んでゐるうちは、よかつたのですが、そのうちに割烹店へ、のこのこはひつていつて芸者と一緒に、ごはんを食べることなど覚えたのです。少年は、それを別段、わるいこととも思ひませんでした。粋な、やくざなふるまひは、つねに最も高尚な趣味であると信じてゐました。城下まちの、古い静かな割烹店へ、二度、三度、ごはんを食べに行つてゐるうちに、少年のお洒落の本能はまたも、むつくり頭をもたげ、こんどは、それこそ大変なことになりました。芝居で見た「め組の喧嘩」の鳶の者の服装して、割烹店の奥庭に面したお座敷で大あぐらかき、おう、ねえさん、けふはめつぽふ、きれえぢやねえか、などと言つてみたく、ワクワクしながら、その服装の準備にとりかかりました。紺の腹掛。あれは、すぐ手にはひりました。あの腹掛のドンブリに、古風な財布をいれて、かう懐手して歩くと、いつぱしの、やくざに見えます。角帯も買ひました。締め上げると、きゆつと鳴る博多の帯です。唐桟《たうざん》の単衣を一まい呉服屋さんにたのんで、こしらへてもらひました。鳶の者だか、ばくち打ちだか、お店ものだか、わけのわからぬ服装になつてしまひました。統一が無いのです。とにかく、芝居に出て来る人物の印象を与へるやうな服装だつたら、少年はそれで満足なのでした。初夏のころで、少年は素足に麻裏草履をはきました。そこまでは、よかつたのですが、ふと少年は、妙なことを考へました。それは股引《ももひき》に就いてでありました。紺の木綿のピツチリした長股引を、芝居の鳶の者が、はいてゐるやうですけれど、あれを欲しいと思ひました。ひよつとこめ、と言つて、ぱつと裾をさばいて、くるりと尻をまくる。あのときに紺の股引が眼にしみるほど引き立ちます。さるまた一つでは、いけません。少年は、その股引を買ひ求めようと、城下まち端から端まで走り廻りました。どこにも無いのです。あのね、ほら、左官屋さんなんか、はいてゐるぢやないか、ぴちつとした紺の股引さ、あんなの無いかしら、ね、と懸命に説明して呉服屋さん、足袋屋さんに、聞いて歩いたのですが、さあ、あれは、いま、と店の人たち笑ひながら首を振るのでした。もう、だいぶ暑いころで、少年は、汗だくで捜し廻り、たうとう或る店の主人から、それは、うちにはございませぬが、横丁まがると消防のもの専門の家がありますから、そこへ行つてお聞きになると、ひよつとしたら、わかるかも知れません、といいこと教へられ、なるほど消防とは気がつかなかつた、鳶の者と言へば、火消しのことで、いままで言へば消防だ、なるほど道理だ、と勢ひ附いて、その教へられた横丁の店に飛び込みました。店には大小の消火ポンプが並べられて在りました。纏《まとひ》もあります。なんだか心細くなつて、それでも勇気を鼓舞して、股引ありますか、と尋ねたら、あります、と即座に答へて持つて来たものは、紺の木綿の股引には、ちがひ無いけれども、股引の両外側に太く消防のしるしの赤線が縦にずんと引かれてゐました。流石にそれをはいて歩く勇気は無く、少年も淋しく股引をあきらめるより他なかつたのです。

おのれの服装が理想どほりにならないと、きつと、やけくそになる悪癖を、この少年は持つてゐました。希望どほりの紺の股引を求めることが、できなくなつて、少年の小粋な服装も目立つて、いけなくなりました。紺の腹掛、唐桟の単衣に角帯、麻裏草履、そのやうな服装をしてゐながら、白線の制帽をかぶつて、まちを歩いたのは、一たい、どういふ美学が教へた業でせう。そんな異様の風俗のものは、どんな芝居にだつて出て来ません。たしかに少年は、やけくそになつてゐるとしか思へません。カシミヤの白手袋を、再び用ゐました。唐桟、角帯、紺の腹掛、白線の帽子、白手袋、もはや収拾つかないごたごたの満艦飾です。そんな不思議な時代が、人間一生のあひだに、一度は在るものではないでせうか。なんだか、まるで夢中なのです。持ち物全部を身につけなければ、気がすまぬのです。カシミヤの白手袋が破れて、新しいのを買はうとしても、カシミヤのは、仲々無いので、しまひには、生地は、なんであつても白手袋でさへあればといふ意味で、軍手になりました。兵隊さんの厚ぼつたい熊の掌のやうに大きい白手袋であります。なにもかも、滅茶滅茶でした。少年は、そのやうな異様の風態で、割烹店へ行き、泉鏡花氏の小説で習ひ覚えた地口《ぢぐち》を、一生懸命に、何度も繰りかへして言つてゐました。女など眼中になかつたのです。ただ、おのれのロマンチツクな姿態だけが、問題であつたのです。

やがて夢から覚めました。左翼思想が、そのころの学生を興奮させ、学生たちの顔が颯つと蒼白になるほど緊張してゐました。少年は上京して大学へはひり、けれども学校の講義には、一度も出席せず、雨の日も、お天気の日も、色のさめたレインコオト着て、ゴム長靴はいて、何やら街頭をうろうろしてゐました。お洒落の暗黒時代が、それから永いことつづきました。さうして、間もなく少年は、左翼思想をさへ裏切りました。卑劣漢の焼印を、自分で自分の額に押したのでした。お洒落の暗黒時代といふよりは、心の暗黒時代が、十年後のいまに至るまで、つづいてゐます。少年も、もう、いまでは鬚の剃り跡の青い大人になつて、デカダン小説と人に曲解されてゐる、けれども彼自身は、決してさうではないと信じてゐる悲しい小説を書いて、細々と世を渡つて居ります。昨年まづしい恋人が、できて、時々逢ひに行くのに、ふつと昔のお洒落の本能が、よみがへり、けれども今となつては、あの、やさしい嫂にたのむことも、できなくなつてゐるし、思ふやうにお金使つて服装とゝのへるなぞ、とても不可能なことなのでした。普段着いちまい在るきりで、他には、足袋の片一方さへ無い仕末でした。よほど落ちぶれて、困窮してゐるものと見えます。もともと、お洒落な子だつたのですし、洗ひざらしの浴衣に、千切れた兵古帯ぐるぐる巻きにして恋人に逢ふくらゐだつたら、死んだはうがいいと思ひました。さんざ思ひ迷つて、決意しました。借衣であります。お金を借りるときよりも、着物を借りる時のはうが、十倍くるしいものであること、ご存じですか。顔から火が出るといふ言葉がありますけれど、実感であります。それに、着物ばかりか、兵古帯も、下駄も借りなければ、いけなかつたのです。さうして、恋人を欺くのです。どんなに落ちぶれても、ロマンスの世界にはひると、彼のお洒落の本能が、むつくり頭を持ち上げて、彼の痩せひからびた胸をワクワクさせる様であります。彼のやうな男は、七十歳になつても、八十歳になつても、やはり派手な格子縞のハンチングなど、かぶりたがるのではないでせうか。外面の瀟洒と典雅だけを現世の唯一の「いのち」として、ひそかに信仰しつづけるのではないでせうか。昨年、彼が借衣までして恋人に逢ひに行つたといふ、そのときの彼の自嘲の川柳を二つ三つ左記して、この恐るべきお洒落童子の、ほんのあらましの短い紹介文を結ぶことに致しませう。落《おち》人《うど》の借衣すずしく似合ひけり。この柄は、このごろ流行《はやり》と借衣言ひ。その袖を放せと借衣あわてけり。借衣すれば、人みな借衣に見ゆる哉。味はふと、あはれな狂句です。

美しい兄たち

父がなくなつたときは、長兄は大学を出たばかりの二十五歳、次兄は二十三歳、三男は二十歳、私が十四歳でありました。兄たちは、みんな優しく、さうして大人びてゐましたので、私は、父に死なれても、少しも心細く感じませんでした。長兄を、父と全く同じことに思ひ、次兄を苦労した伯父さんの様に思ひ、甘えてばかりゐました。私が、どんなひねこびた我儘いつても、兄たちは、いつも笑つて許してくれました。私には、なんにも知らせず、それこそ私の好きなやうに振舞はせて置いてくれましたが、兄たちは、なかなか、それどころでは無く、きつと、百万以上はあつたのでせう、その遺産と、亡父の政治上の諸勢力とを守るのに、眼に見えぬ努力をしてゐたにちがひありませぬ。たよりにする伯父さんといふやうな人も無かつたし、すべては、二十五歳の長兄と、二十三歳の次兄と、力を合せてやつて行くより他に仕方がなかつたのです。長兄は、二十五歳で町長さんになり、少し政治の実際を練習をして、それから三十一歳で、県会議員になりました。全国で一ばん若年の県会議員だつたさうで、新聞には、A県の近衛公とされて、漫画なども出て、たいへん人気がありました。

長兄は、それでも、いつも暗い気持のやうでした。長兄の望みは、そんなところに無かつたのです。長兄の書棚には、ワイルド全集、イプセン全集、それから日本の戯曲家の著書が、いつぱい、つまつて在りました。長兄自身も、戯曲を書いて、ときどき弟妹たちを一室に呼び集め、読んで聞かせて下さることがあつて、そんな時の長兄の顔は、しんから嬉しさうに見えました。私は幼く、よくわかりませんでしたけれど、長兄の戯曲は、たいてい、宿命の悲しさをテエマにしてゐるやうな気がいたしました。なかでも、「奪ひ合ひ」といふ長編戯曲に就いては、私は、いまでも、その中の人物の表情までも、はつきり思ひ出すことができるのであります。

長兄が三十歳のとき、私たち一家で、「青んぼ」といふ可笑しな名前の同人雑誌を発行したことがあります。そのころ美術学校の塑像科に在籍中だつた三男が、それを編輯いたしました。「青んぼ」といふ名前も、三男がひとりで考案して得意らしく、表紙も、その三男が画いたのですけれども、シユウル式の出鱈目のもので、銀粉をやたらに使用した、わからない絵でありました。長兄は、創刊号に随筆を発表しました。

「めし」といふ題で、長兄が、それを私に口述筆記させました。いまでも覚えて居ります。二階の西洋間で、長兄は、両手をうしろに組んで天井を見つめながら、ゆつくり歩きまはり、

「いいかね、いいかね、はじめるぞ。」

「はい。」

「おれは、ことし三十になる。孔子は、三十にして立つ、と言つたが、おれは、立つどころでは無い。倒れさうになつた。生き甲斐を、身にしみて感じることが無くなつた。強ひて言へば、おれは、めしを食ふとき以外は、生きてゐないのである。ここに言ふ『めし』とは、生活形態の抽象でもなければ、生活意慾の概念でもない。直接に、あの茶碗一ぱいのめしのことを指して言つてゐるのだ。あのめしを嚙む、その瞬間の感じのことだ。動物的な、満足である。下品な話だ。……」

私は、未だ中学生であつたけれども、長兄のそんな述懐を、せつせと筆記しながら、兄を、たまらなく可哀想に思ひました。A県の近衛公だなぞと無智なおだてかたはしても、兄のほんたうの淋しさは、誰も知らないのだと思ひました。

次兄は、この創刊号には、何も発表なさらなかつたやうですが、この兄は、谷崎潤一郎の初期からの愛読者でありました。それから、また、吉井勇の人柄を、とても好いてゐました。次兄は、お酒にも強く、親分気質の豪快な心を持つてゐて、けれども、お酒に負けず、いつでも長兄の相談相手になつて、まじめに物事を処理し、謙遜な人でありました。さうしてひそかに、吉井勇の「紅燈に行きてふたたび帰らざる人をまことのわれと思ふや。」といふやうな鬱勃の雄心を愛して居られたのではないかと思はれます。いつか鳩に就いての随筆を、地方の新聞に発表して、それに次兄の近影も掲載されて在りましたがその時、どうだ、この写真で見ると、おれも、ちよつとした文士だね、吉井勇に似てゐるね、と冗談に威張つて見せました。顔も、左団次みたいな、立派な顔をしてゐました。長兄の顔は、線が細く、松蔦のやうだと、これも家中の評判でありました。ふたり共、それをちやんと意識してゐて、お酒に酔つたとき、掛合ひで左団次松蔦の鳥辺山心中や皿屋敷などの声色を、はじめることさへ、たまにはありました。

そんなとき、二階の西洋間のソフアにひとり寝ころんで、遠く兄たち二人の声色を聞き、けツと毒笑してゐるのが、三男でありました。この兄は、美術学校にはひつてゐたのですが、からだが弱いので、あまり塑像のはうへは精を出さず、小説に夢中になつて居りました。文学の友だちもたくさんあつて、その友人たちと「十字街」といふ同人雑誌を発行し、ご自身は、その表紙の絵をかいたり、また、たまには「苦笑に終る」なぞといふ淡彩の小品を書いて発表したりしてゐました。夢川利一といふ筆名だつたので、兄や姉たちは、ひどい名前だといつて閉口し、笑つてゐました。RIICHI UMEKAWA とロオマ字でもつて印刷した名刺を作らせ、少し気取つて私にも一枚くださいましたが、読んでみると、リイチ・ウメカワとなつてゐるので、私まで、ひやつとして、兄さんは、ユメカワでせう？　わざと、かう刷らせたの？　とたづねたら、兄は、

「やあ、しまつた。おれは、ウメカワぢや無いんだ。」と言つて、顔を真赤になさいました。もう、名刺を、友人や先輩、または馴染の喫茶店に差し上げてしまつてゐたのです。印刷所の

手落ちでは無く、兄がちやんとUMEKAWAと指定してやつたものらしく、uといふ字を、英語読みにユウと読んでしまふことは、誰でも犯し易い間違ひであります。家中、いよいよ大笑ひになつて、それからは私の家では、梅川先生だの、忠兵衛先生だのと呼ばれるやうになりました。この兄は、からだが弱くて、十年まへ、二十八歳で死にました。顔が、不思議なくらゐ美しく、そのころ姉たちが読んでゐた少女雑誌に、フキヤ・コウジとかいふ人の画いた、眼の大きい、からだの細い少女の口絵が毎月出てゐましたけれど、兄の顔は、あの少女の顔にそつくりで、私は時々ぼんやり、その兄の顔を眺めてゐて、ねたましさでは無く、へんにくすぐつたいやうな楽しさを感じてゐました。

性質はまじめな、たいへん厳格で律儀なものをさへ、どこかに隠し持つてゐましたが、それでも趣味として、むかしフランスに流行したとかいふ粋紳士《プレッシュウ》風、または鬼面毒笑《ビユルレスク》風を信奉してゐる様子らしく、むやみやたらに人を軽蔑し、孤高を装つて居りました。長兄は、もう結婚してゐて、当時、小さい女の子がひとり生れてゐましたが、夏休みになると、東京から、A市から、H市から、はうばうの学校から若い叔父や叔母が家へ帰つて来て、それが皆一室に集り、おいで東京の叔父さんのとこへ、おいでA叔母さんのとこへ、とわいわい言つて小さい姪ひとりを奪ひ合ふのですけれど、そんなときには、この兄は、みんなから少し離れて立つてゐて、なんだ、まだ赤いぢやないか、気味がわるい、などと、生れたばかりの小さい姪の悪口を言ひ、それから、仕方なささうに、ちよつと両手を差し伸べ、おいでフランスの叔父さんのとこへ、と言ふのでした。また、晩ごはんのときには、ひとり、ひとりお膳に向つて坐り、祖母、母、長兄、次兄、三兄、私といふ順序に並び、向ふ側は、帳場さん、嫂、姉たちが並んで、長兄と次兄は、夏、どんなに暑いときでも日本酒を固執し、二人とも、その傍に大型のタオルを用意させて置いて、だらだら流れる汗を、それでもつて拭ひ拭ひ熱燗のお酒を呑みつづけるのでした。ふたりで毎晩一升以上も呑むやうでしたが、どちらも酒に強いので、座の乱れるやうなことは、いちどもありませんでした。三兄は、決してそのお仲間に加はらず、知らんふりして自分の席に坐つて、凝つたグラスに葡萄酒をひとりで注いで颯つと呑みほし、それから大急ぎでごはんをすまして、ごゆつくり、と真面目にお辞儀して、もう掻き消すやうに、ゐなくなつてしまひます。とても、水際立つたものでした。

「青んぼ」といふ雑誌を発行したときも、この兄は編輯長といふ格で、私に言ひつけて、一家中から、あれこれと原稿を集めさせ、さうして集つた原稿を読んでは、けツと毒笑してゐました。私が、やつと、長兄から「めし」といふ随筆を、口述筆記させてもらつて、編輯長のところへ少し得意で呈出したら、編輯長はそれを読むなりけツと笑つて、

「号令口調といふんだね。孔子曰く、はひどいね。」と、さんざ悪口言ひました。ちやんと長兄の侘びしさを解してゐながら、それでも自身の趣味のために、いつも三兄は、こんな悪口言ふのでした。人の作品を、そんなに悪く言ひながら、この兄ご自身の作品は、どうかといふことになれば、さうなると、なんだか心細いものでした。この「青んぼ」といふ変な名前の雑誌

の創刊号には、編輯長は自重して小説を発表せず、叙情詩を二篇、発表いたしましたが、どうも、それは、いま、いくら考へてみても傑作とは、思へないものなのであります。あの、兄ともあらうお人が、どうしてこんなものを発表する気になつたか、私は、いまは残念にさへ思ひます。甚だ、書きにくいのでありますが、それは、こんな詩なのであります。「あかいカンナ」といふのと、「矢車の花いとし」といふのと、二つでありますが、前者は「あかいカンナの花でした。私の心に似てゐます。云々。」なんだか、とても、書きにくい思ひなのですが、後者は、「矢車の花いとし。一つ、二つ、三つ、私のたもとに入れました。云々。」といふのであります。どういふものでせうか。やはり、之は、大事に筐底深く蔵して置いたはうが、よかつたのでは無かつたかと、私は、あのお洒落な粋紳士の兄のために、いまになつて、さう思ふのでありますが、当時は、私は兄の徹底したビユルレスクを尊敬し、それに東京の「十字街」といふかなり有名らしい同人雑誌の仲間ではあり、それにまた兄には、その詩がとても自慢のものらしく、町の印刷所で、その詩の校正をしながら、「あかいカンナの花でした。私の心に似てゐます。」と、変な節をつけて歌ひ出す仕末なので、私にも、なんだか傑作のやうな気がして参つたのであります。この「青んぼ」といふ雑誌については、いろいろと、なつかしく、また噴き出すやうな思ひ出が、あるのですけれど、けふは、なんだか、めんだうくさく、この三番目の兄が、なくなつた頃の話をして、それでおわかれ致したく思ひます。

この兄は、なくなる二、三年まへから、もう寝たり起きたりでありました。結核菌が、からだのあちこちを虫食ひはじめてゐたのでした。それでも、ずいぶん元気で、田舎にも帰らず、入院もせず、戸山が原のちかくに一軒、家を借りて、同郷のWさん夫婦にその家の一間にはひつてもらつて、あとの部屋は全部、自分で使つて、のんきに暮してゐました。私は、高等学校へはひつてからは、休暇になつても田舎へ帰らず、たいてい東京の戸塚の、兄の家へ遊びに行つて、さうして兄と一緒に東京のまちを歩きまはりました。兄は、ずいぶん嘘をつきました。銀座を歩きながら、

「あツ、菊池寛だ。」と小さく叫んで、ふとつたおぢいさんを指さします。とても、まじめな顔して、さういふのですから、私も、信じないわけには、いかなかつたのです。銀座の不二屋でお茶を飲んでゐたときにも、肘で私をそつとつついて、佐々木茂索がゐるぞ、そら、おまへのうしろのテエブルだ、と小声で言つて教へてくれたことがありますけれど、ずつとあとになつて、私が直接、菊池先生や佐々木さんにお目にかかり、兄が私に嘘ばかり教へてゐたことを知りました。兄の所蔵の「感情装飾」といふ川端康成氏の短篇集の扉には、夢川利一様、著者、と毛筆で書かれて在つて、それは兄が、伊豆かどこかの温泉宿で川端さんと知り合ひになり、そのとき川端さんから戴いた本だ、といふことになつてゐたのですが、いま思へば、これもどうだか、こんど川端さんにお逢ひしたとき、お伺ひしてみようと思つて居ります。ほんたうであつて、くれたらいいと思ひます。けれども、私が川端さんから戴いてゐるお手紙の字体と、それから思ひ出の中の、夢川利一様、著者、といふ字体とは、少し違ふやうにも思はれるので

す。兄は、いつでも、無邪気に人を、かつぎます。まつたく油断が、できないのです。ミステフイカシオンが、フランスのプレツシユウたちの、お道楽の一つであつたさうですから、兄にも、やつぱり、この神秘捏造《ミステフイカシオン》の悪癖が、争はれなかつたのであらうと思ひます。

兄がなくなつたのは、私が大学へはひつたとしの初夏でありましたが、そのとしのお正月には、応接室の床の間に自筆の掛軸を飾りました。半折に、「この春は、仏心なども出で、酒もあり、肴もあるをよろこばぬなり。」と書かれてゐて、訪問客は、みんな大笑ひして、兄もにやにや笑つてゐましたが、それは、れいの兄のミステフイカシオンでは無く、本心からのものだつたのでせうけれど、いつも、みんなを、かつぐものだから、訪問客たちも、ただ笑つて、兄のいのちを懸念しようとは、しないのでした。兄は、やがて小さい珠数を手首にはめて歩いて、さうして自分のことを、愚僧、と呼称することを案出しました。愚僧は、愚僧は、とまじめに言ふので、兄のお友だちも、みんな真似して、愚僧は、愚僧は、と言ひ合ひ、一時は大流行いたしました。兄にとつては、ただ冗談だけでそんなことをしてゐたのでは無く、自身の肉体消滅の日時が、すぐ間近に迫つてゐることを、ひそかに知つてゐて、けれども兄の鬼面毒笑風《ビユルレスク》の趣味が、それを素直に悲しむことを妨げ、かへつて懸命に茶化して、しさいらしく珠数を爪繰つては人を笑はせ、愚僧もあの婦人には心が乱れ申したわい、お恥かしいが、まだ枯れて居らん証拠ぢやなう、などと言ひ、私たちを誘つて、高田の馬場の喫茶店へ蹌踉と乗り込むのでした。この愚僧は、たいへんおしやれで、喫茶店へ行く途中、ふつと、指輪をはめて出るのを忘れて来たことに気がつき、躊躇なくくるりと廻れ右して家へ引きかへし、さうしてきちんと指輪をはめて、出直し、やあ、お待ちどほさま、と澄ましてゐました。

私は大学へはひつてからは、戸塚の、兄の家のすぐ近くの下宿屋に住み、それでも、お互ひ勉強の邪魔をせぬやう、三日にいちどか、一週間にいちど顔を合せると、必ず一緒にまちへ出て、落語を聞いたり、喫茶店をまはつて歩いたりして、そのうちに兄は、ささやかな恋をしました。兄は、その粋紳士風《プレッシュウ》の趣味のために、おそろしく気取つてばかりゐて、女のひとには、さつぱり好かれないやうでした。そのころ高田の馬場の喫茶店に、兄が内心好いてゐる女の子がありましたが、あまり旗色がよくないやうで、兄は困つて居りました。それでも、兄は誇《プライド》の高いお人でありますから、その女の子に、いやらしい色目を使つたり、下等にふざけたりすることは絶対にせず、すつとはひつて、コーヒー一ぱい飲んで、すつと帰るといふことばかり続けて居りました。或る晩、私とふたりで、その喫茶店へ行き、コーヒー一ぱい飲んで、やつぱり旗色がわるく、そのまま、すつと帰つて、その帰途、兄は、花屋へ寄つてカーネーションと薔薇とを組合せた十円ちかくの大きな花束をこしらへさせ、それを抱へて花屋から出て、何だかもぢもぢしてゐましたので、私には兄の気持が全部わかり、身を躍らしてその花束をひつたくり、脱兎の如くいま来た道を駈け戻り喫茶店の扉のかげに、ついと隠れて、あの子を呼びました。

「をぢさん（私は兄を、さう呼んでゐました。）を知つてるだらう？　をぢさんを忘れちやいけない。はい、これはをぢさんから。」口早に言つて花束手渡してやつても、あの子は、ぼんやりしてゐますので、私は、矢庭にあの子をぶん殴りたく思ひました。私まで、すつかり元気がなくなり、それから、ぶらぶら兄の家へ行つてみましたら、兄は、もうベツドにもぐつてゐて、なんだか、ひどく不気嫌でした。兄は、そのとき、二十八歳でした。私は六つ下の、二十二歳でありました。

　そのとしの、四月ごろから、兄は異状の情熱を以て、制作を開始いたしました。モデルを家に呼んで、大きいトルソオに取りかかつた様子でありました。私は、兄の仕事の邪魔をしたくないので、そのころは、あまり兄の家を訪ねませんでした。いつか夜、ちよつと訪ねてみたら、兄は、ベツドにもぐつてゐて、少し頬が赤く、「もう夢川利一なんて名前は、よすことにした。堂々、辻馬桂治（兄の本名）でやつてみるつもりだ。」と兄にしては、全く珍らしく、少しも茶化さず、むきになつて言つて聞かせましたので、私は急に泣きさうになりました。

　それから、二月経つて、兄は仕事を完成させずに死んでしまひました。様子が変だと、Wさん御夫婦も言ひ、私も、さう思ひましたので、かかりのお医者に相談してみましたら、もう四五日、とお医者は平気で言ふので、私は仰天いたしました。すぐに、田舎の長兄へ電報を打ちました。長兄が来るまでは、私が兄の傍に寝て二晩、のどにからまる痰を指で除去してあげました。長兄が来て、すぐに看護婦を雇ひ、お友だちも、だんだん集り、私も心強くなりましたが、長兄が見えるまでの二晩は、いま思つても地獄のやうな気がいたします。暗い電気の下で兄は、私にあちこちの引き出しをあけさせ、いろいろの手紙や、ノオトブツクを破り棄てさせ、私が、言ひつけられたとほり、それをばりばり破りながらめそめそ泣いてゐるのを、兄は、不思議さうに眺めてゐるのでした。私は、世の中に、たつた私たち二人しかゐないやうな気がいたしました。

　長兄や、お友だちに、とりかこまれて、息をひきとるまへに、私が、

「兄さん！」と呼ぶと、兄は、はつきりした言葉で、ダイヤのネクタイピンと、プラチナの鎖があるから、おまへにあげるよ、と言ひました。それは嘘なのです。兄は、きつと死ぬる際まで、粋紳士風《プレッシュウ》の趣味を捨てず、そんな、はいからのこと言つて、私をかつがうとしてゐたのでせう。無意識に、お得意の神秘捏造《ミステフイカシオン》をやつてゐたのでありませう。ダイヤのネクタイピンなど、無いのを私は知つて居りますので、なほのこと、兄の伊達の気持ちが悲しく、わあわあ泣いてしまひました。なんにも作品残さなかつたけれど、それでも水際立つて一流の芸術家だつたお兄さん。世界で一ばんの美貌を持つてゐたくせに、ちつとも女に好かれなかつたお兄さん。

　死んだ直後のことも、あれこれ書いてお知らせするつもりでありましたが、ふと考へてみれば、そんな悲しさは、私に限らず、誰だつて肉親に死なれたときには味ふものにちがひないので、なんだか私の特権みたいに書き誇るのは、読者にすまないことみたいで、気持ちが急に萎縮してしまひました。ケイジ、ケサ四ジ、セイキヨセリ。といふ電文を、田舎の家にあてて、頼信紙に書きしたためながら、当時三十三歳の長兄が、何を思つたか、急に手放しで慟哭をは

じめたお姿が、いまでも私の痩せひからびた胸をゆすぶります。父に早く死なれた兄弟は、なんぼうお金はあつても、可哀想なものだと思ひます。

老《アルト》ハイデルベルヒ

八年まへの事でありました。当時、私は極めて懶惰な帝国大学生でありました。一夏を、東海道三島の宿で過したことがあります。五十円を故郷の姉から、これが最後だと言つて、やつと送つて戴き、私は学生鞄に着更の浴衣やらシヤツやらを詰め込み、それを持つてふらと、下宿を立ち出で、そのまま汽車に乗りこめばよかつたものを、方角を間違へ、馴染みのおでんやにとびこみました。其処には友達が三人来合はせて居ました。やあ、やあ、めかして何処へ行くのだと、既に酔つぱらつてゐる友人達は、私をからかひました。私は気弱く狼狽して、いや何処といふこともないいんだけど、君たちも、行かないかね、と心にも無い勧誘がふいと口から辷り出て、それからは騎虎の勢で、僕にね、五十円あるんだ、故郷の姉から貰つたのさ、これから、みんなで旅行に出ようよ、なに、仕度なんか要らない、そのままでいいぢやないか、行かう、行かう、とやけくそになり、しぶる友人達を引張るやうにして連れ出してしまひました。

あとは、どうなることとか、私自身にさへわかりませんでした。あの頃は私も、随分、呑気なところのある子供でした。世の中も亦、私達を呑気に甘えさせてくれてゐました。私は、三島に行つて小説を書かうと思つて居たのでした。三島には高部佐吉さんといふ、私より二つ年下の青年が酒屋を開いて居たのです。佐吉さんの兄さんは沼津で大きい造酒屋を営み、佐吉さんは其の家の末つ子で、私とふとした事から知合ひになり、私も同様に末弟であるし、また同様に早くから父に死なれてゐる身の上なので、佐吉さんとは、何かと話が合ふのでした。佐吉さんの兄さんとは私も逢つたことがあり、なかなか太つ腹の佳い方だし、佐吉さんは家中の愛を独占して居るくせに、それでも何かと不平が多い様で、家を飛出し、東京の私の下宿へ、にこにこ笑つてやつて来た事もありました。さまざま駄々をこねて居たやうですが、どうにか落ち付き、三島の町はづれに小ぢんまりした家を持ち、兄さんの家の酒樽を店に並べ、酒の小売を始めたのです。二十歳の妹さんと二人で住んで居ました。私は、其の家へ行くつもりであつたのです。佐吉さんから、手紙で様子を聞いてゐるだけで、まだ其の家を見た事も無かつたので、行つてみて具合が悪いやうだつたらすぐ帰らう、具合がいゝやうだつたら一夏置いて貰つて、小説を一篇書かう、さう思つて居たのでありましたが、心ならずも三人の友人を招待してしまつたので、私は、とにかく三島迄の切符を四枚買ひ、自信あり気に友人達を汽車に乗せたものの、さてこんなに大勢で佐吉さんの小さい酒店に御厄介になつていいものかどうか、汽車の進むにつれて私の不安は増大し、そのうちに日も暮れて、三島駅近くなる頃には、あまりの心細さに全身こまかにふるへ始め、幾度となく涙ぐみました。私は自身のこの不安を、友人に知らせたくなかつたので、懸命に佐吉さんの人柄の良さを語り、三島に着いたらしめたものだ、三島に着いたらしめたものだと、自分でもイヤになる程、その間の抜けた無意味な言葉を幾度も幾度も繰返して言ふのでした。あらかじめ佐吉さんには電報を打つて置いたのですが、果して三島の駅に迎へに来てくれて居るかどうか、若し迎へに来て居てくれなかつたら、私は此の三人の友人を抱へて、一体どうしたらいいでせう。私の面目は、まるつぶれになるのではないでせうか。三島駅に降りて改札口を出ると、構内はがらんとして誰も居りませぬ。ああ、やはり駄目だ。私は泣きべそかきました。駅は田畑の真中に在つて、三島の町の灯さへ見えず、どちらを見廻しても真暗闇、稲田を撫でる風の音がさやさや聞え、蛙の声も胸にしみて、私は全く途方にくれました。佐吉さんでも居なければ、私にはどうにも始末がつかなかつたのです。汽車賃や何かで、姉から貰つた五十円も、そろそろ減つて居りますし、友人達には勿論持合せのある筈は無し、私がそれを承知で、おでんやからそのまま引張り出して来たのだし、さうして友人達は私を十分に信用してゐる様子なのだから、いきほひ私も自信ある態度を装はねばならず、なかなか苦しい立場でした。無理に笑つて私は、大声で言ひました。

「佐吉さん、呑気だなあ。時間を間違へたんだよ。歩くよりほかは無い。この駅にはもとからバスも何も無いのだ。」と知つたかぶりして鞄を持直し、さつさと歩き出したら、其のとき、闇のなかから、ぽつかり黄色いヘツドライトが浮び、ゆらゆらこちらへ泳いで来ます。

「あ、バスだ。今は、バスもあるのか。」と私はてれ隠しに呟き、「おい、バスが来たやうだ。あれに乗らう！」と勇んで友人達に号令し、みな道端に寄つて並び立ち、速力の遅いバスを待つて居ました。やがてバスは駅前の広場に止り、ぞろぞろ人が降りて、と見ると佐吉さんが白浴衣着てすまして降りました。私は、唸るほどほつとしました。

佐吉さんが来たので、助かりました。その夜は佐吉さんの案内で、三島からハイヤーで三十分、古奈温泉に行きました。三人の友人と、佐吉さんと、私と五人、古奈でも一番いい方の宿屋に落ちつき、いろいろ飲んだり、食べたり、友人達も大いに満足の様子で、あくる日東京へ、有難う、有難うと朗らかに言つて帰つて行きました。宿屋の勘定も、佐吉さんの口利きで特別に安くして貰ひ、私の貧しい懐中からでも十分に支払ふことが出来ましたけれど、友人達に帰りの切符を買つてやつたら、あと、五十銭も残りませんでした。

「佐吉さん、僕、貧乏になつてしまつたよ。君の三島の家には僕の寝る部屋があるかい。」

佐吉さんは何も言はず、私の背中をどんと叩きました。そのまま一夏を私は三島の佐吉さんの家で暮しました。三島は取残された、美しい町であります。町中を水量たつぷりの澄んだ小川が、それこそ蜘蛛の巣のやうに縦横無尽に残る隈なく駈けめぐり、清冽の流れの底には水藻が青青と生えて居て、家家の庭先を流れ、縁の下をくぐり、台所の岸をちやぷちやぷ洗ひ流れて、三島の人は台所に座つたままで清潔なお洗濯が出来るのでした。昔は東海道でも有名な宿場であつたやうですが、だんだん寂れて、町の古い住民だけが依怙地に伝統を誇り、寂れても派手な風習を失はず、謂はば、滅亡の民の、名誉ある懶惰に耽つてゐる有様でありました。実に遊び人が多いのです。佐吉さんの家の裏に、時々羅市《せりいち》が立ちますが、私もいちど見に行つて、つい目をそむけてしまひました。何でも彼でも売つちやふのです。乗つて来た自転車を、其のまま売り払ふのは、まだよい方で、おぢいさんが懐からハアモニカを取り出して五銭に売つたなどは奇怪でありました。古い達磨《だるま》の軸物、銀鍍金の時計の鎖、襟垢の着いた女の半纏、玩具の汽車、蚊帳、ペンキ絵、碁石、鉋《かんな》、子供の産衣まで、十七銭だ、二十銭だと云つて笑ひもせずに売り買ひするのでした。集る者は大抵四十から五十、六十の相当年輩の男ばかりで、いづれは道楽の果、五合の濁酒《にごりざけ》が欲しくて、取組る女房子供を蹴飛ばし張りとばし、家中の最後の一物まで持ち込んで来たといふ感じでありました。或は又、孫のハアモニカを、爺《ぢい》に借せと騙して取上げ、こつそり裏口から抜け出し、あたふた此所へやつて来たといふやうな感じでありました。珠数を二銭に売り払つた老爺もありました。わけてもひどいのは、半分ほどきかけの、女の汚れた袷をそのまま丸めて懐へつつこんで来た頭の禿げた上品な顔の御隠居でした。殆んど破れかぶれに其の布を（もはや着物ではありません。）拡げて、さあ、なんぼだ、なんぼだと自嘲の笑を浮べながら値を張らせて居ました。頽廃の町なのであります。町へ出て飲み屋へ行つても、昔の、宿場のときのままに、軒の低い、油障子を張つた汚い家でお酒を頼むと、必ずそこの老主人が自らお燗をつけるのです。五十年間お客にお燗をつけてやつたと自慢して居ました。酒がうまいもまづいも、すべてお燗のつけやう一つだと意気込んで居ました。としよりがその始末なので、若い者は尚の事、遊び馴れて華奢な身体をして居ます。毎日朝から、いろいろ大小の与太者が佐吉さんの家に集ります。佐吉さんは、そんなに見掛けは頑丈でありませんが、それでも喧嘩が強いのでせうか、みんな佐吉さんに心服してゐるやうでした。私が二階で小説を書いて居ると、下のお店で朝からみんながわあわあ騒いでゐて、佐吉さんは一際高い声で、

「なにせ、二階の客人はすごいのだ。東京の銀座を歩いたつて、あれ位の男つぷりは、まづ無いね。喧嘩もやけに強くて、牢に入つたこともあるんだよ。唐手《からて》を知つて居るんだ。見ろ、この柱を。へこんで居るずら。これは、二階の客人がちよいとぶん殴つて見せた跡だよ。」と、とんでも無い嘘を言つて居ます。私は、頗る落ちつきません。二階から降りて行つて梯子段の上り口から小声で佐吉さんを呼び、

「あんな出鱈目を言つてはいけないよ。僕が顔を出されなくなるぢやないか。」さう口を尖らせて不服を言ふと、佐吉さんはにこにこ笑ひ、

「誰も本気に聞いちや居ません。始めから嘘だと思つて聞いて居るのですよ。話が面白ければ、きやつら喜んで居るんです。」

「さうかね。芸術家ばかり居るんだね。でもこれからは、あんな嘘はつくなよ。僕は落ちつかないんだ。」さう言ひ捨てて又二階へ上り、其の「ロマネスク」といふ小説を書き続けて居ると、又も、佐吉さんの一際高い声が聞えて、

「酒が強いと言つたら、何と言つたつて、二階の客人にかなふ者はあるまい。毎晩二合徳利で三本飲んで、ちよつと頬つぺたが赤くなる位だ。それから、気軽に立つて、おい佐吉さん、銭湯へ行かうよと言ひ出すのだから、相当だらう。風呂へ入つて、悠々と日本剃刀で髯を剃るんだ。傷一つつけたことが無い。俺の髯まで、時々剃られるんだ。それで帰つて来たら、又一仕事だ。落ちついたもんだよ。」

これも亦、嘘であります。毎晩、私が黙つて居ても、夕食のお膳に大きい二合徳利がつけてあつて、好意を無にするのもどうかと思ひ、私は大急ぎで飲むのでありますが、何せ醸造元から直接持つて来て居るお酒なので、水など割つてある筈は無し、頗る純粋度が高く、普通のお酒の五合分位に酔ふのでした。佐吉さんは自分の家のお酒は飲みません。兄貴が造へて不当利益を貪つて居るのを、此の眼で見て知つて居ながら、そんな酒とても飲まれません。げろが出さうだ、と言つて、お酒を飲むときは、外へ出てよその酒を飲みます。佐吉さんが何も飲まないのだから、私一人で酔つぱらつて居るのも体裁が悪く、頭がぐらぐらして居ながらも、二合飲みほしてすぐに御飯にとりかかり、御飯がすんでほつとする間もなく、佐吉さんが風呂へ行かうと私を誘ふのです。断るのも我儘のやうな気がして、私も、行かうと応じて、連れ立つて銭湯へ出かけるのです。私は風呂へ入つて呼吸が苦しく死にさうになります。ふらふらして流し場から脱衣場へ逃れ出ようとすると、佐吉さんは私を摑へ、髯がのびて居ます。剃つてあげませう、と親切に言つて下さるので、私は又も断り切れず、ええ、お願ひします、と頼んでしまふのでした。くたくたになり、よろめいて家へ帰り、ちよつと仕事をしようかな、と呟いて二階へ這ひ上り、そのまま寝ころんで眠つてしまふのであります。佐吉さんだつて、それを知つて居るに違ひないのに、何だつてあんな嘘の自慢をするのだらう。三島には、有名な三島大社があります。年に一度のお祭は、次第に近づいて参りました。佐吉さんの店先に集つて来る若者達も、それぞれお祭の役員であつて、様々の計画を、はしやいで相談し合つて居ました。踊り屋台、手古舞、山車、花火、三島の花火は昔から伝統のあるものらしく、水花火といふものもあつて、それは大社の池の真中で仕掛花火を行ひ、その花火が池面に映り、花火がもくもく池の底から湧いて出るやうに見える趣向になつて居るのださうであります。凡そ百種くらゐの仕掛花火の名称が順序を追うて記されてある大きい番付が、各家毎に配布されて、日一日とお祭気分が、寂れた町の隅々まで、へんに悲しくときめき浮き立たせて居りました。お祭の当日は朝からよく晴れて居て私が顔を洗ひに井戸端へ出たら、佐吉さんの妹さんは頭の手拭を取つて、おめでたうございます、と私に挨拶いたしました。ああ、おめでたう、と私も不自然でなくお祝ひの言葉を返す事が出来ました。佐吉さんは、超然として、べつにお祭の晴着を着るわけでなし、ふだん着のままで、店の用事をして居ましたが、やがて、来る若者、来る若者、すべて派手な大浪模様のお揃ひの浴衣を着て、腰に団扇を差し、やはり揃ひの手拭を首に巻きつけ、やあ、おめでたうございます、やあ、こんにちはおめでたうございますと、晴々した笑顔で、私と佐吉さんとに挨拶しました。其の日は私も、朝から何となく落ちつかず、さればといつて、あの若者達と一緒に山車を引張り廻して遊ぶことも出来ず、仕事をちよつと仕掛けては、又立ち上り、二階の部屋をただうろうろ歩き廻つて居りました。窓に倚りかかり、庭を見下せば、無花果の樹蔭で、何事も無ささうに妹さんが佐吉さんのズボンやら、私のシヤツやらを洗濯して居りました。

「さいちやん。お祭を見に行つたらいい。」

と私が大声で話しかけると、さいちやんは振り向いて笑ひ、

「私は男はきらひぢや。」とやはり大声で答へて、それから、またじやぶじやぶ洗濯をつづけ、

「酒好きの人が、酒屋の前を通ると、ぞつとするほど、いやな気がするもんでせう？　あれと同じぢや。」と普通の声で言つて、笑つて居るらしく、少しいかつて居る肩がひくひく動いて居りました。妹さんは、たつた二十歳でも、二十二歳の佐吉さんより、また二十四歳の私よりも大人びて、いつも、態度が清潔にはきはきして、まるで私達の監督者のやうでありました。佐吉さんも亦、其の日はいらいらして居る様子で、町の若者達と共に遊びたくても、派手な大浪の浴衣などを着るのは、断然自尊心が許さず、逆に、ことさらにお祭に反撥して、ああ、つまらぬ。今日はお店は休みだ、もう誰にも酒は売つてやらない、とひとりで僻《ひが》んで、自転車に乗り、何処かへ行つてしまひました。やがて佐吉さんから私に電話がかかつて来て、れいの所へ来いといふことだつたので、私はほつと救はれた気持で新しい浴衣に着更へ、家を飛んで出ました。れいの所とは、お酒のお燗を五十年間やつて居るのが御自慢の老爺の飲み屋でありまし

た。そこへ行つたら佐吉さんと、もう一人江島といふ青年が、にこりともせず大不機嫌で酒を飲んで居ました。江島さんとはその前にも二三度遊んだことがありましたが、佐吉さんと同じで、お金持の家に育ち、それが不平で、何もせずに、ただ世を怒つてばかりゐる青年でありました。佐吉さんに負けない位、美しい顔をして居ました。やはり今日のお祭の騒ぎに、一人で僻んで反抗し、わざと汚いふだん着のままで、その薄暗い飲み屋で、酒をまづさうに飲んで居るのでありました。それに私も加はり、暫く、黙つて酒を飲んで居ると、表はぞろぞろ人の行列の足音、花火が上り、物売りの声、たまりかねたか江島さんは立ち上り、行かう、狩野川へ行かうよ、と言ひ出し、私達の返事も待たずに店から出てしまひました。三人が、町の裏通りばかりをわざと選んで歩いて、ちえつ！　何だいあれあ、と口口にお祭を意味なく軽蔑しながら、三島の町から逃れ出て沼津をさしてどんどん歩き、日の暮れる頃、狩野川のほとり、江島さんの別荘に到着することが出来ました。裏口から入つて行くと、客間に一人おぢいさんがシヤツ一枚でねころんで居ました。江島さんは大声で、

「なあんだ、何時来たんだい。ゆうべまた徹夜でばくちだな？　帰れ、帰れ。お客さんを連れて来たんだ。」

老人は起き上り、私達にそつと愛想笑ひを浮べ、佐吉さんはその老人に、おそろしく丁寧なお辞儀をしました。江島さんは平気で、

「早く着物を着た方がいい。風邪を引くぜ。ああ、帰りしなに電話をかけてビイルとそれから

何か料理を此所へすぐに届けさせてくれよ。お祭が面白くないから、此所で死ぬほど飲むんだ。」

「へえ。」と剽軽に返事して、老人はそそくさ着物を着込んで、消えるやうに居なくなつてしまひました。佐吉さんは急に大声出して笑ひ、

「江島のお父さんですよ。江島を可愛くつて仕様が無いんですよ。へえ、と言ひましたね。」

やがてビイルが届き、様々の料理も来て、私達は何だか意味のわからない歌を合唱したやうに覚えて居ます。夕靄につつまれた、眼前の狩野川は満々と水を湛へ、岸の青葉を嘗《な》めてゆるゆると流れて居ました。おそろしい程深い蒼い川で、ライン川とはこんなのではないかしら、と私は頗る唐突ながら、さう思ひました。ビイルが無くなつてしまつたので、私達は又、三島の町へ引返して来ました。随分遠い道のりだつたので、私は歩きながら、何度も何度も、こくりこくりと居眠りしました。あわててしぶい眼を開くと蛍がすいと額を横ぎります。佐吉さんの家へ辿り着いたら、佐吉さんの家には沼津の実家のお母さんがやつて来て居ました。私は御免蒙つて二階へ上り、蚊帳を三角に釣つて寝てしまひました。言ひ争ふやうな声が聞えたので眼を覚まし、窓の方を見ると、佐吉さんは長い梯子を屋根に立てかけ、その梯子の下でお母さんと美しい言ひ争ひをして居たのでありました。今夜、揚花火の結びとして、二尺玉が上るといふことになつて居て、町の若者達もその直径二尺の揚花火の玉については、よほど前から興奮して話し合つて居たのです。その二尺玉の花火がもう上る時刻なので、それをどうしてもお母さん

に見せると言つてきかないのです。佐吉さんも相当酔つて居りました。

「見せるつたら、見ねえのか。屋根へ上ればよく見えるんだ。おれが負《おぶ》つてやるつていふのに、さ、負さりなよ、ぐづぐづして居ないで負さりなよ。」

　お母さんはためらつて居る様子でした。妹さんも傍にほの白く立つて居て、くすくす笑つて居る様子でした。お母さんは誰も居ぬのにそつとあたりを見廻し、意を決して佐吉さんに負さりました。

「ううむ、どつこいしよ。」なかなか重い様子でした。お母さんは七十近いけれど、目方は十五、六貫もそれ以上もあるやうな随分肥つたお方です。

「大丈夫だ、大丈夫。」と言ひながら、そろそろ梯子を上り始めて、私はその親子の姿を見て、ああ、あれだから、お母さんも佐吉さんを可愛くてたまらないのだ。佐吉さんがどんな我儘なふしだらをしても、お母さんは兄さんと喧嘩してまでも、末弟の佐吉さんを庇ふわけだ。私は花火の二尺玉よりもいいものを見たやうな気がして満足して眠つてしまひました。三島には、その外にも数々の忘れ難い思ひ出があるのですけれども、それは又、あらためて申しませう。そのとき三島で書いた「ロマネスク」といふ小説が、二三の人にほめられて、私は自信の無いままに今まで何やら下手な小説を書き続けなければならない運命に立ち至りました。三島は、私にとつて忘れてならない土地でした。私のそれから八年間の創作は全部、三島から教へられたものであると言つても過言でない程、三島は私に重大でありました。

八年後、いまは姉にお金をねだることも出来ず、故郷との音信も不通となり、貧しい痩せた一人の作家でしかない私は、先日、やつと少しまとまつた金が出来て、家内と、家内の母と、妹とを連れて伊豆の方へ一泊旅行に出かけました。清水で降りて、三保へ行き、それから修善寺へまはり、そこで一泊して、それから帰りみち、たうとう三島に降りてしまひました。いい所なんだ、とてもいい所だよ。さう言つて皆を三島に下車させて、私は無理にはしやいで三島の町をあちこち案内して歩き、昔の三島の思ひ出を面白をかしく、努めて語つて聞かせたのですが、私自身だんだん、しよげて、しまひには、ものも言ひたくなくなるほどけはしい憂鬱に落ち込んでしまひました。今見る三島は荒涼として、全く他人の町でした。此処にはもう、佐吉さんも居ない。妹さんも居ない。江島さんも居ないだらう。佐吉さんの店に毎日集つて居た若者達も、今は分別くさい顔になり、女房を怒鳴つたりなどして居るのだらう。どこを歩いても昔の香が無い。三島が色褪せたのではなくして、私の胸が老い干乾びてしまつたせゐかもしれない。八年間、その間には、往年の呑気な帝国大学生の身の上にも、困苦窮乏の月日ばかりが続きました。八年間、その間に私は、二十も年をとりました。やがて雨さへ降つて来て、家内も、母も、妹も、いい町です、落ちついたいい町です、と口ではほめてゐながら、やはり当惑さうな顔色は蔽ふべくもなく、私は、たまりかねて昔馴染みの飲み屋に皆を案内しました。あまり汚い家なので、門口で女達はためらつて居ましたが、私は思はず大声になり、

「店は汚くても、酒はいいのだ。五十年間、お酒の燗ばかりして居るぢいさんが居るのだ。

三島で由緒のある店ですよ。」むりやり入らせて、見るともう、あの赤シャツを着たおぢいさんは居ないのです。つまらない女中さんが出て来て注文を聞きました。店の食卓も、腰掛も、昔のままだつたけれど、店の隅に電気蓄音機があつたり、壁には映画女優の、下品な大きい似顔絵が貼られてあつたり、下等に荒んだ感じが濃いのであります。せめて様々の料理を取寄せ、食卓を賑かにして、このどうにもならぬ陰鬱の気配を取払ひ度く思ひ、

「うなぎと、それから海老のおにがら焼と茶椀蒸し、四つづつ、此所で出来なければ、外へ電話を掛けてとつて下さい。それから、お酒。」

母はわきで聞いてはらはらして、「いらないよ、そんなに沢山。無駄なことは、およしなさい。」と私のやり切れなかつた心も知らず、まじめに言ふので、私はいよいよやりきれなく、この世で一ばんしよげてしまひました。

誰も知らぬ

誰も知つてはゐないのですが、――と四十一歳の安井夫人は少し笑つて物語る。――可笑《をか》しなことがございました。私が二十三歳の春のことでありますから、もう、かれこれ二十年も昔の話でございます。大震災のちよつと前のことでございました。あの頃も、今も、牛込のこの辺は、あまり変つて居りませぬ。おもて通りが少し広くなつて、私の家の庭も半分ほど削り取られて道路にされてしまひました。池があつたのですが、それも潰されてしまつて、変つたと言へば、まあそれくらゐのもので、今でも、やはり二階の縁側からは真直《まつすぐ》に富士が見えますし、兵隊さんの喇叭《らつぱ》も朝夕聞えてまゐります。父が長崎の県知事をしてゐたときに、招かれて、こちらの区長に就任したのでございますが、それは、ちやうど私が十二の夏のことで、母も、その頃は存命中でありました。父は、東京の、この牛込の生れで、祖父は陸中盛岡の人でありました。祖父は、若いときに一人でふらりと東京に出て来て半分政治家、半分商人のやうな何だか危かしいことをやつて、まあ、紳商とでもいふのでせうか、それでも、どうやら成功して、中年で牛込のこの屋敷を買ひ入れ、落ちつくことが出来たやうです。嘘か、ほんとか、わかりませんけれど、ずつと以前、東京駅で御災厄にお遭ひなされた原敬とは同郷で、しかも祖父のはうが年輩からいつても、また政治の経歴からいつても、はるかに先輩だつたので、祖父は何かと原敬に指図をすることができて、原敬のはうでも、毎年お正月には、総理大臣になられてからでさへ、牛込のこの家に年始の挨拶に立ち寄られたものださうですが、これは、あまりあてになりません。なぜつて、祖父が私に、さう言つて教へたのは、私が、十二の時、父母と一緒にはじめて東京の、この家に帰り、祖父は、それまで一人牛込に残つて暮してゐたのですが、もう、八十すぎの汚いおぢいさんになつてゐて、私はまた、それまでお役人の父が浦和、神戸、和歌山、長崎と任地を転々と渡り歩いてゐるのに附いて歩いて、生れたところも浦和の官舎ですし、東京の家へ遊びに来たことも、ほんの数へるほどしかありませんでしたから、祖父には馴染が薄くて、十二のとき、この家にはじめて落ちつき、祖父と一緒に暮すやうになつてからも、なんだか他人のやうな気がして、きたならしく、それに祖父の言葉には、とても強い東北訛が在りましたので何をおつしやつてゐるのか、よくわからず、いよいよ親しみが減殺されてしまふのでした。私が祖父に、ちつともなつかないので、祖父は手を換へ品を変へ私の機嫌をとつたもので、れいの原敬の話も、夏の夜お庭の涼み台に大あぐらをかいて坐つて、こんな工合ひに肘を張つて団扇を使ひながら私に聞かせて下さつたのですが、私は、すぐに退屈して、わざと大袈裟にあくびをしたら、祖父は、ちらとそれを横目で見て、急に語調を変へて、原敬は面白くなし、よし、それでは牛込七不思議、昔な、などと声をひそめて語り出すのでした。なんだか、ずるい感じのおぢいさんでした。原敬の話だつて、あてにならないと思ひます。あとで父にそのことを聞いたら、父は、ほろにがく笑つて、いちどくらゐは、この家へ来たかも知れません、おぢいさんは嘘を言ひません、と優しく教へて私の頭を撫でて下さいました。祖父は、私が十六のときになくなりました。好きでないおぢいさんだつたのですが、でも、私はお葬式の日には、ずいぶん泣きました。お葬式があんまり華麗すぎたので、それで、興奮して泣いちやつたのかも知れません。お葬式の翌る日、学校へ出たら、先生がたも、みんな私にお悔みを言つて下さつて、私はその都度、泣きました。お友達からも、意外のほどに同情され、私はおどおどしてしまひました。市ケ谷の女学校に徒歩で通《かよ》つてゐたのですが、あのころは、私は小さい女王のやうで、ぶんに過ぎるほどに仕合せでございました。父が四十で浦和の学務部長をしてゐたときに私が生れて、あとにも先にも、子供といへば私ひとりだつたので、父にも母にも、また周囲の者たちにも、ずいぶん大事にされました。自分では、気の弱い淋しがりの不憫《ふびん》の子のつもりでゐたのですが、いま考へてみると、やはり、わがままの高慢な子であつたやうでございます。市ケ谷の女学校へはひつてすぐ、芹川《せりかは》さんといふお友達が出来ましたけれど、その当時はそれでも、芹川さんに優しく叮嚀につき合つてゐるつもりでゐたのですが、これも、いま考へてみると、やつぱり私は、ひどく思ひあがつて、めんだうくさいけれど親切にしてあげるといふやうな態度も、はたから見ると在つたかも知れません。芹川さんもまた、ずいぶん素直に、私の言ふこと全部を支持して下さるので、勢ひ主人と家来みたいな形になつてしまふのでした。芹川さんのお家は、私の家の、すぐ向ひで、ご存じでせうかしら、華月堂といふお菓子屋がございましたでせう、ええ、いまでも昔のままに繁昌して居ります。いざよひ最中《もなか》といつて、栗のはひつた餡の最中《もなか》を、昔から自慢にいたして売つて居ります。いまはもう、代《だい》がかはつて芹川さんのお兄さんが、当主となつて朝から晩まで一生懸命に働いて居ります。おかみさんも、仲々の働き者らしく、いつも帳場に坐つて電話の注文を伺つては、てきぱき小僧さんたちに用事を言ひつけて居ります。私とお友達だつた芹川さんは、女学校を出て三年目に、もういい人を見つけてお嫁に行つてしまひました。いまは何でも朝鮮の京城とやらに居られるやうでございます。もう、二十年ちかくも逢ひません。旦那さまは、三田の義塾を出た綺麗なおかたでして、いま朝鮮の京城で、なんとかいふ可成り大きな新聞社を経営して居られるとかいふ話でございます。芹川さんと私とは、女学校を出てからも、交際をつづけて居りましたが、交際といつても、私のはうから芹川さんのお家へ遊びに行つたことは一度も無く、いつも芹川さんのはうから私を訪ねて来て、話題は、たいてい小説のことでございました。芹川さんは、学校に居た頃から漱石や蘆花のものを愛読してゐて、作文なども仲々大人びてお上手でしたが、私は、その方面は、さつぱりだめでございました。ちつとも興味を持てなかつたのです。それでも、学校を出てからは、芹川さんのちよいちよい持つて来て下さる小説本を、退屈まぎれに借りて読んでゐるうちに、少しは小説の面白さもわかつて来たやうでした。けれども、私の面白いと思つた本は、芹川さんは余り、いいとはおつしやらず、芹川さんのいいとおつしやる本は、私には、意味がよくわかりませんでした。私は鷗外の歴史小説が好きでしたけれど、芹川さんは、私を古くさいと言つて笑つて、鷗外よりは有島武郎のはうが、ずつと深刻だと私に教へて、そのおかたの本を二、三冊持つて来て下さいましたけれど、私が読んでも、ちつともわかりませんでした。いま読むと、またちがつた感じを受けるかも知れませんけれども、どうもあのかたのは、どうでもいいやうな、議論ばかり多くて、私には面白くございませんでした。私は、きつと俗人なのでございませう。そのころの新進作家には、武者小路とか、志賀とか、それから谷崎潤一郎、菊池寛、芥川とか、たくさんございましたが、私は、その中では志賀直哉と菊池寛の短篇小説が好きで、そのことでもまた芹川さんに、思想が貧弱だとか何とか言はれて笑はれましたけれど、私には余り理窟の多い作品は、だめでございました。芹川さんは、おいでになる度毎に何か新刊の雑誌やら、小説集やらを持つて来られて、いろいろと私に小説の筋書や、また作家たちの噂話を聞かせて下さるのですが、どうも余り熱中してゐるので、可笑しいと思つて居りましたところが、或る日たうとう芹川さんは、その熱中の原因らしいものを私に発見されてしまひました。女の友達といふものは、ちよつとでも親しくなると、すぐにアルバムを見せ合ふものでございますが、いつか、芹川さんは大きな写真帖を持つて来て、私に見せて下さいましたけれど、私は芹川さんの、うるさいほど叮嚀な説明を、いい加減に合槌打つて拝聴しながら一枚一枚見ていつて、そのうちに、とても綺麗な学生さんが、薔薇の花園の背景の前に、本を持つて立つてゐる写真がありましたので、私はおや綺麗なおかたねえ、と思はず言つてしまつて、なぜだか顔が熱くなりました。すると芹川さんは、いきなり、いやつと言つて私からアルバムをひつたくつてしまつたので、私には、すぐはははあと、気がつきました。いいの、もう拝見してしまつたから、と私が落ちついて言ふと、芹川さんは急に嬉しさうに、にこにこ笑ひ出して、わかつたの？ 油断ならないわね、ほんたう？ 見て、すぐわかつたの？ もうね、女学校時代からなのよ、ご存じだつたのね、などとひとりで口早に言ひ始めて、私が何も知つてやしないのに、洗ひざらひ、みんな話して下さいました。ほんたうに、素直な、罪の無いおかたでした。その写真の綺麗な学生さんは芹川さんと、何とかいふ投書雑誌の愛読者通信欄とでも申しませうか、そんなところがあるでせう？ その通信欄で言葉を交し、謂はば、まあ共鳴し合つたといふのでせうか、俗人の私にはわかりませんけれど、そんなことから、次第に直接に文通するやうになり、女学校を卒業してからは、急速に芹川さんの気持もすすんで、何だか、ふたりで、きめてしまつたのださうです。先方は、横浜の船会社の御次男だとか、慶応の秀才で、末は立派な作家になるでせうとか、いろいろ芹川さんから教へていただきましたけれど、私には、ひどく恐しい事みたいで、また、きたならしいやうな気さへ致しました。一方、芹川さんをねたましくて、胸が濁つてときめき致しましたが、努めて顔にあらはさず、いいお話ね、芹川さんしつかりおやりなさい、と申しましたら、芹川さんは敏感にむつとふくれて、あなたは意地悪ね、胸に短剣を秘めていらつしやる、いつもあなたは、あたしを冷く軽蔑していらつしやる、ダイヤナね、あなたは、といつになく強く私を攻めますので私も、ごめんなさい、軽蔑なんかしてやしないわ、冷く見えるのは私の損な性分《しやうぶん》ね、いつでも人から誤解されるの、私ほんたうは、あなたたちの事なんだか恐しいの、相手のおかたが、あんまり綺麗すぎるわ、あなたを、うらやんでゐるのかも知れないのね、と思つてゐることをそのまま申し述べましたら、芹川さんも晴れ晴れと御機嫌を直して、そこなのよ、あたし、家の兄さんにだけは、このことを打ち明けてあるのだけれど、兄さんも、やつぱりあなたと同じ様なことを言つて、絶対反対なの、もつと地《ぢ》みちな、あたりまへの結婚をしろつて言ふのよ、もつとも兄さんは徹底した現実家だから、さう言ふのも無理はないけれど、でも、あたし兄さんの反対なんか気にしてゐないの、来年の春、あの人が学校を卒業したら、あたしたちだけで、ちやんときめてしまふの、と可愛く両肩を張つて意気込んでゐました。私は無理に微笑み、ただ首肯いて聞いてゐました。あの人の無邪気さが、とても美しく、うらやましく思はれ、私の古くさい俗な気質が、たまらなく醜いものに思はれました。そんな打ち明け話があつてから、芹川さんと私との間は、以前ほど、しつくり行かなくなつて、女の子つて変なものですね、誰か間に男の人がひとりはひると、それまでどんなに親しく附き合つてゐたつても、颯《さ》つと態度が鹿爪らしくなつて、まるで、よそよそしくなつてしまふものです。まさか私たちの間は、そんなにひどく変つたわけではございませんけれど、でも、お互ひに遠慮が出て、御挨拶まで叮嚀になり、口数も少くなりましたし、よろづに大人びてまゐりました。どちらからも、あの写真の一件に就て話するのを避けるやうになりまして、そのうちに年も暮れ、私も芹川さんも、二十三歳の春を迎へて、ちやうど、そのとしの三月末のことでございます。夜の十時頃、私が母と二人でお部屋にゐて一緒に父のセルを縫つて居りましたら、女中がそつと障子をあけ、私を手招ぎ致します。あたし？　と眼で尋ねると、女中は真剣さうに小さく二三度うなづきます。なんだい？　と母が眼鏡を額のはうへ押し上げて女中に訊ねましたら、女中は、軽く咳をして、あの、芹川さまのお兄様が、お嬢さんに鳥渡、と言ひにくさうに言つて、また二つ三つ咳をいたしました。私は、すぐ立つて廊下に出ました。もう、わかつてしまつたやうな気がしてゐたのです。芹川さんが、何か問題を起したのにちがひない、きつとさうだ、ときめてしまつて、応接間に行かうとすると、女中は、いいえお勝手のはうでございます、と低い声で言つて、いかにも一大事で緊張してゐる者のやうに、少し腰を落して小走りにすツすツと先に立つて急ぎます。ほの暗い勝手口に芹川さんの兄さんが、にこにこ笑ひながら立つてゐました。芹川さんの兄さんとは、女学校に通つてゐたときには、毎朝毎夕挨拶を交して、兄さんは、いつでも、お店で、小僧さんたちと一緒に、くるくると小まめに立ち働いてゐました。女学校を出てからも、兄さんは、一週間にいちどくらゐは、何かと注文のお菓子をとどけに、私の家へまゐつてゐまして、私も気易く兄さんとお呼びしてゐました。でも、こんなに遅く私の家にまゐりましたことは一度も無いのですし、それに、わざわざ私を、こつそり呼ぶ

といふのは、いよいよ芹川さんのれいの問題が爆発したのにちがひない、とわくわくしてしまつて私のはうから、

「芹川さんは、このごろお見えになりませんのよ。」と何も聞かれぬさきに口走つてしまひました。

「お嬢さん、ご存じだつたの？」と兄さんは一瞬けげんな顔をなさいました。

「いいえ。」

「さうですか。あいつ、ゐなくなつたんです。ばかだなあ、文学なんて、ろくな事がない。お嬢さんも、まへから話だけはご存じなんでせう？」

「ええ、それは、」声が喉《のど》にひつからまつて困りました。「存じて居ります。」

「逃げて行きました。でも、たいていゐどころがわかつてゐるんです。お嬢さんには、あいつ、このごろ、何も言はなかつたんですね？」

「ええ、このごろは私にも、とてもよそよそしくしてゐました。まあ、どうしたのでせう。おあがりになりません？　いろいろお伺ひしたいのですけれど。」

「は、ありがたう。さうしても居られないのです。これから、すぐあいつを捜しに行かなければなりません。」見ると、兄さんは、ちやんと背広を着て、トランクを携帯して居ります。

「心あたりがございますの？」

「ええ、わかつて居ります。あいつら二人をぶん殴つて、それで一緒にさせるのですね。」

兄さんは、さう言つて屈託なく笑つて帰りましたけれど、私は勝手口に立つたままぼんやり見送り、それからお部屋へ引返して、母の物問ひたげな顔にも気附かぬふりして、静かに坐り、縫ひかけの袖を二針三針すすめました。また、そつと立つて、廊下へ出て小走りに走り、勝手口に出て下駄をつつかけ、それからは、なりもふりもかまはず走りました。どういふ気持であつたのでせう。私は未だにわかりません。あの兄さんに追ひついて、死ぬまで離れまい、と覚悟してゐたのでした。芹川さんの事件なぞてんで問題でなかつたのです、ただ、兄さんに、もいちど逢ひたい、どんなことでもする、兄さんと二人なら、どこへでも行く、私をこのまま連れていつて逃げて下さい、私をめちやめちやにして下さいと私ひとりの思ひだけが、その夜ばかり、唐突に燃え上つて、私は、暗い小路小路を、犬のやうに黙つて走つて、ときどき躓いてはよろけ、前を掻き合せてはまた無言で走りつづけ涙が湧いて出て、いま思ふと、なんだか地獄の底のやうな気持でございます。市ケ谷見附の市電の停留場にたどりついたときは、ほとんど呼吸ができないくらゐに、からだが苦しく眼の先がもやもや暗くて、きつとあれは気を失ふ一歩手前の状態だつたのでございませう。停留場には人影ひとつ無かつたのでした。たつたいま、電車が通過した跡の様子でございました。私は最後の一つの念願として、兄さあん！　とできるだけの声を絞つて呼んでみました。しんとしてゐます。私は胸に両袖を合せて帰りました。途々、身なりを整へてお家へ戻り、静かにお部屋の障子をあけたら、母は、何かあつたのかい？　といぶかしさうに私の顔を見るので、ええ、芹川さんがゐなくなつたんですつて、たいへんねえ、とさりげなく答へて、また縫ひものをはじめました。母は、何か私につづけて問ひたいふうでしたが、思ひかへした様子で、黙つて縫ひものをつづけました。それだけの話でございます。芹川さんは、まへにも申し上げましたが、その三田のおかたと芽出度く結婚なされて、いまは朝鮮のはうにいらつしやる様子でございます。私もその翌年に、いまの主人を迎へました。芹川さんの兄さんとは、そののちお逢ひしても、別になんともございません。いまは華月堂の当主でして、綺麗な小さいおかみさんをおもらひになつて仲々繁昌して居ります。やつぱり、ずつとつづけて一週間にいちどくらゐは、御主人が注文の御菓子をとどけにまゐります。別に、かはつたこともございません。私は、あの夜、縫ひものをしながら、うとうと眠つて夢を見たのでございませうか。夢にしては、いやにはつきりしてゐるやうでございます。でも、あなたには、おわかりでせうか。まるで嘘みたいなお話でございます。でも、之は秘密にして置いていただきませう。娘があなた、もう女学校三年になるのでございますもの。

乞食学生

大貧に、大正義、望むべからず。
――フランソワ・ヴイヨン

第一回

一つの作品を、ひどく恥かしく思ひながらも、この世の中に生きてゆく義務として、雑誌社に送つてしまつた後の、作家の苦悶に就ては、聡明な諸君にも、あまり、おわかりになつてゐない筈である。その原稿在中の重い封筒を、うむと決意して、投函する。ポストの底に、ことり、と幽かな音がする。それつきりである。まづい作品であつたのだ。表面は、どうにか気取つて正直の身振りを示しながらも、その底には、卑屈な妥協の汚い虫が、うじやうじや住んでゐるのが自分にもよく判つて、やりきれない作品であつたのだ。それに、あの、甘つたれた、女の描写。わあと叫んで、そこらをくるくると走り狂ひたいほど、恥かしい。下手くそなのだ。私には、まるで作家の資格が無いのだ。無智なのだ。私には、深い思索が何も無い。ひらめく直感が何も無い。十九世紀の、巴里の文人たちの間に、愚鈍の作家を「天候居士《てんこうこじ》」と呼んで唾棄する習慣が在つたといふ。その気の毒な、愚かな作家は、私同様に、サロンに於て気のきいた会話が何一つ出来ず、ただ、ひたすらに、昨今の天候に就てのみ語つてゐる、といふ意味なのであらうが、いかさま、頭のわるい愚物の話題は、精一ぱいのところで、そんなものらしい。何も言へない。私の、たつたいま投函したばかりの作品も、まづ、そんなところだ。昨日雪降る。実に、どうにも、驚きました。どうにも、その、驚いたです。雨戸をあけたら、かう、その、まあ一種の、銀世界、とでも、等と汗を拭き拭き申し上げるのであるが、一種も二種もない、実に、愚劣な意見である。どもつてばかりゐて、颯爽たる断案が何一つ、出て来ない。私とて、恥を知る男子である。ままになる事なら、その下手くその作品を破り捨て、飄然どこか山の中にでも雲隠れしたいものだ、と思ふのである。けれども、小心卑屈の私には、それが出来ない。けふ、この作品を雑誌社に送らなければ、私は編輯者に嘘をついたことになる。私は、けふまでには必ずお送り致します、といやに明確にお約束してしまつてゐるのである。編輯者は、私のこんな下手な作品に対しても、わざわざペエジを空《あ》けて置いて、今か今かと、その到来を待つてくれてゐるのである。私はそれを知つてゐるので、いかに愚劣な作品と雖も、みだりにそれを破棄することが出来ない。義務の遂行と言へば、聞《きこ》えもいいが、さうではない。小心非力の私は、ただ唯、編輯者の腕力を恐れてゐるのである。約束を破つたからには、私は、ぶん殴られても仕方が無いのだと思へば、生きた心地もせず、もはや芸術家としての誇りも何もふつ飛んで、目をつぶつて、その醜態の作品を投函してしまふのである。よほど意気地の無い男である。投函してしまへば、それつきりである。いかに悔いても、及ばない。原稿は、そのまますると編輯者の机上に送り込まれ、それを素早く一読した編輯者を、だいいちばんに失望させ、とにかく印刷所へ送られる。印刷所では、鷹のやうな眼をした熟練工が、なんの表情も無く、さつさと拙稿の活字を拾ふ。あの眼が、こはい。なんて下手くそな文章だ、嘘字だらけぢやないか、と思つてゐるに違ひない。ああ、印刷所では、私の無智の作品は、使ひ走りの小僧にまで、せせら笑はれてゐるのだ。つひに貴重な紙を、どつさり汚して印刷され、私の愚作は天が下かくれも無きものとして店頭にさらされる。批評家は之を読んで嘲笑し、読者は呆れる。愚作家その襤褸《らんる》の上に、更に一篇の醜作を附加し得た、といふわけである。へまより出でて、へまに入るとは、まさに之の謂ひである。一つとしてよいところが無い。それを知つてゐながら、私は編輯者の腕力を恐れるあまりに、わななきつつ原稿在中の重い封筒を、うむと決意して、投函するのだ。ポストの底に、ことり、と幽かな音がする。それつきりである。その後の、悲惨な気持は、比類が無い。

私はその日も、私の見事な一篇の醜作を、駅の前のポストに投函し、急に生きてゐる事がいやになり、懐手して首をうなだれ、足もとの石ころを蹴ころがし蹴ころがしして歩いた。まつすぐに家へ帰る気力も無い。私の家は、この三鷹駅から三曲りも四曲りもして歩いて二十分以上かかる畑地のまん中に在るのだが、そこには訪ねて来る客も無し、私は仕事でもない限りは、一日いつぱい毛布にくるまつて縁側に寝こんでゐて、読書にも疲れて、あくびばかりを連発し、新聞を取り上げ、こども欄の考へもの、亀、鯨、兎、蛙、あざらし、蟻、ペリカン、この七つの中で、卵から生れるものは何々でせう、といふ問題に就て、ちよつと頭をひねつてみたり、それもつまらなくなり、あくびの涙が、つつと頬を走つて流れても、それにかまはず、ぼんやり庭の向うの麦畑を眺めて、やがて日が暮れるといふやうな、半病人みたいな生活をしてゐるのだから、いま、ただちに勇んで、たのしい我が家に引き返さうといふ気力も出て来ない。私は、家の方角とは反対の、玉川上水の土堤のはうへ歩いていつた、四月なかば、ひるごろの事である。頭を挙げて見ると、玉川上水は深くゆるゆると流れて、両岸の桜は、もう葉桜になつてゐて真青に茂り合ひ、青い枝葉が両側から覆ひかぶさり、青葉のトンネルのやうである。ひつそりしてゐる。ああ、こんな小説が書きたい。こんな作品がいいのだ。なんの作意も無い。私は立ちどまつて、なほ、よく見てゐたい誘惑を感じたが、自分の、だらしない感傷を恥かしく思ひ、その光るばかりの緑のトンネルを、ちらと見たばかりで、流れに沿うて土堤の上を、のろのろ歩きつづけた。だんだん歩調が早くなる。流れが、私をひきずるのだ。水は幽かに濁りながら、点々と、薄よごれた花びらを浮べ、音も無く滑り流れてゐる。私は、流れてゆく桜の花びらを、いつのまにか、追ひかけてゐるのだ。ばかのやうに、せつせと歩きつづけてゐるのだ。その一群の花弁《はなびら》は、のろくなつたり、早くなつたり、けれども停滞せず、狡猾に身軽くするする流れてゆく。万助橋《まんすけばし》を過ぎ、もう、ここは井の頭公園の裏である。私は、なほも流れに沿うて、一心不乱に歩きつづける。この辺で、むかし松本訓導といふ優しい先生が、教へ子を救はうとして、かへつて自分が溺死なされた。川幅は、こんなに狭いが、ひどく深く、流れの力も強いといふ話である。この土地の人は、この川を、人喰ひ川と呼んで、恐怖してゐる。私は、少し疲れた。花びらを追ふ事を、あきらめて、ゆつくり歩いた。たちまち一群の花びらは、流れて遠のき、きらきらと陽に白く小さく光つて、見えなくなつた。私は、意味の無い溜息を、ほつと吐いて、手のひらで額の汗を拭ひ払つた時、すぐ足もとで、わあ寒い！　といふ叫び声が。

私は、もちろん驚いた。尻餅をつかんばかりに、驚いた。人喰ひ川を、真白い全裸の少年が泳いでゐる。いや、押し流されてゐる。頭を水面に、すつと高く出し、にこにこ笑ひながら、わあ寒い、寒いなあ、と言ひ、私のはうを振り向き、みるみる下流に押し流されて行つた。私は、わけもわからず走り出した。大事件だ。あれは、溺死するにきまつてゐる。私は、泳げないが、でも、見てゐるわけにはいかぬ。私は、いつ死んだつて、惜しくないからだである。救へないまでも飛び込み、共に死ななければならぬ。死所を得たといふものかも知れぬ、などと、非論理的な愚鈍の事を、きれぎれに考へながら、なりも振りもかまはずに走つた。一言でいへば、私は極度に狼狽してゐたのである。木の根に躓いて顚倒しさうになつても、にこりともせず、そのまま、つんのめるやうな姿勢のままで、走りつづけた。いつもは、こんな草原は、蛇がゐさうな故を以て、絶対に避けて通ることにしてゐるのであるが、いまは蛇に食ひ附かれたつて構はぬ、どうせ直ぐに死なければならぬからだである、ぜいたくを言つて居られぬ。私は人命救助のために、雑草を踏みわけ踏みわけ一直線に走つてゐると、

「あいたたた、」と突然背後に悲鳴が起り、「君、ひどいぢやないか。僕のおなかを、いやといふほど踏んでいつたぞ。」

聞き覚えのある声である。力あまつて二三歩よろめき前進してから、やつと踏みとどまり、振り向いて見ると、少年が、草原の中に全裸のままで仰向けに寝てゐる。私は急に憤怒を覚えて、

「あぶないんだ。この川は。危険なんだ。」と、この場合あまり適切とは思へない叱咤の言を叫び、威厳を取りつくろふ為に、着物の裾の乱れを調整し、「僕は、君を救助しに来たんだ。」

少年は上半身を起し、まつげの長い、うるんだ眼を、ずるさうに細めて私を見上げ、

「君は、ばかだね。僕がここに寝てゐるのも知らずに、顔色かへて駈けて行きやがる。見たまへ。僕のおなかの、ここんとこに君の下駄の跡が、くつきり附いてるぢやないか。君が、ここんとこを、踏んづけて行つたのだぞ。見たまへ。」

「見たくない。けがらはしい。早く着物を着たらどうだ。君は、子供でもないぢやないか。失敬なやつだ。」

少年は素早くズボンをはき、立ち上つて、

「君は、この公園の番人かい？」

私は、聞えない振りをした。あまりの愚問である。少年は白い歯を出して笑ひ、

「何も、そんなに怒ること無いぢやないか。」

と落ちついた口調で言ひ、ズボンのポケツトに両手をつつ込み、ぶらぶら私のはうへ歩み寄つて来た。裸体の右肩に、桜の花弁が一つ、へばりついてゐる。

「あぶないんだ。この川は。泳いぢや、いけない。」私は、やはり同じ言葉を、けれども前よりは、ずつと低く、ほとんど呟くやうにして言つた。「人喰ひ川、と言はれてゐるのだ。それに、この川の水は、東京市の水道に使用されてゐるんだ。清浄にして置かなくちや、いけない。」

「知つてるよ、そんなこと。」少年は、すこし卑屈な笑ひを鼻の両側に浮べた。近くで見ると、よほど、としとつた顔である。鼻が高くとがつて、ちよつと上を向いてゐる。眉は薄く、眼は丸く大きい。口は小さく、顎も短い。色が白いから、それでも可成りの美少年に見える。身長骨骼も尋常である。頭は丸刈りにして、鬚も無いが、でも狭い額には深い皺が三本も、くつきり刻まれて在り、鼻翼の両側にも、皺が重くたるんで、黒い陰影を作つてゐる。どうかすると、

猿のやうに見える。もう少年でないのかも知れない。私の足もとに、どつかり腰をおろして、私の顔を下から覗き、「坐らないかね、君も。そんなに、ふくれてゐると、君の顔は、さむらひみたいに見えるね。むかしの人の顔だ。足利時代と、桃山時代と、どつちがさきか、知つてるか？」

「知らないよ。」私は、形がつかぬので、腕をうしろに組み、その辺を歩きまはり、ぶつきらぼうな答へかたをしてゐた。

「ぢや、徳川十代将軍は、誰だか知つてるかい？」

「知らん！」ほんたうに知らないのである。

「なんにも知らないんだなあ。君は、学校の先生ぢやないのかい？」

「そんなもんぢやない。僕は、」と言ひかけて、少し躊躇したが、ええ、悪びれず言つてしまへと勇をふるつて、「小説を書いてゐるんだ。小説家、といふもんだ。」言つてしまつてから、ひどく尾籠なことを言つたやうな気がした。

「さうかね。」相手は一向に感動せず、「小説家つて、頭がわるいんだね。君は、ガロアを知つてるかい？　エヴアリスト・ガロア。」

「聞いた事があるやうな、気がする。」

「ちえつ、外国人の名前だと、みんな一緒くたに、聞いたやうな気がするんだらう？　なんにも知らない証拠だ。ガロアは、数学者だよ。君には、わかるまいが、なかなか頭がよかつたんだ。二十歳で殺されちやつた。君も、も少し本を読んだら、どうかね。なんにも知らないぢやないか。可哀さうなアベルの話を知つてるかい？　ニイルス・ヘンリク・アベルさ。」

「そいつも、数学者かい？」

「ふん、知つてゐやがる。ガウスよりも、頭がよかつたんだよ。二十六で死んぢやつたのさ。」

私は、自分でも醜いと思はれるほど急に悲しく気弱くなり、少年から、よほど離れた草原に腰をおろし、やがて長々と寝そべつてしまつた。眼をつぶると、ひばりの声が聞える。

若き頃、世にも興ある驕児なり
いまごろは、人喜ばす片言隻句だも言へず
さながら、老猿
愛らしさ一つも無し
人の気に逆らふまじと黙し居れば
老いぼれの敗北者よと指さされ
もの言へば
黙れ、これ、恥を知れよと袖をひかれる。（ヴイヨン）

「自信がないんだよ、僕は。」眼をあいて、私は少年に呼びかけた。

「へん。自信がないなんて、言へる柄かよ。」少年も寝ころんでゐて、大声で、侮蔑の言葉を返却して寄こした。「せめて、ガロアくらゐでなくちや、そんないい言葉が言へないんだよ。」

何を言つても、だめである。私にも、この少年の一時期が、あつたやうな気がする。けさの知識は、けさ情熱を打ち込んで実行しなければ死ぬるほど苦しいのである。おそらくは、この少年も、昨夜か、けさ、若くして死んだ大数学者の伝記を走り読みしたのに違ひない。そのガロアなる少年天才も、あるいは、素裸で激流を泳ぎまくつた事実があるのかも知れない。

「ガロアが、四月に、まつぱだかで川を泳いだ、とその本に書いてゐたかね。」私はお小手《こて》をとるつもりで、さう言つてやつた。

「何を言つてやがる。頭が悪いなあ。そんなことで、おさへた気でゐやがる。それだから、大人《おとな》はいやなんだ。僕は君に、親切で教へてやつてゐるんぢやないか。先輩としての利己主義を、暗黙のうちに正義に化す。」

私は、いやな気がした。こんどは、本心から、この少年に敵意を感じた。

第二回

決意したのである。この少年の傲慢無礼を、打擲《ちやうちやく》してしまはうと決意した。さうと決意すれば、私もかなりに兇悪酷冷の男になり得るつもりであつた。私は馬鹿に似てゐるが、けれども、根からの低脳でも無かつた筈である。自信が無いとは言つても、それはまた別な尺度から言つてゐる事で、何もこんな一面識も無い年少の者から、これ程までにみそくそに言はれる覚えは無いのである。

私は立つて着物の裾の塵をぱつぱと払ひ、それから、ぐいと顎をしやくつて、

「おい、君。タンタリゼーションつてのは、どうせ、たかの知れてるものだ。かへつて今ぢや、通俗だ。本当に頭のいい奴は、君みたいな気取つた言ひかたは、しないものだ。君こそ、ずいぶん頭が悪い。様子《やうす》ぶつてるだけぢや無いか。先輩が一体どうしたといふのだ。誰も君を、後輩だなんて思つてやしない。君が、ひとりで勝手に卑屈になつてゐるだけぢやないか。」

少年は草原に寝ころび眼をつぶつたまま、薄笑ひして聞いてゐたが、やがて眼を細くあけて私の顔を横眼で見て、

「君は、誰に言つてゐるんだい。僕にそんなこと言つたつて、わかりやしない。弱るね。」

「さうか。失敬した。」思はず軽く頭をさげて、それから、しまつた！　と気附いた。かりそめにも目前の論敵に頭をさげるとは、容易ならぬ失態である。喧嘩に礼儀は、禁物である。どうも私には、大人《たいじん》の風格がありすぎて困るのである。ちつとも余裕なんて無いくせに、ともすると余裕を見せたがつて困るのである。勝敗の結果よりも、余裕の有無のはうを、とかく問題にしたがる傾向がある。それだから、必ず試合には負けるのである。ほめた事ではない。私は

気を取り直し、

「とにかく立たないか。君に、言ひたい事があるんだ。」

胸に、或る計画が浮んだ。

「怒つたのかね。仕様がねえなあ。弱い者いぢめを始めるんぢやないだらうね。」

言ふ事がいちいち不愉快である。

「僕のはうが、弱い者かも知れない。どつちが、どうだか判つたものぢやない。とにかく起きて上衣を着たまへ。」

「へん、本当に怒つてゐやがる。どつこいしよ。」と小声で言つて少年は起き上り、「上衣なんて、ありやしない。」

「嘘をつけ。貧を衒《てら》ふ。安価なヒロイズムだ。さつさと靴をはいて、僕と一緒に来たまへ。」

「靴なんて、ありやしない。売つちやつたんだよ。」立ちつくし、私の顔を見上げて笑つてゐる。

私は、異様な恐怖に襲はれた。この目前の少年を、まるつきりの狂人ではないかと疑つたのである。

「君は、まさか、」と言ひかけて、どもつてしまつた。あまりにも失礼な、恐しい質問なので、言ひかけた当の私が、べそをかいた。

「きのふ迄は、あつたんだよ。要らなくなつたから、売つちやつた。シヤツなら、あるさ。」

と無邪気な口調で言つて、足もとの草原から、かなり上等らしい駱駝色のアンダアシヤツを拾ひ上げ、「はだかで、ここまで来られるものか。僕の下宿は本郷だよ。ばかだね、君は。」

「はだしで来たわけぢや、ないだらうね。」私は尚も、しつこく狐疑した。甚だ不安なのである。

「ああ、陸の上は不便だ。」少年はアンダアシヤツを頭からかぶつて着了り、「バイロンは、水泳してゐる間だけは、自分の跛を意識しなくてよかつたんだ。だから水の中に居ることを好んだのさ。本当に、本当に、水の中では靴も要らない。上衣も要らない。貴賤貧富の別が無いんだ。」と声に気取つた抑揚《よくやう》をつけて言つた。

「君はバイロンかい。」私は努めて興覚めの言葉を選んで言つた。少年の相変らずの思はせぶりが、次第に鼻持ちならなく感じられて来たのである。「君は跛でもないぢやないか。それに、人間は、水の中にばかり居られるものぢやない。」自分で言ひながら、ぞつとした程、狂暴な、味気ない言葉であつた。毒を以て毒を制するのだ。かまふ事は無い、と胸の奥でこつそり自己弁解した。

「嫉妬さ。妬《や》けてゐるんだよ、君は。」少年は下唇をちろと舐めて口早に応じた。「老いぼれのぼんくらは、若い才能に遭ふと、ゐたたまらなくなるものさ。否定し尽すまでは、堪忍できないんだ。ヒステリイを起しちやふんだから仕様が無い。話があるんなら、話を聞くよ。だらしが無いねえ、君は。僕を、どこかへ引つぱつて行かうといふのか？」

見ると、彼は、いつのまにやら、ちやんと下駄をはいてゐる。買つて間も無いものらしく、一見したところは私の下駄より、はるかに立派である。私は、なぜだか、ほつとした。救はれた気持であつた。浅間しい神経ではあるが、私も、やはり、あまりに突飛な服装の人間には、どうしても多少の警戒心を抱いてしまふのである。服装なんか、どうでもいいものだとは、昔から一流詩人の常識になつてゐて、私自身も、服装に就いては何の趣味も無し、家の者の着せる物を黙つて着てゐて、人の服装にも、まるで無関心なのであるが、けれども、やはり、それにも程度があつて、ズボン一つで、上衣も無し、靴も無しといふ服装には流石に恐怖せざるを得なかつたのである。所詮は、私の浅間しい俗人根性なのであらう。いまこの少年が、かなり上等のシヤツを着込み、私のものより立派な下駄をはいて、しやんと立つてゐるのを見て、私は非常に安心したのである。まづまづ普通の服装である。狂人では、あるまい。さつき胸に浮んだ計画を、実行しても差し支へ無い。相手は尋常の男である。膝を交へて一論戦しても、私の不名誉にはなるまい。

「ゆつくり話をして、みたいんだがね。」私は技巧的な微笑を頬に浮べて、「君は、さつきから僕を、無学だの低脳だのと称してゐるが、僕だつて多少は、名の有る男だ。事実、無学であり低脳ではあるが、けれども、君よりは、ましだと思つてゐる。君には、僕を侮辱する資格は無いのだ。君の不当の暴言に対して、僕も返礼しなければならぬ。」なかなか荘重な出来《でき》である。それにも拘らず、少年は噴き出した。

「なあんだ、僕と遊びたがつてゐやがる。君も、よつぽどひまなんだね。何か、おごれよ。おなかが、すいた。」

私も危く大笑ひするところであつたが、懸命に努めて渋面を作り、

「ごまかしては、いかん。君は今、或る種の恐怖を感じてゐなければならぬところだ。とにかく、僕と一緒に来給へ。」ともすると笑ひ出しさうになつて困るので、私は多少狼狽して後をも振り向かず急いで歩き出した。

私の計画とは、計画といふ言葉さへ大袈裟な程の、ほんのささやかな思ひつきに過ぎないのである。井の頭公園の池のほとりに、老夫婦二人きりで営んでゐる小さい茶店が一軒ある。私は、私の三鷹の家に、たまに訪れて来る友人たちを、その茶店に案内する事にしてゐるのである。私は、どういふわけだか、家に在る時には頗る口が重い。ただ、まごまごしてゐる。たまに私の家に訪れて来る友人は、すべて才あり学あり、巧まずして華麗高潔の芸論を展開するのであるが、私は、れいの「天候居士《てんこうこじ》」ゆゑ、いたづらに、あの、あの、とばかり申して膝をゆすり、稀には、へえ、などの平伏の返事まで飛び出す始末で、われながら、みつともない。かくては、襖の蔭で縫ひものをしてゐる家の者に迄あなどられる結果になるやも知れぬといふ、けち臭い打算から、私は友人を屋外に誘ひ出し、とにもかくにも散策を試み、それでもやはり私の旗色《はたいろ》は呆れる程に悪く、やりきれず、遂には、その井の頭公園の池のほとりの茶店に案内するといふ段取りになるのであつた。この茶店の床几《しやうぎ》の上に、あぐらをかけば、私は不思議に

蘇生するのである。その床几の上に、あぐらをかいて池の面を、ぼんやり眺め、一杯のおしるこ、或いは甘酒をすするならば、私の舌端は、おもむろにほどけて、さて、おのれの思念開陳は、自由闊達、ふだん思つてもゐない事まで、まことしやかに述べ来り、説き去り、とどまるところを知らぬ状態に立ち到つてしまふのである。この不思議の原因は、私も友人も、共に池の面を眺めながら話を交すといふところに在るらしい。すなはち、談話の相手と顔を合はせずに、視線を平行に池の面に放射してゐるところに在るらしいのである。諸君も一度こころみるがよい。両者共に、相手の顔を意識せず、ソファに並んで坐つて一つの煖炉の火を見つめながら、その火焰に向つて交互に話掛けるやうな形式を執るならば、諸君は、低脳のマダムと三時間話合つても、疲れる事は無いであらう。一度でも、顔を見合せてはいけない。私は、そこの茶店では、頑強に池の面ばかりを眺めて、辛じて私の弁舌の糸口を摘出することに成功するのである。その茶店の床几は、謂はば私のホオムコオトである。このコオトに敵を迎へて戦ふならば、私は、デイドロ、サント・ブウヴほどの毒舌の大家にも、それほど醜い惨敗はしないだらうとも思はれるけれど、私には学問が無いから、やつぱり負けるかも知れない。私には、あの人たちほどフランス語が話せない。そこに、その茶店の床几に、私は、この少年を連れていつて、さつきの悪罵の返礼をしようと、たくらんでゐたのである。私を、あまりにも愚弄した。少し、たしなめてやらなければならぬ。

若い才能と自称する浅墓な少年を背後に従へ、公園の森の中をゆつたり歩きながら、私は大いに自信があつた。果して私が、老いぼれのぼんくらであるかどうか、今に見せてあげる。少年は、私について歩いてゐるうちに次第に不安になつて来た様子で、ひとりで何かと呟きはじめた。

「僕の母はね、死んだのだよ。僕の父はね、恥かしい商売をしてゐるんだよ。聞いたら驚くよ。僕は、田舎者だよ。モラルなんて無いんだ。ピストルが欲しいな。パンパンと電線をねらつて撃つと、電線は一本づつプツンプツンと切れるんだ。日本は、せまいな。かなしい時には、素はだかで泳ぎまくるのが一番いいんだ。どうして悪いんだらう。なんにも出来やしないぢやないか。めつたな事は言はれねえ。説教なんて、まつぴらだ。本を読めば書いてあらあ。放《ほ》つて置いてくれたつて、いいぢやないか。僕はね、さへき五一郎つて言ふんだよ。数学は、あまり得意ぢやないんだ。怪談が、一ばん好きだ。でもね、おばけの出方《でかた》には、十三とほりしか無いんだ。待てよ、提燈《ちやうちん》ヒユウのモシモシがあるから、十四種類だ。つまらないよ。」

わけの判らぬやうな事を、次から次と言ひつづけるのであるが私は一切之を黙殺した。聞えない振りをして森を通り抜け、石段を降り、弁天様の境内を横切り、動物園の前を通つて池に出た。池をめぐつて半丁ほど歩けば目的の茶店である。私は残忍な気持で、ほくそ笑んだ。さつきこの少年が、なあんだ遊びたがつてゐやがる、と言つたけれど、私の心の奥底には、たしかにそんな軽はづみな虫も動いてゐたやうである。それから、もう一つ。次の時代の少年心理を、さぐつてみたいといふ、けちな作家意識も、たしかに働いて、自分から進んでこの少年に近づいていつたところもあつたのである。ばかな事をしたものだ。おかげで私はその日から、不幸、戦慄、醜態の連続の憂目を見なければならなくなつたのである。

茶店に到着して、すなはち床几にあぐらをかいて、静かに池の面に視線を放ち、これでよし、と再び残忍な気持でほくそ笑んだところ迄は上出来であつたが、それからが、いけなかつた。私がおしるこ二つ、と茶店の老婆に命じたところ、少年は、

「親子どんぶりがあるかね？」と私の傍に大きなあぐらをかいて、落ちついて言ひ出したので、私は狼狽した。私の袂には、五十銭紙幣一枚しか無いのである。これは先刻、家を出る時、散髪せよと家の者に言はれて、手渡されたものなのである。けれども私は、悪質の小説の原稿を投函して、たちまち友人知己の嘲笑が、はつきり耳に聞え、ゐたたまらなくなつてその散髪の義務をも怠つてしまつたのである。

「待て、待て。」と私は老婆を呼びとめた。全身かつと熱くなつた。「親子どんぶりは、いくらだね。」下等な質問であつた。

「五十銭でございます。」

「それでは、親子どんぶり一つだ。一つでいい。それから、番茶を一ぱい下さい。」

「ちえつ、」少年は躊躇なく私をせせら笑つた。「ちやつかりしてゐやがら。」

私は、溜息をついた。なんと言はれても、致しかたの無いことである。私は急に、いやになつた。こんなに誇りを傷つけられて、この上なにを少年に説いてやらうとするのか。私は何も

言ひたくなくなつた。

「君は、学生かい？」と私は、実に優しい口調で、甚だ月並な質問を発してしまつた。眼は、それでもやはり習慣的に池の面を眺めてゐる。二尺ちかい緋鯉がゆらゆら私たちの床几の下に泳ぎ寄つて来た。

「きのふまでは、学生だつたんだ。けふからは、ちがふんだ。どうでもいいぢやないか、そんな事は。」少年は元気よく答へる。

「さうだね。僕もあまり人の身の上に立ちいることは好まない。深く立ちいつて聞いてみたつて、僕には何も世話の出来ない事が、わかつてゐるんだから。」

「俗物だね、君は。申しわけばかり言つてやがる。目茶苦茶や。」

「ああ、目茶苦茶なんだ。たくさん言ひたい事も、あつたんだけれど、いやになつた。だまつて景色でも見てゐるはうがいいね。」

「そんな身分《みぶん》になりたいよ。僕なんて、だまつてゐたくても、だまつて居れない。心にもない道化でも言つてゐなければ、生きて行けないんだ。」大人《おとな》びた、誠実のこもつた声であつた。

私は思はず振り向いて、少年の顔を見直した。

「それは、誰の事を言つてゐるんだ。」

少年は、不機嫌に顔をしかめて、

「僕の事ぢやないか。僕は、きのふ迄、良家の家庭教師だつたんだぜ。低脳のひとり娘に代数を教へてゐたんだ。僕だつて、教へるほど知つてやしない。教へながら覚えるといふ奴さ。そこは、ごまかしが、きくんだけども、幇間の役までさせられて、」ふつと口を噤んだ。

第三回

茶店の老婆が、親子どんぶりを一つ、盆に捧げて持つて来た。

「食べたら、どうかね。」

少年は、急に顔を真赤にして、「君は？　食べないの？」と人が変つたやうなおどおどした口調で言つて、私の顔を覗き込む。

「僕は、要らない。」私は、出来るだけ自然の風《ふう》を装つて番茶を飲み、池の向うの森を眺めた。

「いただきます。」と少年の、つつましい小さい声が聞えた。

「どうぞ。」と私は、少年をてれさせないやうに努めて淡泊の返事をして、また、ゆつくりと番茶を啜り、少年の事になど全く無関心であるかのやうに池の向うの森ばかりを眺めてゐた。あの森の中には、動物園が在る。きあつと、裂帛の悲鳴が聞えた。

「孔雀だよ。いま鳴いたのは孔雀だよ。」私はさう言つて、ちよつと少年のはうを振り向いてみると、少年は、あぐらの中に、どんぶりを置き、顔を伏せて、箸を持つた右手の甲で矢鱈に両方の眼をこすつてゐる。泣いてゐる。

その時には、私は、ただ困つた。何事も知らぬ顔をして、また池のはうへ、そつと視線を返し、自分の心を落ちつかせる為に袂から煙草を取出して一服吸つた。

「僕の名はね、」あきらかに泣きじやくりの声で、少年は、とぎれとぎれに言ひ出した。「僕の名はね、佐伯《さへき》五一郎つて言ふんだよ。覚えて置いてね。僕は、きつと御恩返しをしてやるよ。君は、いい人だね。泣いたりなんかして、僕は、だらしがないなあ。僕はごはんを食べてゐると、時々むしやうに侘びしくなるんだ。悲しい事ばかり、一度にどつと思ひ出しちやふんだ。僕の父はね、恥かしい商売をしてゐるんだ。田舎の小学校の先生だよ。二十年以上も勤めて、それでも、校長になれないんだ。頭が悪いんだよ。息子の僕にさへ、恥かしがつてゐるんだよ。生徒も、みんな、ばかにしてゐるんだ。マンケといふ綽名《あだな》だよ。だから、僕は、偉くならなくちやいけないんだ。」

「小学校の先生が、なぜそんなに恥かしい商売なんだ。」私は、思はず大声になり、口を尖らせて言つた。「僕だつて、小説が書けなくなつたら、田舎の小学校の先生にならうと思つてゐる。本当に良心をもつて、情熱をぶち込める仕事は、この二つしか世の中に無いと思つてゐる。」

「知らないんだよ、君は。」少年の声も、すこし大きくなつた。「知らないんだよ。村の金持の子供には、先生のはうから御機嫌をとらなくちやいけないんだ。校長や、村長との関係も、それや、ややこしいんだぜ。言ひたくもねえや。僕は、先生なんていやだ。僕は、本気に勉強したかつたんだ。」

「勉強したら、いいぢやないか。」根が、狭量の私は、先刻この少年から受けた侮辱を未だ忘れかねて、やはり意地悪い言ひかたをしてゐた。「さつきの元気は、どうしたんだい。だらしの無い奴だ。男は、泣くものぢやないよ。そら、鼻でもかんで、しやんとし給へ。」私は、やはり池の面を眺めたままで、懐中の一帖の鼻紙を、少年の膝のはうに、ぽんと抛つてやつた。

　少年は、くすと笑つて、それから素直に鼻をかんで、

「なんと言つたらいいのかなあ。へんな気持なんだよ。親爺を喜ばせようと思つて勉強してゐても、なんだか落ちつかないんだよ。五次方程式が代数的に解けるものだか、どうだか、発散級数の和が、有らうと無からうと、今は、そんな迂遠な事をこね廻してゐる時ぢやないつて、誰かに言はれてゐるやうな気がするのだ。個人の事情を捨てろつて、こなひだも、上級の生徒に言はれたよ。でも、そんな事を言ふ生徒は、たいてい頭の悪い、不勉強な奴にきまつてゐるんだ。だから、なんだか、へんな気持になつちやふんだよ。迂遠な学問なんかを、してゐる時ぢやや無い。肉体を、ぶつつけて行く練習だけの時代なのかしら。考へると、とても心細くなるんだよ。」

「君は、それを怠惰のいい口実にして、学校をよしちやつたんだな。事大主義といふんだよ。大地震でも起つて、世界がひつくりかへつたら、なんて事ばかり夢想してゐる奴なんだね、君

は。」私は、多少いい気持でお説教をはじめた。「たつた一日だけの不安を、生涯の不安と、すり変へて騒ぎまはつてゐるのだ。君は、秩序のネセシテイを信じないかね。ヴアレリイの言葉だけれどもね、」と私は軽く眼をつぶり、あれこれと考へをまとめる振りをして、やがて眼をひらき、仲々きざな口調で、「法律も制度も風俗も、昔から、ちつとは気のきいた思想家に、いつでも攻撃され、軽蔑されて来たものだ。事実また、それを揶揄し皮肉るのは、いい気持のものさ。けれども、その皮肉は、どんなに安易な、危険な遊戯であるか知らなければならぬ。なんの責任も無いんだからね。法律、制度、風俗、それがどんなに、くだらなく見えても、それが無いところには、知識も自由も考へられない。大船に乗つてゐながら、大船の悪口を言つてゐるやうなものさ。海に飛び込んだら、死ぬばかりだ。知識も、自由思想も、断じて自然の産物ぢやない。自然は自由でもなく自然は知識の味方をするものでもないと言ふんだ。知識は、自然と戦つて自然を克服し、人為を建設する力だ。謂はば、人工の秩序への努力だ。だから、どうしても、秩序とは、反自然的な企画なんだが、それでも、人は秩序に拠らなければ、生きて行く事が出来なくなつてゐる、といふんだがね。君が時代に素直で、勉強を放擲《はうてき》しようとする気持もわかるけれど、秩序の必然性を信じて、静かに勉強を続けて行くのも亦、この際、勇気のある態度ぢやないのかね。発散級数の和でも、楕円函数でも、大いに研究するんだね。」私は、やや得意であつた。言ひ終つて、少年の方を、ちらと伺つて見ると、少年は、私のお説教を半分も聞いてゐなかつたらしく、無心に、ごはんを食べてゐた。「どうかね。わかつたかね。」私は、しつこく賛意を求めた。少年は顔を挙げ、ごはんを呑み込んでから言つた。

「ヴアレリイつてのは、フランスの人でせう？」

「さうだ。一流の文明批評家だ。」

「フランスの人だつたら、だめだ。」

「なぜ？」

「戦敗国ぢやないか。」少年の大きな黒い眼には、もう涙の跡も無く、涼しげに笑つてゐる。

「亡国の言辞ですよ。君は、人がいいから、だめだなあ。そいつの言つてる秩序つてのは、古い昔の秩序の事なんだ。古典擁護に違ひない。フランスの伝統を誇つてゐるだけなんですよ。うつかり、だまされるところだつた。」

「いや、いや、」私は狼狽して、あぐらを組み直した。「さういふ事は無い。」

「秩序つて言葉は、素晴らしいからなあ。」少年は、私の拒否を無視して、どんぶりを片手に持つたまま、ひとりで詠嘆の言葉を発し、うつとりした眼つきをして見せた。「僕は、フランス人の秩序なんて信じないけれど、強い軍隊の秩序だけは信じてゐるんだ。僕には、ぎりぎりに苛酷の秩序が欲しいのだ。うんと自分を、しばつてもらひたいのだ。僕たちは、みんな、戦争に行きたくてならないのだよ。生ぬるい自由なんて、飼ひ殺しと同じだ。何も出来やしないぢやないか。卑屈になるばかりだ。銃後はややこしくて、むづかしいねえ。」

「何を言つてやがる。君は、一ばん骨の折れるところから、のがれようとしてゐるだけなんだ。

千の主張よりも、一つの忍耐。」

「いや、千の知識よりも、一つの行動。」

「さうして君に出来る唯一の行動は、まつぱだかで人喰ひ川を泳ぐだけのものぢやないか。ぶんを知らなくちやいけない。」私は、勝つたと思つた。

「さつきは、あれは、特別なんだよ。」少年は、大人《おとな》のやうな老いた苦笑をもらした。「どうも、ごちそうさま。」と神妙にお辞儀して、どんぶりを傍に片附け、「事情があつたんだよ。聞いてくれるかね？」

「言つてみ給へ。」騎虎の勢ひである。

「言つてみたつて、どうにもならんけど、このごろ僕は、目茶苦茶なんだよ。中学だけは、家のお金で卒業できたのだけれど、あとが続かなかつたんだ。貧乏なんだよ、僕は数学を、もつと勉強したかつたから、父に無断で高等学校に受けて、はひつたんだ。葉山さんを知つてるかい？　葉山圭造。いつか、鉄道の参与官か何かやつてゐた。代議士だよ。」

「知らないね。」私は、なぜだか、いらいらして来た。どうも私は、人の身の上話を聞く事は、下手《へた》である。われに何の関りあらんや、といふ気がして来るのである。黙つて聞いてゐるうちに、自分の肩にだんだん不慮の責任が覆ひかぶさつて来るやうで、不安なやら、不愉快なやら、たまらぬのである。その人を、気の毒と思つても、自分には何も出来ぬといふ興覚めな現実が、はつきりわかつてゐるので、なほさら、いやになるのだ。「代議士なんてのは、知らないね。金持なのかい？」

「まあ、さうだ。」少年は、ひどく落ちついた口調である。「僕の郷土の先輩なんだ。郷土の先輩なんて、可笑しなものさ。同じお国訛《なまり》があるだけさ。僕は、その人からお金をもらつて、いや、ただもらつてゐたわけぢや無いんだ。僕は、教へてゐたんだ。」

「教へながら教はつてゐたのかね。」私は、早くこの話を、やめてもらひたかつた。少しも興味が無い。

「女学校三年の娘がひとりゐるんだ。団子《だんご》みたいだ。なつちやゐない。」

「ほのかな恋愛かね。」私は、いい加減な事ばかり言つてゐた。

「ばか言つちやいけない。」少年は、むきになつた。「僕には、プライドがあるんだ。このごろ、だんだんそいつが、僕を小使みたいに扱つて来たんだよ。奥さんも、いけないんだがね。たうとう、きのふ我慢出来なくなつちやつて、――」

「僕は、つまらないんだよ、さういふ話は。世の中の概念でしか無い。歩けば疲れる、といふ話と同じ事だ。」私は、この少年と共に今まで時を費やしたのを後悔してゐた。

「君は、お坊ちやん育ちだな。人から金をもらふ、つらさを知らないんだ。」少年は、負けてゐなかつた。「概念的だつていい。そんな、平凡な苦しさを君は知らないんだ。」

「僕だつて、それや知つてゐるつもりだがね。わかり切つた事だ。胸に畳んで、言はないだけだ。」

「それぢや君は、映画の説明が出来るかね？」少年と私とは、先刻から、視線を平行に池の面に放つて、並んで坐つたままなのである。

「映画の説明？」

「さうさ。娘が、この春休みに北海道へ旅行に行つて、さうして、十六ミリといふのかね、北海道の風景を、どつさり撮影して来たといふわけさ。おそろしく長いフイルムだ。僕も、ちよつと見せてもらつたがね。しどろもどろの実写だよ。こんどそれを葉山さんのサロンで公開するんださうだ。所謂、お友達、を集めてね。ところが、その愚劣な映画の弁士を勤めて、お客の御機嫌を取り結ぶのが、僕の役目なんださうだ。」

「それあいい。」私は、大声で笑つてしまつた。「いいぢやないか。北海道の春は、いまだ浅くして、――」

「本気で言つてるのかね？」少年の声は、怒りに震へてゐるやうであつた。

私は、あわてて頬を固くし、真面目な口調に返り、

「僕なら、平気でやつてのけるね。自己優越を感じてゐる者だけが、真の道化をやれるんだ。そんな事で憤慨して、制服をたたき売るなんて、意味ないよ。ヒステリズムだ。どうにも仕様がないものだから、川へ飛びこんで泳ぎまはつたりして、センチメンタルみたいぢやないか。」

「傍観者は、なんとでも言へるさ。僕には、出来ない。君は、嘘つきだ。」

私は、むつとした。

「ぢや、これから君は、どうするつもりなんだい。わかり切つた事ぢやないか。いつまでも、川で泳いでゐるつもりなのか。帰るより他は無いんだ。元の生活に帰り給へ。僕は忠告する。君は、自分の幼い正義感に甘えてゐるんだ。映画説明を、やるんだね。なんだい、たつた一晩の屈辱ぢやないか。堂々と、やるがいい。僕が代つてやつてもいいくらゐだ。」最後の一言がいけなかつた。とんでも無い事になつたのである。私は少年から、嘘つき、と言はれ、奇妙に痛くて逆上し、あらぬ事まで口走り、のつぴきならなくなつたのである。

「君に、出来るものか。」少年は、力弱く笑つた。

「出来るとも。出来るよ。」とむきになつて言ひ切つた。

それから一時間のち、私は少年と共に、渋谷の神宮通りを歩いてゐた。ばかばかしい行為である。私は、ことし三十二歳である。自重しなければならぬ。けれども私は、この少年に、口さきばかり、と思はれたくないばかりに、かうして共に歩いてゐる。所詮は私も、自分の幼い潔癖に甘えてゐたのかも知れない。私は自分の不安な此の行動に、少年救済といふ美名を附して、わづかに自分で救はれてゐた。溺れかけてゐる少年を目前に見た時は、よし自分が泳げなくとも、救助に飛び込まなければならぬ。それが市民としての義務だ、と無理矢理自分に思ひ込ませるやうに努力してゐた。全く、単に話の行きがかりから、私は少年の代りに一夜だけ、高等学校の制服制帽で、葉山家に出かけて行かなければならなくなつたのである。佐伯五一郎の友人として、けふは佐伯が病気ゆゑ、代りに僕が参りましたと挨拶して、「早春の北海道」

といふ愚にもつかぬ映画を面白をかしく説明しなければならなくなつた。

私には、もとより制服も制帽も無い。佐伯にも無い。きのふ迄は、あつたんだけれど、靴もろとも売つてしまつたといふのである。借りに行かなければならぬ。佐伯は私の実行力を疑ひ、この企劃に躊躇してゐたやうであつたが、私は、少年の逡巡の様を見て、かへつて猛りたち、佐伯の手を引かんばかりにして井の頭の茶店を立ち出で、途中三鷹の私の家に寄つて素早く鬚を剃り大いに若がへつて、こんどは可成りの額の小使銭を懐中して、さて、君の友人はどこにゐるか、制服制帽を貸してくれるやうな親しい友人はゐないか、と少年に問ひ、渋谷に、ひとりゐるといふ答を得て、たゞちに吉祥寺駅から、帝都電鉄に乗り、渋谷に着いた。私は少し狂つてゐたやうである。

神宮通りをすたこら歩いた。葉山家、映画の会は、今夜だといふ。急がなければならぬ。

「ここです。」少年は立ちどまつた。

古い板塀の上から、こぶしの白い花が覗いてゐた。素人下宿らしい。

「くまもとう！」と少年は、二階の障子に向つて叫んだ。

「くまもと、くん。」と私も、いつしか学生になつたつもりで、心易く大声で呼びたてた。

第四回

ワグネル君、
正直に叫んで、
成功し給へ。
しんに言ひたい事があるならば、
それをそのまま言へばよい。（ファウスト）

「はい。」といふ女のやうに優しい素直な返事が二階の障子の奥から聞えて来たので、私は奇妙に拍子抜けがした。いやしくも熊本君ともあらうものが、こんな優しい返事をするとは思はなかつた。青本女之助とでも改名すべきだと思つた。

「佐伯だあ。あがつてもいいかあ。」少年佐伯のはうが、よつぽど熊本らしい粗暴な大声で、叫ぶのである。

「どうぞ。」

実に優しかつた。

私は呆れて噴き出した。佐伯も、私の気持を敏感に察知したらしく、「デイリツタンテイなんだ。」と低い声で言つて狡猾さうに片眼をつぶつてみせた。「ブルジョアさ。」

私たちは躊躇せず下宿の門をくぐり、玄関から、どかどか二階へ駈けあがつた。佐伯が部屋の障子をあけようとすると、

「待つて下さい。」と懸命の震へ声が聞えた。やはり、女のやうに甲高い細い声であつたが、せつぱつまつたものの如く、多少は凜《りん》としてゐた。「おひとり？　お二人？」

「お二人だ。」うつかり私が答へてしまつた。

「どなた？　佐伯君、一緒の人は、誰ですか？」

「知らない。」佐伯は、当惑の様子であつた。

私は、まだ佐伯に私の名前を教へてゐなかつたのである。

「木村武雄、木村武雄。」と私は、小声で佐伯に教へた。太宰といふのは、謂はゞペンネエムであつて、私の生れた時からの名は、その木村武雄なのである。なんとも、この名前が恥づかしく、私は痩せてゐる癖に太宰なぞといふ喧嘩の強さうな名前を選んで用ゐてゐるわけであるが、それでも、こんなに気持のせいてゐる時には、思はずふつと、親から貰つた名前のはうを言ひ出してしまふのである。「僕を、木村武雄と呼んでくれ給へ。」と言ひ足してみたが、私は、やはりなんだか、恥づかしかつた。

「木村たけを。」佐伯は、うなづいて、「木村武雄くんと一緒に来たんだがね。」

「木村たけを？　木村、武雄くんですか？」障子の中でも、不審さうに呟いてゐる。私は、たまらなくなつて来た。木村武雄といふ名は、世界で一ばん愚劣なもののやうに思はれた。

「木村武雄といふ者ですが。」私は、やぶれかぶれに早口で言つて、「お願ひがあつて、やつて来たんですけど。」

「おゆるし下さい。」意外の返事であつた。「初対面のおかたとは、お逢ひするのが苦しいのです。」

「何を言つてやがる。相変らず鼻持ちならねえ。」と佐伯が小声で呟いたのを、障子のかなたから聞き取つた様子で、

「その鼻のことです。私は鼻を虫に刺されました。こんな見苦しい有様で、初対面のおかたと逢ふのは、何より、つらい事です。人間は、第一印象が大事ですから。」

私たちは、爆笑した。

「ばかばかしい。」佐伯は、障子をがらりと開けて転げ込むやうにして部屋へはひつた。私も、おなかを抑へて笑ひ咽びよろよろ部屋へ、はひつてしまつた。

薄暗い八畳間の片隅に、紺絣を着た丸坊主の少年がひとりきちんと膝を折つて坐つてゐた。顔を見ると、やはり、青本女之助に違ひなかつた。熊本といふ逞しい名前の感じは全然、無かつたのである。白くまんまるい顔で、ロイド眼鏡の奥の眼は小さくしよぼしよぼして、問題の

鼻は、さういへば少し薄赤いやうであつたが、けれども格別、悲惨な事もなかつた。からだは、ひどく、でつぷり太つてゐる。背丈《せたけ》は、佐伯よりも、さらに少し低いくらゐである。おしやれの様子で、襟元をやたらに気にして直しながら、

「佐伯君、少し乱暴ぢやありませんか。」と真面目な口調で言つて、「僕は、親にさへ、かういふ醜い顔を見せた事はないのですからね。」つんとして見せた。

佐伯は、すぐに笑ひを鎮めて、熊本君のはうに歩み寄り、

「読書かね？」と、からかふやうな口調で言ひ熊本君の傍にある机の、下を手さぐりして、一冊の文庫本を拾ひ上げた。机の上には、大形の何やら横文字の洋書が、ひろげられてゐたのであるが、佐伯はそれには一瞥もくれなかつた。「里見八犬伝か。面白さうだね。」と呟き、つつ立つたまま、その小さい文庫本のペエジをぱらぱら繰つてみて、「君は、いつでも読まない本を机の上にひろげて置いて、読んでる本は必ず机の下に隠して置くんだね。妙な癖があるんだね。」笑ひもせずに、さう言ひ放つて、その文庫本を熊本君の膝の上にぽんと投げてやつた。

熊本君は、気の毒なほど露はに狼狽し、顔を真赤にして膝の上のその本を両手で抑へ、

「軽蔑し給ふな。」と、ほとんど聞えぬくらゐの低い声で言ひ、いかにも怨めしさうに佐伯の顔を横目で見上げた。

私は部屋の隅にあぐらをかいて坐つて、二人の様を笑ひながら眺めてゐたが、なんだかひどく熊本君が可哀想になつて来て、

「里見八犬伝は、立派な古典ですね。日本的ロマンの、」鼻祖と言ひかけて、熊本君のいまの憂鬱要因に気がつき、「元祖ですね。」と言ひ直した。

熊本君は、救はれた様子であつた。急にまた、すまし返つて、

「たしかに、そんなところもありますね。」赤い唇を、きゆつと引き締めた。「僕は最近また、ぼちぼち読み直してみてゐるんですけれども。」

「へへ、」佐伯は、机の傍にごろりと仰向きに寝ころび、へんな笑ひかたをした。「君は、どうして、そんな、ぼちぼち読み直してゐるなんて嘘ばかり言ふんだね？　いつでも、必ずさう言ふぢやないか。読みはじめた、と言つたつていいと思ふがね。」

「軽蔑し給ふな。」と再び熊本君は、その紳士的な上品な言葉を、まへよりいくぶん高い声で言つて抗議したのであるが、顔は、ほとんど泣いてゐた。

「里見八犬伝を、はじめて読む人なんか無いよ。読み直してゐるのに違ひない。」私は、仲裁してやつた。この二少年の戦ひの有様を眺めてゐるのも楽しかつたが、それよりも、今の私には、もつと重大な仕事があつた。「熊本君。」と語調を改めて呼びかけ、甚だ唐突なお願ひではあるが、制服と帽子を、こんや一晩だけ貸して下さるまいか、と真面目に頼み込んだのである。

「制服と帽子？　あの、僕の制服と帽子ですか？」熊本君は不機嫌さうに眉をひそめ、それから、寝ころんでゐる佐伯のはうに向き直つて、「佐伯君、僕は不愉快ですよ。僕を、あまり軽蔑しないで下さい。いつたい、この人は、なんですか？」

「いやなら、よせ。」佐伯は寝ころんだままで怒鳴つた。「無理に頼むわけぢやないんだ。君こそ失礼だぞ。そこにゐる人は、いい人なんだ。君みたいなエゴイストぢやないんだ。」

「いや、いや。」私は佐伯に、いい人と言はれて狼狽した。「僕だつて、エゴイストです。佐伯君が、いやだといふのを僕が無理を言つて、こゝへ連れて来てもらつたのですから。事情を申し上げてもいいんだけど、とにかく、僕から頼むのです。一晩だけ貸して下さい。あしたの朝早く、必ずお返し致します。」

「勝手にお使ひ下さい。僕は、存じません。」と泣き声で言つて、くるりと、私の方に背を向け、机の上の洋書を、むやみにぱつぱつとめくつた。

「よさうよ。僕は、どうなつたつて、いいんだ。」佐伯は上半身を起して、私に言つた。

「それあ、いかん。」私は、断然首を横に振つた。「君は、今になつて、そんな事を言ひ出すのは、卑怯だ。それぢや、まるで、僕が君にからかはれて、ここまでやつて来たやうなものだ。」

「なんですか。」熊本君は、私たちが言ひ争ひをはじめたら、奇妙に喜びを感じた様子で、くるりと、またこちらに向き直り、「佐伯君が、また何か、はじめたのですか？　深い事情があるやうですね。」と、ひどく尊大な口調で言ひ、さも、分別ありげに腕組みをした。

「もういいんだ。僕は、熊本なんかに、ものを頼みたくないんだ。」佐伯は、急に立ちあがつた。「僕は、帰るぞ。」

「待て、待て。」私も立ち上つて、佐伯を引きとめた。「君には、帰るところは無い筈だ。熊本君だつて、制服を貸さないとは言つてないんだ。君は、ただつ子と言はれても仕様が無いよ。」熊本君は、私が佐伯をやり込めると、どういふわけか、実に嬉しい様子であつた。いよいよ得意顔して立ち上り、

「さうですとも。だだつ子と言はれても仕様が無いですとも。僕は、お貸ししないとは言つてないんですからね。僕はエゴイストぢやあありません。」壁に掛けてある制服と制帽を颯つとはづして、百万円でも貸与する時のやうに、もつたいぶつた手つきで私のはうに差し出した。

「お気に召しますか、どうですか。」

「いや、結構です。」私は思はず、ぺこりとお辞儀をして、「ここで失礼して、着換へさせていたゞきます。」

着換へが終つた。結構ではなかつた。結構どころか、奇態であつた。袖口からは腕が五寸も、はみ出してゐる。ズボンは、やたらに太く、しかも短い。膝が、やつと隠れるくらゐで、毛臑《けずね》が無残に露出してゐる。ゴルフパンツのやうである。私は流石に苦笑した。

「よせよ。」佐伯は、早速嘲笑した。「なつてないぢやないか。」

「さうですね。」熊本君も、腕をうしろに組んで、私の姿をつくづく見上げ、見下し、「どういふ御身分のおかたか存じませんけれど、これでは、私の洋服の評判まで悪くなります。」と言つて念入りに溜息まで吐いてみせた。

「かまはない。大丈夫だ。」私は頑張つた。「こんな学生も、僕は、前に本郷で見た事があるよ。

秀才は、たいてい、こんな恰好をしてゐるやうだ。」

「帽子が、てんで頭にはひらんぢやないか。」佐伯は、またしても私にけちを附けた。「いつそ、まつぱだかで歩いたはうが、いいくらゐだ。」

「僕の帽子は、決して小さいはうでは、ありません。」熊本君はもつぱら自分の品物にばかり、こだはつてゐる。「僕の頭のサイズは、普通です。ソクラテスと同じなんです。」

熊本君の意外な主張には、私も佐伯も共に、噴き出してしまつた。熊本君も、つい吊り込まれて笑つてしまつた。部屋の空気は期せずして和やかになり、私たち三人、なんだか互ひに親しさを感じ合つた。私は、このまま三人一緒に外出して、渋谷のまちを少し歩いてみたいと思つた。日が暮れる迄には、まだ、だいぶ間が在る。私は熊本君から風呂敷を借りて、それに脱ぎ捨てた着物を包み、佐伯に持たせて、

「さあ行かう。熊本君も、そこまで、どうです。一緒にお茶でも、飲みませう。」

「熊本は勉強中なんだ。」佐伯は、なぜだか、熊本君を誘ふのに反対の様子を示した。「これから、また、ぼちぼち八犬伝を読み直すのだから。」

「僕は、かまひません。」熊本君も、私たちと一緒に外出したいらしいのである。「なんだか、面白くなりさうですね。あなたは青春を恢復したファウスト博士のやうです。」

「すると、メフィストフェレスは、この佐伯君といふ事になりますね。」私は、年齢を忘れて多少はしやいでゐた。「これが、むく犬の正体か。旅の学生か。滑稽至極ぢや。」

たはむれて佐伯の顔を覗くと、佐伯の眼のふちが赤かつた、涙ぐんでゐるのである。今夜の事が急に心配になつて来たのだらうと、私は察した。黙つて少年佐伯の肩を、どんと叩いて私は部屋から出た。必ず救つてやらうと、ひそかに決意を固くしたのである。

三人は、下宿を出て渋谷駅のはうへ、だらだら下りていつた。路ですれちがふ男女も、そんなに私の姿を怪しまないやうである。熊本君は、紺絣の袷にフエルト草履、ステツキを持つてゐた。なかなか気取つたものであつた。佐伯は、れいの服装に、私の着物在中の風呂敷包みを持ち、私は小さすぎる制服制帽に下駄ばきといふ苦学生の恰好で、陽春の午後の暖い日ざしを浴び、ぶらぶら歩いてゐたのである。

「どこかで、お茶でも飲みませう。」私は、熊本君に伺つた。

「さうですねえ。せつかく、お近づきになつたのですし。」と熊本君は、もつたいぶり、「しかし、女の子のゐるところは、割愛しませう。けふは、鼻が、こんなに赤いのですから。人間の第一印象は、重大ですよ。僕をはじめて見た女の子なら、僕が生れた時からこんなに鼻が赤くて、しかも、この後も永久に赤いのだと決断するにきまつてゐます。」真剣に主張してゐる。

私は、ばかばかしく思つたが、懸命に笑ひを怺へて、

「ぢや、ミルクホールは、どうでせう。」

「どこだつて、いいぢやないか。」佐伯は、先刻から、意気銷沈してゐる。まるで無意志の犬のやうに、ぶらりぶらり、だらしない歩きかたをして、私たちから少し離れて、ついて来る。

「お茶に誘ふなんてのは、お互ひ早く別れたい時に用ゐる手なんだ。僕は、人から追つぱらはれる前には、いつでもお茶を飲まされた。」

「それは、どういふ意味なんですか。」熊本君は、くるりと背後の佐伯に向き直つて詰め寄つた。「へんな事を言ひ給ふな。僕と、このかたとお茶を飲むのは、お互の親和力の結果です。純粋なんだ。僕たちは、里見八犬伝において共鳴し合つたのです。」

往来で喧嘩が、はじまりさうなので、私は閉口した。

「止し給へ。止し給へ。どうして君たちは、そんなに仲が悪いんだ。佐伯の態度も、よくないぞ。熊本君は、紳士なんだ。懸命なんだよ。人の懸命な生きかたを、嘲笑するのは、間違ひだ。」

「君こそ嘲笑してゐる癖に。」佐伯は、私にかゝつて来た。「君は、老獪なだけなんだ。」

言ひ合つてゐると際限が無かつた。私は、小さい食堂を前方に見つけて、

「はひらう。あそこで、ゆつくり話さう。」興奮して蒼ざめ、ぶるぶる震へてゐる熊本君の片腕をつかんで、とつとと歩き出した。佐伯も私たちの後から、のろのろ、ついて来た。

「佐伯君は、いけません。悪魔です。」熊本君は、泣くやうな声で訴へた。「ご存じですか？きのふ留置場から出たばかりなんですよ。」

私は仰天した。

「知りません。全然、知りません。」

私たちは、もう、その薄暗い食堂にはひつてゐた。

第五回

私は暫く何も、ものが言へなかつた。裏切られ、ばかにされてゐる事を知つた刹那の、あの、つんのめされるやうな苦《にが》い墜落の味を御馳走《ごちそう》された気持で、食堂の隅の椅子に、どつかりと坐つた。私と向ひ合つて、熊本君も坐つた。やや後《おく》れて少年佐伯が食堂の入口に姿を現はしたと思ふと、いきなり、私のはうに風呂敷包みを投げつけ、身を飜へして逃げた。私は立ち上つて食堂から飛び出し、二、三歩追つて、すぐに佐伯の左腕をとらへた。そのまま、ずるずる引きずつて食堂へはひつた。こんな奴に、ばかにされてたまるか、といふ野蛮な、動物的な格闘意識が勃然と目ざめ、とかく怯弱な私を、そんなにも敏捷に、ほとんど奇蹟的なくらゐ頑強に行動させた。佐伯は尚も、のがれようとして踠いた。

「坐り給へ。」私は彼を無理矢理、椅子に坐らせようとした。

佐伯は、一言も発せず、ぶるんと大きく全身をゆすぶつて私の手から、のがれた。のがれて直ぐにポケツトから、きらりと光るものを取り出し、

「刺すぞ。」と、人が変つたやうな、かすれた声で言つた。私は、流石に、ぎよつとした。殺

されるかも知れぬ、と一瞬思つた。恐怖の絶頂まで追ひつめられると、おのづから空虚な馬鹿笑ひを発する癖が、私に在る。なんだか、ぞくぞく可笑しくて、たまらなくなるのだ。胆《きも》が太いせゐでは無くて、極度の小心者ゆゑ、こんな場合ただちに発狂状態に到達してしまふのであるといふ解釈のはうが、より正しいやうである。

「ははははは。」と私は空虚な笑声を発した。「恥かしくて、きりきり舞ひした揚句《あげく》の果には、そんな殺伐なポオズをとりたがるものさ。覚えがあるよ。ナイフでも、振り上げないことには、どうにも、形がつかなくなつたのだらう？」

佐伯は、黙つて一歩、私に近寄つた。私は、さらに大いに笑つた。佐伯は、ナイフを持ち直した。その時、熊本君は、佐伯の背後からむずと組み附いて、

「待つて下さい。」と懸命の金切り声を挙げ、「そのナイフは、僕のナイフです。」と又しても意外な主張をしたのである。「佐伯君、君はひどいぢやないか。そのナイフは、僕の机の左の引き出しにはひつてゐたんでせう？　君は、さつき僕に無断で借用したのに、ちがひありません。僕は、人間の名誉といふものを重んずる方針なのだから、敢て、盗んだとは言ひません。早く返して下さい。僕は、大事にしてゐたんだ。僕は、この人に帽子と制服とだけは、お貸ししたけれど、君にナイフまでは、お貸しした覚えが無いのです。返して下さい。僕は、お姉さんから、もらつたんだ。大事にしてゐたんですよ。返して下さい。そんな乱暴に扱はれちや困りますよ。そのナイフには、小さい鋏《はさみ》も、缶切りも、その他三種類の小道具が附いてゐるんで

すよ。デリケエトなんですよ。ごしやうだから返して下さい。」と、れいの泣き声で、わめき散らしたのである。

悪漢佐伯も、この必死の抗議には参つたらしく、急に力が抜けた様子で、だらりと両腕を下げ、蒼白の顔に苦笑を浮べ、

「返すよ。返すよ。返してやるよ。」と自嘲の口調で言つて、熊本君の顔を見ずにナイフを手渡し、どたりと椅子に腰を下した。

「さあ、何とでも言ふがいい。」と佐伯は、ほんものの悪党みたいな、下品な口をきいたので、私は興覚《ざ》めして、しきりに悲しかつた。佐伯の隣の椅子に、腰をおろして、

「五一郎君、」とはじめて佐伯の名を、溜息と共に言ひ、「そんなふてくされたものの言ひかたをするものぢやないよ。君らしくも無いぢやないか。」

「猫撫《ねこな》で声は、よしてくれ。げろが出さうだ。はつきり負けた奴に、そんなに優しくお説教をはじめるのは、いい気持のものらしいね。」佐伯は、顔を不機嫌にしかめて、強く、吐き出すやうに言ひ、両腕をぐつたりテエブルの上に投げ出した。手が附けられぬくらゐに、ふてくされてしまつてゐる。私は、いよいよ味気《あぢけ》ない思ひであつた。

「君はくだらない奴だね。」と私は、思つたままを、つい言つてしまつた。

「ああ、さうさ。」すぐに、はね返して寄こすのである。「だから、はじめから、言つてるぢやねえか。説教なんか、まつぴらだつて言つたぢやないか。放つて置いてくれたつていいんだ。」

まつすぐに、食堂の壁を見ながら言つてゐるのであるが、その眼は薄く涙ぐんでゐた。私は、その様を見て何だか、ものを言ふのが再び、いやになつた。熊本君は、ちやんと私たちと向ひ合つて坐つてゐて、いましがた死力を尽して奪ひ返したデリケエトのナイフが、損傷してゐないかどうか、たんねんに調べ、無事である事を見とどけてから、ハンケチに包んで右の袂の中にしまひ込み、やつと、ほつとしたやうな顔になり、私たち二人を改めてきよろきよろ見比べ、「なんですか？ さて、どうしたのですか。あなたのおつしやる事にも、また、佐伯君の申す事にも、一応は首肯できるやうな気がするのですけれど、もつと、つき進めた話を伺はないことには。」と、あくまで真面目くさつた顔で言ひ、「コオヒイにしますか。それとも何か食べますか。とにかく何か、注文いたしませう。ゆつくり話合つてみたら、或いは一致点に到達できるかも知れませんからね。」熊本君は、私たち二人に更に大いに喧嘩させて、それを傍で分別《ぶんべつ》顔《がほ》して聞きながら双方に等分に相槌を打つといふ、あの、たまらぬ楽しみを味ふつもりでゐるらしかつた。佐伯は逸早く、熊本君の、そのずるい期待を見破つた様子で、

「君は、もう帰つたらどうだい。ナイフも返してやつたし、制服と帽子も今すぐ、この人が返してあげるさうだ。ステツキを忘れないやうにしろよ。」にこりともせず、落ちついた口調で言つたのである。

熊本君は、もう既に泣きべそを搔いて、

「そんなに、軽蔑しなくてもいいぢやないですか。僕だつて、君の力になつてやらうと思つてゐ

るのですよ。」

私は、熊本君のその懸命の様子を、可愛く思つた。

「さうだ、さうだ。熊本君は、このとほり僕に制服やら帽子やらを貸してくれたし、謂はば大事な人だ。ここにゐてもらつたはうがいい。コオヒイ、三つだ。」私は、食堂の奥のはうに向つて大声でコオヒイを命じた。薄暗い、その食堂の奥に先刻から、十三、四歳の男の子が、ぼんやり立つて私たちのはうを眺めてゐたのである。

「母ちやん、お風呂へ行つた。」その、まだ小学校に通つてゐるらしい男の子は、のろい口調で答へるのである。「もうすぐ、帰つて来るよ。」

「ああ、さうか。」私は瞬間、当惑した。「どうしませう。」と小声で熊本君に相談した。

「待つてゐませう。」熊本君は、泰然としてゐた。「ここは、女の子がゐないから、気がとても楽です。」やはり、自分の鼻に、こだはつてゐる。

「ビイルを飲めば、いいぢやないか。」佐伯は、突然、言ひ出した。「そこに、ずらりと並んである。」

見ると、奥の棚にビイルの瓶が、成る程ずらりと並んである。私は、誘惑を感じた。ビイルでも一ぱい飲めば、今の、この何だかいらいらした不快な気持を鎮静させることが出来るかも知れぬと思つた。

「おい、」と店番の男の子を呼び、「ビイルだつたら、お母さんがゐなくても出来るわけだね。

栓抜きと、コツプを三つ持つて来ればいいんだから。」

男の子は、不承不承に首肯いた。

「僕は、飲みませんよ。」熊本君は、またしても、つんと気取つた。「アルコオルは、罪悪です。僕は、アカデミツクな態度を、とらうと思ひます。」

「誰も君に、」佐伯は、やや口を尖らせて言つた。「飲めと言つてやしないよ。へんな事を言はないで、お姉さんに叱られますと言つたはうが、早わかりだ。」

「君は、飲むつもりですか？」熊本君も、こんどは、なかなか負けない。「止し給へ。僕は、忠告します。君は、をととひもビイルを飲んださうぢやないですか。留置場に、とめられたつて、学校ぢや評判なんですよ。」

男の子が、ビイルを持つて来た。三人の前に順々にコツプを置くが早いか熊本君は、一つのコツプを手に取つて憤然、ぱたりと卓の上に伏せた。私は内心、閉口した。

「よし、佐伯も飲んぢやいかん。僕が、ひとりで飲まう。アルコオルは、本当に、罪悪なんだ。なるべくは、飲まぬはうがいいのだ。」言ひながら、私はビイル瓶の栓を抜き、ひとりで自分のコツプに注いで、ぐつと一息で飲みほした。うまかつた。「ああ、まづいな。」とてれ隠しの嘘をついて、「僕も、アルコオルは、きらひなんだ。でも、ビイルは、そんなに酔はないからいいんだ。」何かと自己弁解ばかりしてゐた。「アカデミツクな態度ばかりは、失ひたくありませんからね。」と熊本君にまで卑しいお追従《ついしよう》を言つたのである。

「さうですとも。」熊本君は、御機嫌を直して、尊大な口調で相槌打つた。「私たちは、パルナシヤンです。」

「パルナシヤン。」佐伯は、低い声でそつと呟いてゐた。「象牙の塔か。」

佐伯の、その、ふつと呟いた二言には、へんにせつない響きがあつた。私の胸に、きりきり痛く喰ひいつた。私は、更に一ぱいビイルを飲みほした。

「五一郎君、」と私は親愛の情をこめて呼んだ。「僕には、なんでも皆わかつてゐるのだよ。さつき君が僕に風呂敷包みを投げつけて、逃げ出さうとした時、はつと皆わかつてしまつたのだ。君は、僕をだましたね。いや、責めるのぢやない。人を責めるなんて、むづかしい事だ。僕は、わかつたけれども、何も言へなかつたのだ。言ふのが、つらくて、いつそ知らん振りしてゐようかとさへ思つたのだが、いまビイルの酔を借りて、たうとう言ひ出したわけだ。いや、考へてみると、君が僕に言はせるやうにしむけてくれたのかも知れないね。ビイルを見つけてくれたのは、君なんだから。」

「なるほど、」と熊本君は小声で呟き、「佐伯君には、そんな遠大な思ひやりがあつて、ビイルのことを言ひ出したといふわけですね。なるほど。」と、しきりに首肯いて腕組みした。

「そんな、ばかな思ひやりつて、あるものか。」佐伯は少し笑つて、「僕は、ただ、その、ほら、――」と言ひ澱んで、両手でやたらに卓の上を撫で廻した。

「わかつてるよ。僕の機嫌を取らうとしたのだ。いやさう言つちやいけない。この場の空気を、明るくしようと努めてくれたのさ。佐伯は、これまで生活の苦労をして来たから、そんな事には敏感なんだ。よく気が附く。熊本君は、それと反対で、いつでも、自分の事ばかり考へてゐる。」ビイルの酔ひに乗じて、私は、ちくりと熊本君を攻撃してやつた。

「いや、それは、」熊本君は、思ひがけぬ攻撃に面《めん》くらつて、「そんなことは、主観の問題です。」と言つて、それからまた、下を向いてぶつぶつ二言、三言つぶやいてゐたが、私には、ちつとも聞きとれなかつた。

私は次第に愉快になつた。謂はば、気が晴れて来たのである。ビイルを、更に、もう一本、注文した。

「五一郎君、」と又、佐伯のはうに向き直り、「僕は、君を、責めるんぢやないよ。人を責める資格は、僕には無いんだ。」

「責めたつていいぢやないか。」佐伯も、だんだん元気を恢復して来た様子で、「君は、いつでも自己弁解ばかりしてるぢやないか。僕たちは、もう、大人《おとな》の自己弁解には聞き厭きてるんだ。誰もかれも、おつかなびつくりぢやないか。一も二も無く、僕たちを叱りとばせば、それでいいんだ。大人の癖に、愛だの、理解だのつて、甘つたるい事ばかり言つて子供の機嫌ばかりとつてゐるぢやないか。いやらしいぞ。」と言ひ放つて、ぷいと顔をそむけた。

「それあ、まあ、さうだがね。」と私は、醜く笑つて、内心しまつた！　と狼狽してゐたのだが、それを狡猾に押し隠して、「君の、その主張せざるを得ない内心の怒りには、同感出来るが、その主張の言葉には、間違ひが在るね。わかるかね。大人《おとな》も、子供も、同じものなんだよ。からだが少し、薄汚くなつてゐるだけだ。子供が大人に期待してゐるやうに、大人も、それと同じ様に、君たちを、たのみにしてゐるものなのだ。だらしの無い話さ。でも、それは本当なんだ。力《ちから》と、たのんでゐるのだ。」

「信じられませんね。」と熊本君は、ばかに得意になつてしまつて、私を憐れむやうに横目で見下げて言つた。

「君たちだつて、ずるいんだ。だらし無いぞ。」私はビイルを、がぶがぶ飲んで、「少し優しくすると、すぐ、程度を越えていい気になるし、ちよつと強く言はうと思ふと、言はれぬ先から、泣きべそをかいて逃げたがるぢやないか。君たちに自信を持つてもらひたくて、愛だの、理解だのと、遠廻しに言つてゐるのに、君たちは、それを軽蔑する。君たちが、も少し強かつたら、それは安心して叱りとばしてやる事も出来るんだ。君たちさへ、――」

「水掛け論だ。」佐伯は断定を下した。「くだらない。そんな言ひ古された事を、僕たちは考へてゐるんぢやないよ。しつかりした人間とは、どんなものだか、それを見せてもらひたいんだ。」

「さうですね。」熊本君は、ほつとした顔をして、佐伯の言を支持した。「酒を飲む人の話は、信用出来ませんからね。」と言つて、頬に幽かな憫笑を浮べた。

「僕は、だめだ。」さう言つて、私には、腹にしみるものが在つた。「けれども僕は、絶望してゐないんだ。酒だつて、たまにしか飲まないんだ。冷水摩擦だつて、毎日やつてゐるんだ。」

自分ながら奇妙と思はれたやうな事を口走つて、ふつと眼が熱くなり、うろたへた。

第六回

「青年よ、若き日のうちに享楽せよ！」
と教へし賢者の言葉のままに
振舞うた我の愚かさよ。
（悔ゆるともいまは詮なし）
見よ！　次のペエジにその賢者
素知らぬ顔して、記し置きける、
「青春は空《くう》に過ぎず、しかして、
弱冠は、無知に過ぎず。」（フランソワ・ヴイヨン）

むかし、フランソワ・ヴイヨンといふ、巴里生れの気の小さい、弱い男が、「ああ、残念！

あの狂ほしい青春の頃に、我もし学にいそしみ、風習のよろしき社会にこの身を寄せてゐたならば、いま頃は家も持ち得て快き寝床もあらうに。ばからしい。悪童の如く学び舎《や》を叛き去つた。いま、そのことを思ひ出す時、わが胸は、張り裂けるばかりの思ひがする！」と、地団駄踏んで、その遺言書に記してあつたやうだが、私も、いまは、その痛切な嘆きには一も二も無く共鳴したい。たかが熊本君ごときに、酒を飲む人の話は、信用できませんからね、と憫笑を以て言はれても、私には、すぐに撥《は》ね返す言葉が無い。冷水摩擦を毎日やつてゐると言つてみたところで、それがこの場合、どうなるといふものでもない。つまらない事を口走つたものである。けれども私には、それが精一ぱいであつたのである。私には、謂はば政治的手腕も無ければ、人に号令する勇気も無し、教へるほどの学問も無い。何とかして明るい希望を持つてゐたいと工夫《くふう》の揚句が、わづかに毎朝の冷水摩擦くらゐのところである。けれども無頼《ぶらい》の私にとつては、それだけでも勇猛の、大事業のつもりでゐたのだ。私は、いまこの二少年の憫笑に遭ひ、自分の無力弱小を、いやになるほど知らされた。私が、ふつと口を噤んで片手にビイルのコツプを持つたまま思ひに沈んでゐるのを、見兼ねたか、少年佐伯は低い声で、

「何も、そんなに卑下して見せなくたつて、いいぢやないか。」と私を慰め諭すやうに言つて、私の顔を覗き込み、「ごめんよ。君は知つてゐるね。僕は、恥かしかつたんだ。本当の事を、どうしても言へなかつたんだ。でも、僕は嘘つきぢやない。たつた一つだけ嘘を言つたんだ。映画の会は、をととひ、やつちやつたんだ。僕は、説明しちやつたんだ。だから、僕は、をと

つて、それから、――」
とひの夜、会が済んでから制服も靴も売り払つて、街でビイルを飲んで、お巡りさんに見つか
「わかつてる。」私は顔を揚げて、佐伯の告白を払ひのけるやうに片手を振つた。「君に罪は無いんだ。みんな話の行きがかりだ。僕が、そそつかしいんだよ。君は、はじめから僕が渋谷へなど来るのを、いやがつてゐたんだものね。」大きい溜息が出て、胸の中が、すつとした。
「うん、」佐伯は、恥かしさうに小さく首肯き、「言ひ直すひまが無かつたんだよ。僕は、なんぼ何でも、映画の説明なんて、そんなだらし無い事を、やつちやつたとは、言へなかつたんだよ。だから、ね、」と又もや、両手でテエブルの上を矢鱈に撫で廻しながら、「そこんところを、嘘ついちやつたんだよ。ごめんね。留置場に入れられた事なんかを君に言ふと、君に嫌はれると思つたんだ。僕は、だめなんだよ。葉山にも、いままでお世話になつてゐるんだし、映画説明なんて、ばからしいとは思つたけれど、最後のお礼のつもりで、をととひの晩、大勢の女の子の前でやつちやつてから、いけないと思つた。もう僕は、だめになつたと思つた。見込みの無い男だと思つた。僕にもビイルを一ぱい下さい。僕は、いまは嬉しいのだ。何だか、ぞくぞく嬉しいのだ。木村君、君は、偉い人だね。君みたいに、何も気取らないで、僕たちと一緒に、心配したり、しよげたりしてくれると、僕たちには、何だか勇気が出て来るのだ。かうしては居られないと思ふんだ。勉強しようと、しんから思ふやうになるんだ。僕は、心の弱さを隠さない人を信頼する。」立ち上つて、三つのコツプになみなみとビイルを

注いだ。決然たる態度であつた。「乾杯だ！　熊本も立て。喜びのための一ぱいのビイルは罪悪で無い。悲しみ、苦悩を消すための杯《さかづき》は、恥ぢよ！」

「では、ほんの一ぱいだけ。」熊本君は、佐伯の急激に高揚した意気込みに圧倒され、しぶしぶ立つて、「僕は事情をよく知らんのですからね、ほんのお附合ひですよ。」

「事情なんか、どうだつていいぢやないか。僕の出発を、君は喜んでくれないのか？　君は、エゴイストだ。」

「いや、ちがひます。」熊本君も、こんどは敢然と報いた。「僕は、物事を綿密に考へてみたいんだ。納得出来ない祝宴には附和雷同しません。僕は、科学的なんです。」

「ちえつ！」佐伯は、たちまち嘲笑した。「自分を科学的といふ奴は、きまつて科学を知らないんだ。科学への、迷信的なあこがれだ。無学者の証拠さ。」

「よせ、よせ。」私も立上り、「熊本君は、てれてゐるんだ。君の、おくめんも無い感激振りに辟易したんだ。知識人のデリカシイなんだよ。」

「古い型のね。」佐伯は低く附け加へた。

「乾杯します。」と熊本君は、思ひつめた果のやうな口調で言つた。「僕は、ビイルを飲むと、くしやみするんです。僕は、その事を科学的と言つたんです。」

「正確だ。」佐伯は、噴き出した。私も笑つた。

熊本君は笑はず、ビイルのコツプを手にとつて目の高さまで捧げ、それから片手で着物の襟

をきちんと掻き合せて、

「佐伯君の出発を、お祝ひいたします。あしたから、また学校へ出て来て下さい。」真剣な、ほろりとするやうな声であつた。

「ありがたう。」佐伯も上品に軽くお辞儀をして、「熊本が、いつもこんなに優しく勇敢であるやうに祈つてゐます。」

「佐伯君にも、熊本君にも欠点があります。僕にも、欠点があります。助け合つて行きたいと思ひます。」私は、たいへん素直な気持で、さう言つて泡立つビイルのコツプを前方に差し出した。

カチリと三つのコツプが逢つて、それから三人ぐつと一息に飲みほした。たちまち、熊本君は、くしやんと大きいくしやみを発した。

「よし。よろこびのための酒は一杯だけにして止めよう。よろこびを、アルコオルの口実にしてはならぬ。」私は、もつとビイルを飲みたかつたのだが、いまのこの場の空気を何故《なぜ》だか、ひどく大事にして置きたくて、飲酒の欲望を辛く怺へた。「君たちも、これから、なるべくならビイルを飲むな！　カール・ヒルテイ先生の曰く、諸君は教養ある学生であるから、酒を飲んでも乱に陥らない。故に無害である。否、時には健康上有益である。しかし、諸君を真似て飲む中学生、又は労働者たちは自らを制することが出来ぬため、酒に溺れ、その為に身を亡ぼす危険が多い。だから諸君は、彼等のために！　彼等のために酒を飲むな、と。彼等のため、ばかりではない。僕たちの為にも、酒を飲むな。僕たちは、悪い時代に育ち、悪い教育を受け、暗い学問をした。飲酒は、誇りであり、正義感の表現でさへあつたのだ。僕たちの、この悪癖を綺麗に抜くのは至難である。君たちに頼む。君たちさへ、清潔な強い明るい習慣を作つてくれたら、僕たちの暗黒の虫も、遠からずそれに従ふだらう。僕たちに負けてはならぬ。打ち勝て。以上、一般論は終りだ。どうも僕は、こんな、わかり切つたやうな概念論は、不得手なのだ。どんな、つまらない本《ほん》にだつて、そんな事は、ちやんと書かれてあるんだからね。なるべくなら僕は、清潔な、強い、明るい、なんてそんな形容詞を使ひたくないんだ。自分のからだに傷をつけて、そこから噴き出た言葉だけで言ひたい。下手くそでもいい、自分の血肉を削つた言葉だけを、どもりながら言ひたい。どうも、一般論は、てれくさい。演説は、これでやめる。」

熊本君は、さかんに拍手した。佐伯は、立つたまま、にやにや笑つてゐる。私は普通の語調にかへつて、

「佐伯君、僕に二十円くらゐあるんだがね、これで制服と靴とを買ひ戻し給へ。また、外形は、もとの生活に帰るのだ。葉山氏の家にも、辛抱して行き給へ。わびしい時には、下宿で毛布をかぶつて勉強するのだ。それが一ばん華やかな青春だ。何くそと固パンかじつて勉強し給へ。約束するね？」

「わかつてるよ。」佐伯は、ひどく赤面しながらも、口だけは達者である。「そんな事を言つて

ると、君の顔は、まるで、昔のさむらひみたいに見えるね。明治時代だ。古くさいな。」

「士族のお生れではないでせうか。」熊本君は、また変な意見を、おづおづ言ひ出した。

私は噴き出したいのを怺へて、

「熊本君、ここに二十円あります。これで、佐伯の制服と制帽と靴を買ひ戻してやつて下さい。」

「要らないよ、そんなもの。」佐伯は、いよいよ顔を真赤にして、小声で言つた。

「いや、君にあげるわけぢやないんだ。熊本君の友情を見込んで、一時、おあづけするだけだ。」

「わかりました。」熊本君は、お金を受け取り、眼鏡の奥の小さい眼を精一ぱいに見開いて、直立不動の姿勢で言つた。「たしかに、おあづかり致します。他日、佐伯君の学業成つた暁には、――」

「いや、それには及びません。」私は、急に、てれくさくて、かなはなくなつた。お金など、出さなければよかつたと思つた。「ここを出ませう。街を、少し歩いて見ませう。」

街は、もう暮れてゐた。

私ひとりは、やはり多少、酔つてゐた。自分のたいへんな、苦学生の姿も忘れて、何かと大声で、ばかな事ばかりしやべり散らしてゐた。

「おい佐伯、その風呂敷包は重くないか。僕が、かはりに持つてやらう。いいんだ、僕によこせ。よし来た。アル・テル・ナ・テ・ヴ・マン、と。知つてるかい？　どつこいしよの、うんとこしよつて意味なんだ。フロオベエルは、この言葉一つに、三箇月も苦心したんだぞ。」

ああ、思へば不思議な宵であつた。人生に、こんな意外な経験があるとは、知らなかつた。私は二人の学生と、宵の渋谷の街を酔つて歩いて、失つた青春を再び、現実に取り戻し得たと思つた。私の高揚には、限りが無かつた。

「歌を歌はう。いいかい。一緒に歌ふのだよ。アイン、ツワイ、ドライ。アイン、ツワイ、ドライ。アイン、ツワイ、ドライ。よし。

ああ消えはてし　　青春の
愉楽《ゆらく》の行衛　　今いづこ
心のままに　　興じたる
黄金《こがね》の時よ　　玉の日よ
汝《いまし》帰らず　　その影を
求めて我は　　歎くのみ
　ああ移り行く世の姿
ああ移り行く世の姿

「さうさ。可哀さうなアベルの話を聞かせてゐるうちに、君は、ぐうぐう眠つちやつたぢやないか。君は、仙人みたいだつたぞ。」

「まさか。」私は淋しく笑つた。「ゆうべから、ちつとも寝ないで仕事をしてゐたものだから、疲れが出ちやつたんだね。永いこと眠つてゐたかい？」

「なに十分《ぷん》か十五分かな？　ああ、寒くなつた。僕は、もう帰るぜ。しつけい。」

「待ち給へ。」私は、上半身を起して、「君は、高等学校の生徒ぢやなかつたかね？」

「あたり前さ。大学へはひる迄は、高等学校さ。君は、ほんたうに頭が悪いね。」

「いつから大学生になつたんだい？」

「ことしの三月さ。」

「さうかね。君は、佐伯五一郎といふんだらう？」

「寝呆けてゐやがら。僕は、そんな名前ぢやないよ。」

「さうかね。ぢや、何だつて、この川をはだかで泳いだりしたんだね？」

「この川が、気に入つたからさ。それくらゐの気まぐれは、ゆるしてくれたつていいぢやないか。」

「へんな事を聞くやうだが、君の友人に熊本君といふ人がゐないかね？　ちよつと、かう気取つた人で。」

「熊本？――無いね。やはり、工科かね？」

「さうぢやないんだ。みんな夢かな？　僕は、その熊本君にも逢ひたいんだがね。」

「何を言つてやがる。寝呆けてゐるんだよ。しつかりし給へ。僕は、帰るぜ。」

「ああ、しつけい。君、君、」と又、呼びとめて、「勉強し給へよ。」

「大きにお世話だ。」

颯爽と立ち去つた。私は独り残され、侘びしさ堪へ難い思ひである。その実を犇《ひし》と護らなん、と怒鳴るやうにして歌つた自分の声が、まだ耳の底に残つてゐるやうな気がする。白日夢。私は立上つて、茶店のはうに歩いた。袂をさぐつてみると、五十銭紙幣は、やはりちやんと残つて在る。佐伯君にも、熊本君にも欠点があります。僕にも、欠点があります。助け合つて行きたいと思ひます、といふ私の祝杯の辞も思ひ出された。いますぐ、渋谷へ飛んで行つて、確かめてみたいとさへ思つたが、やはり熊本君の下宿の道順など、朦朧としてゐる。夢だつたのに違ひない。公園の森を通り抜け、動物園の前を過ぎ、池をめぐつて馴染の茶店にはひつた。老婆が出て来て、

「おや、けふは、お一人？　おめづらしい。」

「カルピスを、おくれ。」おほいに若々しいものを飲んでみたかつた。

茶店の床几にあぐらをかいて、ゆつくりカルピスを啜つてみても、私は、やはり三十二歳の下手な小説家に過ぎなかつた。少しも、若い情熱が湧いて来ない。その実を犇《ひし》と護らなん、その歌の一句を、私は深刻な苦笑でもつて、再び三度《みたび》、反芻してゐるばかりであつた。

ろまん燈籠

その一

八年まへに亡《な》くなつた、あの有名な洋画の大家、入江新之助氏の遺家族は皆すこし変つてゐるやうである。いや、変調子といふのではなく、案外そのやうな暮しかたのはうが正しいので、かへつて私ども一般の家庭のはうこそ変調子になつてゐるのかも知れないが、とにかく、入江の家の空気は、普通の家のそれとは少し違つてゐるやうである。この家庭の空気から暗示を得て、私は、よほど前に一つの短篇小説を創つてみた事がある。私は不流行の作家なので、創つた作品を、すぐに雑誌に載せてもらふ事も出来ず、その短篇小説も永い間、私の机の引き出しの底にしまはれたままであつたのである。その他にも、私には三つ、四つ、さういふ未発表のままの、謂はば筺底深く秘めたる作品があつたので、をととしの早春、それらを一纏めにして、いきなり単行本として出版したのである。まづしい創作集ではあつたが、私には、いまでも多少の愛着があるのである。なぜなら、その創作集の中の作品は、一様に甘《あま》く、何の野心も持たず、ひどく楽しげに書かれてゐるからである。いはゆる力作は、何だかぎくしやくして、あとで作者自身が読みかへしてみると、いやな気がしたり等するものであるが、気楽な小曲には、そんな事が無いのである。れいに依つて、その創作集も、あまり売れなかつたやうであるが、私は別段その事を残念にも思つてゐない。売れなくて、よかつたとさへ思つてゐる。愛着は感じてゐても、その作品集の内容を、最上質のものとは思つてゐないからである。冷厳の鑑賞には、とても堪へられる代物《しろもの》ではないのである。謂はば、だらしない作品ばかりなのである。けれども、作者の愛着は、また自ら別のものらしく、私は時折、その甘つたるい創作集を、こつそり机上に開いて読んでゐる事もあるのである。その創作集の中でも、最も軽薄で、しかも一ばん作者に愛されてゐる作品は、すなはち、冒頭に於いて述べた入江新之助氏の遺家族から暗示を得たところの短篇小説であるといふわけなのである。もとより軽薄な、たわいの無い小説ではあるが、どういふわけだか、私には忘れられない。

——兄妹、五人あつて、みんなロマンスが好きだつた。

長男は二十九歳。法学士である。ひとに接するとき、少し尊大ぶる悪癖があるけれども、これは彼自身の弱さを庇ふ鬼の面《めん》であつて、まことは弱く、とても優しい。弟妹たちと映画を見にいつて、これは駄作だ、愚作だと言ひながら、その映画のさむらひの義理人情にまゐつて、まづ、まつさきに泣いてしまふのは、いつも、この長兄である。それにきまつてゐた。映画館を出てからは、急に尊大に、むつと不機嫌になつて、みちみち一言も口をきかない。生れて、いまだ一度も嘘言《うそ》といふものをついた事が無いと、躊躇せず公言してゐる。それは、どうかと思はれるけれど、しかし、剛直、潔白の一面は、たしかに具有してゐた。学校の成績は、あまりよくなかつた。卒業後は、どこへも勤めず、固く一家を守つてゐる。イプセンを研究してゐる。このごろ「人形の家」をまた読み返し、重大な発見をして、頗る興奮した。ノラが、あのとき恋をしてゐた。お医者のランクに恋をしてゐたのだ。それを発見した。弟妹たちを呼び集めてそのところを指摘し、大声叱咤、説明に努力したが、徒労であつた。弟妹たちは、どうだか、と首をかしげて、にやにや笑つてゐるだけで、一向に興奮の色を示さぬ。いつたいに弟妹たちは、この兄を甘く見てゐる。なめてゐる風《ふう》がある。

長女は、二十六歳。いまだ嫁がず、鉄道省に通勤してゐる。フランス語が、かなりよく出来た。背丈が、五尺三寸あつた。すごく、痩せてゐる。弟妹たちに、馬、と呼ばれる事がある。髪を短く切つて、ロイド眼鏡をかけてゐる。心が派手で、誰とでもすぐ友達になり、一生懸命に奉仕して、捨てられる。それが、趣味である。憂愁、寂寥の感を、ひそかに楽しむのである。けれどもいちど、同じ課に勤務してゐる若い官吏に夢中になり、さうして、やはり捨てられた時には、その時だけは、流石に、しんからげつそりして、間《ま》の悪さもあり、肺が悪くなつたと嘘をついて、一週間も寝て、それから頸に繃帯を巻いて、やたらに咳をしながら、お医者に見せに行つたら、レントゲンで精細にしらべられ、稀に見る頑強の肺臓であるといつて医者にほめられた。文学鑑賞は、本格的であつた。実によく読む。洋の東西を問はない。ちから余つて自分でも何やら、こつそり書いてゐる。それは本箱の右の引き出しに隠して在る。逝去二年後に発表のこと、と書き認められた紙片が、その蓄積された作品の上に、きちんと載せられてゐるのである。二年後が、十年後と書き改められたり、二ケ月後と書き直されたり、ときには、百年後、となつてゐたりするのである。

次男は、二十四歳。これは、俗物であつた。帝大の医学部に在籍。けれども、あまり学校へは行かなかつた。からだが弱いのである。これは、ほんものの病人である。おどろくほど、美しい顔をしてゐた。吝嗇《りんしょく》である。長兄が、ひとにだまされて、モンテエニュの使つたラケットと称する、へんてつもない古いラケットを五十円に値切つて買つて来て、得々《とくとく》としてゐた時など、次男は、陰でひとり、余りの痛憤に、大熱を発した。その熱のために、たうとう腎臓をわるくした。ひとを、どんなひとをも、蔑視したがる傾向が在る。ひとが何かいふと、けツといふ奇怪な、からす天狗の笑ひ声に似た不愉快きはまる笑ひ声を発するのである。ゲエテ一点張りである。これとても、ゲエテの素朴な詩精神に敬服してゐるのではなく、ゲエテの高位高官に傾倒してゐるらしい、ふしが、無いでもない。あやしいものである。けれども、兄妹みんなで、即興の詩など競作する場合には、いつでも一ばんである。出来てゐる。俗物だけに、謂はば情熱の客観的把握が、はつきりしてゐる。自身その気で精進すれば、あるいは二流の作家くらゐには、なれるかも知れない。この家の、足のわるい十七の女中に、死ぬほど好かれてゐる。

次女は、二十一歳。ナルシツサスである。ある新聞社が、ミス・日本を募つてゐた時、あの時には、よほど自己推薦しようかと、三夜身悶えした。大声あげて、わめき散らしたかつたけれども、三夜の身悶えの果、自分の身長が足りない事に気がつき、断念した。兄妹のうちで、ひとり目立つて小さかつた。四尺七寸である。けれども、決して、みつともないものではなかつた。なかなかである。深夜、裸形で鏡に向ひ、につと可愛く微笑してみたり、ふつくらした白い両足を、ヘチマコロンで洗つて、その指先にそつと自身で接吻して、うつとり眼をつぶつてみたり、いちど鼻の先に、針で突いたやうな小さい吹出物して、憂鬱のあまり、自殺を計つた事がある。読書の撰定に特色がある。明治初年の、佳人之奇遇、経国美談などを、古本屋から捜して来て、ひとりで、くすくす笑ひながら読んでゐる。黒岩涙香、森田思軒などの飜訳をも、好んで読む。どこから手に入れて来るのか、名の知れぬ同人雑誌をたくさん集めて、面白いなあ、うまいなあ、と真顔で呟きながら、端から端まで、たんねんに読破してゐる。ほんたうは、鏡花をひそかに、最も愛読してゐた。

末弟は、十八歳である。ことし一高の、理科甲類に入学したばかりである。高等学校へはひつてから、かれの態度が俄然かはつた。兄たち、姉たちには、それが可笑しくてならない。けれども末弟は、大まじめである。家庭内のどんなささやかな紛争にでも、必ず末弟は、ぬつと顔を出し、たのまれもせぬのに思案深げに審判を下して、これには、母をはじめ一家中、閉口してゐる。いきほひ末弟は一家中から敬遠の形である。末弟には、それが不満でならない。長女は、かれのぶつとふくれた不機嫌の顔を見かねて、ひとりでは大人になつた気でゐても、誰も大人と見ぬぞかなしき、といふ和歌を一首つくつて末弟に与へかれの在野遺賢の無聊をなぐさめてやつた。顔が熊の子のやうで、愛くるしいので、きやうだいたちが、何かとかれにかまひすぎて、それがために、かれは多少おつちよこちよいのところがある。探偵小説を好む。ときどきひとり部屋の中で、変装してみたりなどしてゐる。語学の勉強と称して、和文対訳のドイルのものを買つて来て、和文のところばかり読んでゐる。きやうだい中で、家のことを心配してゐるのは自分だけだと、ひそかに悲壮の感に打たれてゐる。——

以上が、その短篇小説の冒頭の文章であつて、それから、ささやかな事件が、わづかに展開するといふ仕組みになつてゐたのであるが、それは、もとよりたわいの無い作品であつた事は前にも述べた。私の愛着は、その作品に対してよりも、その作中の家族に対してのはうが、強いのである。私は、あの家庭全体を好きであつた。たしかに、実在の家庭であつた。すなはち、故人、入江新之助氏の遺家族のスケツチに違ひないのである。もつとも、それは必ずしも事実そのままの叙述ではなかつた。大げさな言ひかたで、自分でも少からず狼狽しながら申し上げるのであるが、謂はば、詩と真実以外のものは、適度に整理して叙述した、といふわけなのである。ところどころに、大嘘をさへ、まぜてゐる。けれども、大体は、あの入江の家庭の姿を、写したものだ。一毛に於いて差異はあつても、九牛に於いては、リアルであるといふわけなのだ。もつとも私は、あの短篇小説に於いて、兄妹五人と、それから優しく賢明な御母堂に就いてだけ書いたばかりで、祖父ならびに祖母の事は、作品構成の都合上、無礼千万にも割愛してしまつてゐるのである。これは、たしかに不当なる処置であつた。入江の家を語るのに、その祖父、祖母を除外しては、やはり、どうしても不完全のやうである。私は、いまはそのお二人に就いても語つて置きたいのである。そのまへに一つお断りしなければならない事がある。それは、私の之からの叙述の全部は、現在としの、入江の家の姿ではなく、四年前に私がひそかに短篇小説に取りいれたその時の入江の家の雰囲気に他ならないといふ一事である。いまの入江家は、少し違つてゐる。結婚した人もある。亡《な》くなられた人さへある。四年以前にくらべて、いささか暗くなつてゐるやうである。さうして私も、いまは入江の家に、昔ほど気楽に遊びに行けなくなつてしまつた。つまり、五人の兄妹も、また私も、みんなが少しづつ大人《おとな》になつてしまつて、礼儀も正しく、よそよそしく、いはゆる、あの「社会人」といふものになつた様子で、お互ひ、たまに逢つても、ちつとも面白くないのである。はつきり言へば、現在の入江家は、私にとつて、あまり興味がないのである。書くならば、四年前の入江家を書きたいのである。それゆゑ、私の之から叙述するのも、四年前の入江の家の姿である。現在は、少し違つてゐる。それだけをお断りして置いて、さて、その頃の祖父は、——毎日、何もせずに遊んではかりゐたやうである。もし入江の家系に、非凡な浪漫の血が流れてゐるとしたならば、それは、此の祖父から、はじまつたものではないかと思はれる。もはや八十を過ぎてゐる。毎日、用事ありげに、麴町の自宅の裏門から、そそくさと出掛ける。実に素早い。この祖父は、壮年の頃は横浜にて、かなりの貿易商を営んでゐたのである。令息の故新之助氏が、美術学校へ入学した時にも、少しも反対せぬばかりか、かへつて身辺の者に誇つてさへゐたといふほどの豪傑である。としとつて隠居してからでも、なかなか家にじつとしてはゐない。家人のすきを覗つては、ひらりと身をひるがへして裏門から脱出する。すたすた二、三丁歩いて、うしろを振り返り、家人が誰もついて来ないといふ事を見とどけてから、懐中より鳥打帽をひよいと取出して、あみだに、かぶるのである。派手な格子縞の鳥打帽であるが、ひどく古びてゐる。けれども、これをかぶらないと散歩の気分が出ないのである。四十年間、愛用してゐる。これをかぶつて、銀座に出る。資生堂へはひつて、ショコラといふものを注文する。ショコラ一ぱいに、一時間も二時間も、ねばつてゐる。あちら、こちらを見渡し、むかしの商売仲間が若い芸妓などを連れて現れると、たちまち大声で呼び掛け、放すものでない。無理矢理、自分のボックスに坐らせて、ゆるゆると厭味を言ひ出す。これが、怺へられぬ楽しみである。家へ帰る時には、必ず、誰かに僅かなお土産を買つて行く。やはり、気がひけるのである。このごろは、めつきり又、家族の御機嫌を伺ふやうになつた。勲章を発明した。メキシコの銀貨に穴をあけて赤い絹紐を通し、家族に於いて、その一週間もつとも功労のあつたものに、之を贈呈するといふ案である。誰も、あまり欲しがらなかつた。その勲章をもらつたが最後、その一週間は、家に在るとき必ず胸に吊り下げてゐなければいけないといふのであるから、家族ひとしく閉口してゐる。母は、舅《しうと》に孝行であるから、それをもらつても、ありがたさうな顔をして、帯の上に、それでもなるべく目立たないやうに吊り下げる。祖父の晩酌のビイルを一本多くした時には、母は、いや応なしに、この勲章をその場で授与されてしまふのである。長兄も、真面目な性質であるから、たまに祖父の寄席のお伴の功で、うつかり授与されてしまふ事があるが、それでも流石に悪びれず、一週間、胸にちやんと吊り下げてゐる。長女、次男は、逃げ廻つてゐる。長女は、私にはとてもその資格がありませんからと固辞して利巧に逃げてゐる。殊に次男は、その勲章を自分の机の引出しにしまひ込んで、落したと嘘をついた事さへある。祖父は、たちまち次男の嘘を看破し、次女に命じて、次男の部屋を捜査させた。次女は、運わるくそのメダルを発見したので、こんどは、次女に贈呈された。祖父は、この次女を偏愛してゐる様子がある。次女は、一家中で最もたかぶり、少しの功も無いのに、それでも祖父は、何かといふと此の次女に勲章を贈呈したがるのである。次女は、その勲章をもらふと、たいてい自分の財布の中に入れて置く。祖父は、次女にだけは、そんな除外例を許可するのである。胸に吊り下げずとも、いいのである。一家中で、多少でも、その勲章を欲しいと思つてゐるのは、末弟だけである。末弟も流石にそれを授与されて胸に吊り下げられると、何だか恥づかしくて落ちつかない気がするのだけれど、それを取り上げられて誰か他の人に渡される時には、ふつと淋しくなるのである。次女の留守に、次女の部屋へこつそりはひつていつて財布を捜し出し、その中のメダルを懐しさうに眺めてゐる時もある。祖母は、この勲章を一度も授与された事が無い。はじめから、きつぱり拒否してゐるのである。ひどく、はつきりした人なのである。ばからしい、と言つてゐる。この祖母は、末弟を目にいれても痛くないほど可愛がつてゐる。末弟が一時、催眠術の研究をはじめて、祖父、母、兄たち姉たち、みんなにその術をかけてみても誰も一向にかからない。みんな、きよろきよろしてゐる。大笑ひになつた。末弟ひとり泣きべそかいて、汗を流し、最後に祖母へかけてみたら、たちまちにかかつた。祖母は椅子に腰かけて、こくりこくりと眠りはじめ、術者のおごそかな問ひに、無心に答へるのである。

「おばあさん、花が見えるでせう?」

「ああ、綺麗だね。」

「なんの花ですか?」

「れんげだよ。」

「おばあさん、一ばん好きなものは何ですか?」

「おまへだよ。」

術者は、少し興覚《きようざ》めた。

「おまへといふのは、誰ですか?」

「和夫(末弟の名)ぢやないか。」

傍で拝見してゐた家族のものが、どつと笑ひ出したので、祖母は覚醒した。それでも、まづ、術者の面目は、保ち得たのである。とにかく祖母だけは、術にかかつたのだから。でも、あとで真面目な長兄が、おばあさん、本当にかかつたのですか、とこつそり心配さうに尋ねたとき、祖母は、ふんと笑つて、かかるものかね、と呟いた。

以上が、入江家の人たち全部のだいたいの素描である。もつと、くはしく紹介したいのであるが、いまは、それよりも、この家族全部で連作した一つの可成り長い「小説」を、お知らせしたいのである。入江の家の兄妹たちは、みんな、多少づつ文芸の趣味を持つてゐる事は前にも言つて置いた。かれらは時々、物語の連作をはじめる事がある。たいてい、曇天の日曜などに、兄妹五人、客間に集つておそろしく退屈して来ると、長兄の発案ではじめるのである。ひとりが、思ひつくままに勝手な人物を登場させて、それから順々に、その人物の運命やら何やらを捏造していつて、つひに一篇の物語を創造するといふ遊戯である。簡単にすみさうな物語なら、その場で順々に口で言つて片附けてしまふのであるが、発端から大いに面白さうな時には、大事をとつて、順々に原稿用紙に書いて廻す事にしてゐる。そのやうな、かれら五人の合作の「小説」が、すでに四、五篇も、たまつてゐる筈である。たまには、祖父、祖母、母もお手伝ひする事になつてゐる。このたびの、やや長い物語にも、やはり、祖父、祖母、母のお手伝ひが在るやうである。

その二

たいてい末弟が、よく出来もしない癖に、まづ、まつさきに物語る。さうして、たいてい失敗する。けれども末弟は、絶望しない。こんどこそと意気込む。お正月五日間のお休みの時、かれらは、ひどく退屈して、れいの物語の遊戯をはじめた。その時も、末弟は、僕にやらせて下さい僕に、と先陣を志願した。まいどの事ではあり、兄姉たちは笑つてゆるした。このたびは、としのはじめの物語でもあり、大事をとつて、原稿用紙にきちんと書いて順々に廻すことにした。締切は翌日の朝。めいめいが一日たつぷり考へて書く事が出来る。五日目の夜か、六日目の朝には、一篇の物語が完成する。それまでの五日間、かれら五人の兄妹たちは、幽かに緊張し、ほのかに生き甲斐を感じてゐる。

末弟は、れいに依つて先陣を志願し、ゆるされて発端を説き起す事になつたが、さて、何の腹案も無い。スランプなのかも知れない。ひき受けなければよかつたと思つた。一月一日、他の兄姉たちは、それぞれ、よそへ遊びに出てしまつた。祖父は勿論、早朝から燕尾服を着て姿を消したのである。家に残つてゐるのは、母と祖母だけである。末弟は、自分の勉強室で、鉛筆をけづり直してばかりゐた。泣きたくなつて来た。万事窮して、たうとう悪事をたくらんだ。剽窃である。これより他は、無いと思つた。胸をどきどきさせて、アンデルゼン童話集、グリム物語、ホオムズの冒険などを読み漁《あさ》つた。あちこちから盗んで、どうやら、まとめた。

――むかし北の国の森の中に、おそろしい魔法使ひの婆さんが住んでゐました。実に、悪い醜い婆さんでありましたが、一人娘のラプンツエルにだけは優しく、毎日、金の櫛で髪をすいてやつて可愛がつてゐました。ラプンツエルは、美しい子でした。さうして、たいへん活潑な子でした。十四になつたら、もう、婆さんの言ふ事をきかなくなりました。婆さんを逆に時々、叱る事さへありました。それでも、婆さんはラプンツエルを可愛くてたまらないので、笑つて負けてゐました。森の樹々が、木枯しに吹かれて一日一日、素肌をあらはし、魔法使ひの家でも、そろそろ冬籠りの仕度に取りかかりはじめた頃、素張らしい獲物がこの魔法の森の中に迷ひ込みました。馬に乗つた綺麗な王子が、たそがれの森の中に迷ひ込んで来たのです。それは、この国の十六歳の王子でした。狩に夢中になり、家来たちにはぐれてしまひ、帰りの道を見失つてしまつたのでした。王子の金《きん》の鎧は、薄暗い森の中で松明《たいまつ》のやうに光つてゐました。婆さんは、これを見のがす筈は、ありません。風のやうに家を飛び出し、たちまち王子を、馬からひきずり落してしまひました。

「この坊ちやんは、肥えてゐるわい。この肌の白さは、どうぢや。胡桃《くるみ》の実で肥やしたんぢやな！」と喉《のど》を鳴らして言ひました。婆さんは長い剛《こは》い髭を生やしてゐて、眉毛は目の上までかぶさつてゐるのです。「まるで、ふとらした小羊そつくりぢや。さて、味はどんなもんぢやろ。冬籠りには、こいつの塩漬けが一ばんいい。」とにたにた笑ひながら短刀を引き抜き、王子の

白い喉にねらひをつけた瞬間、

「あつ！」と婆さんは叫びました。婆さんは娘のラプンツエルに、耳を噛まれてしまつたからです。ラプンツエルは婆さんの背中に飛びついて、婆さんの左の耳朶を、いやといふほど噛んで放さないのでした。

「ラプンツエルや、ゆるしておくれ。」と婆さんは、娘を可愛がつて甘やかしてゐますから、ちつとも怒らず、無理に笑つてあやまりました。ラプンツエルは、婆さんの背中をゆすぶつて、

「この子は、あたしと遊ぶんだよ、この綺麗な子を、あたしにおくれ。」と、だだをこねました。可愛がられ、わがままに育てられてゐますから、とても強情で、一度言ひ出したら、もう後へは引きません。婆さんは、王子を殺して塩漬けにするのを一晩だけ、がまんしてやらうと思ひました。

「よし、よし。おまへにあげるわよ。今晩は、おまへのお客様に、うんと御馳走してやらう。その代り、あしたになつたら、婆さんにかへして下され。」

ラプンツエルは、首肯きました。その夜、王子は魔法の家で、たいへん優しくされましたが、生きた心地もありませんでした。晩の御馳走は、蛙の焼串《やきぐし》、小さい子供の指を詰めた蝮の皮、天狗茸と二十日鼠のしめつた鼻と青虫の五臓とで作つたサラダ、飲み物は、沼の女の作つた青みどろのお酒と、墓穴から出来る硝酸酒とでした。錆びた釘と教会の窓ガラスとが食後のお菓子でした。王子は、見ただけで胸が悪くなり、どれにも手を附けませんでしたが、婆さん

と、ラプンツエルは、おいしいおいしいと言つて飲み食ひしました。いづれも、この家の、とつて置きの料理なのでありました。食事がすむと、ラプンツエルは、王子の手をとつて自分の部屋へ連れて行きました。ラプンツエルは、王子と同じくらゐの背丈《せたけ》でした。部屋へはひつてから、王子の肩を抱いて、王子の顔を覗き、小さい声で言ひました。

「お前があたしを嫌ひにならないうちは、お前を殺させはしないよ。お前、王子さまなんだろ？」

ラプンツエルの髪の毛は、婆さんに毎日すいてもらつてゐるお蔭で、まるで黄金をつむいだやうに美事に光り、脚の辺まで伸びてゐました。顔は天使のやうに、ふつくりして、黄色い薔薇の感じでありました。唇は小さく苺のやうに真赤でした。目は黒く澄んで、どこか悲しみをたたへてゐました。王子は、いままで、こんな美しい女の子を見た事がない、と思ひました。

「ええ。」と王子は低く答へて、少し気もゆるんで、涙がぽたぽた落ちました。

ラプンツエルは、黒く澄んだ目で、じつと王子を見つめてゐましたが、ちよつと首肯いて、

「お前があたしを嫌ひになつても、人に殺させはしないよ。さうなつたら、あたしが自分で殺してやる。」と言つて、自分も泣いてしまひました。それから急に大声で笑ひ出して、涙を手の甲で拭ひ、王子の目をも同様に乱暴に拭いてやつて、「さあ、今夜はあたしと一緒に、あたしの小さな動物のところに寝るんだよ。」と元気さうに言つて隣りの寝室に案内しました。そこには、藁と毛布が敷いてありました。上を見ますと、梁《はり》や止り木に、およそ百羽ほどの鳩が

とまつてゐました。みんな、眠つてゐるやうに見えましたが、二人が近づくと、少しからだを動かしました。

「これは、みんな、あたしのだよ。」とラプンツエルは教へて、すばやく手近の一羽をつかまへ、足を持つてゆすぶりました。鳩は驚いて羽根をばたばたさせました。「キスしてやつておくれ！」とラプンツエルは鋭く叫んで、その鳩で王子の頬を打ちました。

「あつちの鳥は、森のやくざ者だよ。」と部屋の隅の大きい竹籠を顎でしやくつて見せて、「十羽ゐるんだが、何しろみんな、やくざ者でね、ちやんと竹籠に閉ぢこめて置かないと、すぐ飛んでいつてしまふのだよ。それから、ここにゐるのは、あたしの古い友達のべエだよ。」と言ひながら一疋の鹿を、角をつかんで部屋の隅から引きずり出して来ました。鹿の頸には銅の頸輪がはまつてゐて、それに鉄の太い鎖がつながれてゐました。「こいつも、しつかり鎖でつないで置かないと、あたし達のところから逃げ出してしまふのだよ。どうしてみんな、あたし達のところに、ゐつかないのだらう。どうでもいいや。あたしは毎晩、ナイフでもつて、このべエの頸をくすぐつてやるんだ。するとこいつは、とてもこはがつて、じたばたするんだよ。」

さう言ひながらラプンツエルは壁の裂け目からぴかぴか光る長いナイフを取り出して、それでもつて鹿の頸をなで廻しました。可哀さうに、鹿は、せつながつて身をくねらせ、油汗を流しました。ラプンツエルは、その様を見て大声で笑ひました。

「君は寝る時も、そのナイフを傍に置いとくのかね？」と王子は少しこはくなつて、そつと聞いてみました。

「さうさ。いつだつてナイフを抱いて寝るんだよ。」ラプンツエルは平気な顔で答へました。

「何が起るかわからないもの。それはいいから、さあもう寝よう。お前が、どうしてこの森へ迷ひ込んだか、それをこれから聞かせておくれ。」ふたりは藁の上に並んで寝ました。王子は、けふ森へ迷ひ込むまでの事の次第を、どもりどもり申しました。

「お前は、その家来たちとわかれて、淋しいのかい？」

「淋しいさ。」

「お城へ帰りたいのかい？」

「ああ、帰りたいな。」

「そんな泣きべそをかく子は、いやだよ！」と言つてラプンツエルは急に跳ね起き、「それよりか、嬉しさうな顔をするのが本当ぢやないか。ここに、パンが二つと、ハムが一つあるからね、途中でおなかがすいたら、食べるがいいや。何を愚図愚図してゐるんだね。」

王子は、あまりの嬉しさに思はず飛び上りました。ラプンツエルは母さんのやうに落ちついて、

「ああ、この毛の長靴をおはき。お前にあげるよ。途中、寒いだらうからね。お前には寒い思ひをさせやしないよ。これ、お婆さんの大きな指なし手袋さ。さあ、はめてごらん。ほら、手だけ見ると、まるであたしの汚いお婆さんそつくりだ。」

王子は、感謝の涙を流しました。ラプンツエルは次に鹿を引きずり出し、その鎖をほどいてやつて、

「ベエや、あたしは出来ればお前を、もつとナイフでくすぐつてやりたいんだよ。とても面白いんだもの。でも、もう、どうだつていいや。お前を、逃がしてやるからね、この子をお城まで連れていつてくれ。この子は、お城へ帰りたいんだつてさ。どうだつて、いいや。うちのお婆さんより早く走れるのは、お前の他に無いんだからね。しつかり頼むよ。」

王子は鹿の背に乗り、

「ありがたう、ラプンツエル。君を忘れやしないよ。」

「そんな事、どうだつていいや。ベエや、さあ、走れ！　背中のお客さまを振り落したら承知しないよ。」

「さやうなら。」

「ああ、さやうなら。」泣き出したのは、ラプンツエルのはうでした。

鹿は闇の中を矢のやうに疾駆しました。藪を飛び越え森を突き抜け一直線に湖水を渡り、狼が吠え、鳥が叫ぶ荒野を一目散、背後に、しゆつしゆつと花火の燃えて走るやうな音が聞えました。

「振り向いては、いけません。魔法使ひのお婆さんが追ひ駈けてゐるのです。」と鹿は走りながら教へました。「大丈夫です。私より早いものは、流れ星だけです。でも、あなたはラプン

ツエルの親切を忘れちやいけませんよ。気象は強いけれども、淋しい子です。さあ、もうお城につきました。」

王子は、夢みるやうな気持で、お城の門の前に立つてゐました。

可哀さうなラプンツエル。魔法使ひの婆さんは、こんどは怒つてしまつたのです。大事な大事な獲物を逃がしてしまつた。わがままにも程があります。と言つてラプンツエルを森の奥の真暗い塔の中に閉ぢこめてしまひました。その塔には、戸口も無ければ階段も無く、ただ頂上の部屋に、小さい窓が一つあるだけで、ラプンツエルは、その頂上の部屋にあけくれ寝起きする身のうへになつたのでした。可哀さうなラプンツエル。一年経ち二年経ち、薄暗い部屋の中で誰にも知られず、むなしく美しさを増してゐました。もう、すつかり大人《おとな》になつて考へ深い娘になつてゐました。いつも王子の事を忘れません。淋しさのあまり、月や星にむかつて歌をうたふ事もありました。淋しさが歌声の底にこもつてゐるので、森の鳥や樹々もそれを聞いて泣き、お月さまも、うるみました。月に一度づつ、魔法使ひの婆さんが見廻りに来ました。さうして食べ物や着物を置いて行きました。婆さんは、ラプンツエルを、やつぱり可愛くて、塔の中で飢ゑ死させるのが、つらいのです。婆さんには魔法の翼があるので、自由に塔の頂上の部屋に出入りする事が出来るのでした。三年経ち、四年経ち、ラプンツエルも、自然に十八歳になりました。薄暗い部屋の中で、自分で気が附かずに美しく輝いてゐました。自分の花の香気は、自分では気がつきません。そのとしの秋に、王子は狩に出かけ、またもや魔の森に迷ひ込み、ふと悲しい歌を耳にしました。何とも言へず胸にしみ入るので、魂を奪はれ、ふらふら塔の下まで来てしまひました。ラプンツエルではないかしら。王子は、四年前の美しい娘を決して忘れてはゐませんでした。

「顔を見せておくれ！」と王子は精一ぱいの大声で叫びました。「悲しい歌は、やめて下さい。」

塔の上の小さい窓から、ラプンツエルは顔を出して答へました。「さうおつしやるあなたは誰です。悲しい者には悲しい歌が救ひなのです。ひとの悲しさもおわかりにならない癖に。」

「ああ、ラプンツエル！」王子は、狂喜しました。「私を思ひ出しておくれ！」

ラプンツエルの頬は一瞬さつと蒼白くなり、それからほのぼの赤くなりました。けれども、幼い頃の強い気象がまだ少し残つてゐたので、

「ラプンツエル？　その子は、四年前に死んぢやつた！」と出来るだけ冷い口調で答へました。けれども、それから大声で笑はうとして、すつと息《いき》を吸ひ込んだら急に泣きたくなつて、笑ひ声のかはりに烈しい嗚咽が出てしまひました。

あの子の髪は、金《きん》の橋。

あの子の髪は、虹の橋。

森の小鳥たちは、一斉に奇妙な歌をうたひはじめました。ラプンツエルは泣きながらも、その歌を小耳にはさみ、ふつと素張らしい霊感に打たれました。ラプンツエルは、自分の美しい

髪の毛を、二まき三まき左の手に捲きつけて、右の手に鋏を握りました。もう今では、ラプンツエルの美事な黄金の髪の毛は床にとどくほど長く伸びてゐたのです。じよきり、じよきり、惜しげも無く切つて、それから髪の毛を結び合せ、長い一本の綱を作りました。それは太陽《ひ》のもとで最も美しい綱でした。窓の縁にその端を固く結《ゆは》へて、自分はその美しい金《きん》の綱を伝つて、するする下へ降りて行きました。

「ラプンツエル。」王子は小声で呟いて、ただ、うつとりと見惚れてゐました。

地上に降り立つたラプンツエルは、急に気弱くなつて、何も言へず、ただそつと王子の手の上に、自分の手をかさねました。

「ラプンツエル、こんどは私が君を助ける番だ。いや一生、君を助けさせておくれ。」王子は、もはや二十歳です。とても、たのもしげに見えました。ラプンツエルは、幽かに笑つて首肯きました。

二人は、森を抜け出し、婆さんの気づかぬうちにと急ぎに急いで荒野を横切り、目出度く無事にお城にたどりつく事が出来たのです。お城では二人を、大喜びで迎へました。——

末弟が苦心の揚句、やつとここまで書いて、それから、たいへん不機嫌になつた。失敗である。これでは、何も物語の発端にならない。おしまひまで、自分ひとりで書いてしまつた。またしても兄や、姉たちに笑はれるのは火を見るよりも明らかである。末弟は、ひそかに苦慮した。もう、日も暮れて来た。よそへ遊びに出掛けた兄や、姉たちも、そろそろ帰宅した様子で、茶の間から大勢の陽気な笑ひ声が聞える。僕は孤独だ、と末弟は言ひ知れぬ寂寥の感に襲はれた。その時、救ひ主があらはれた。祖母である。祖母は、さつきから勉強室にひとりで閉ぢこもつてゐる末弟を、可哀さうでならない。

「また、はじめたのかね。うまく書けたかい？」と言つて、その時、祖母は末弟の勉強室にはひつて来たのである。

「あつちへ行つて！」末弟は不機嫌である。

「また、しくじつたね。お前は、よく出来もしない癖に、こんな馬鹿げた競争にはひるからいけないよ。お見せ。」

「わかるもんか！」

「泣かなくてもいいぢやないか。馬鹿だね。どれどれ。」と祖母は帯の間から老眼鏡を取り出し、末弟のお伽噺を小さい声を出して読みはじめた。くつくつ笑ひ出して、「おやおや、この子は、まあ、ませた事を知つてゐるぢやないか。面白い。よく書けてゐますよ。でも、これぢや、あとが続かないね。」

「あたりまへさ。」

「困つたね？　私ならば、かう書くね。お城では、二人を大喜びで迎へました。けれども、これから不仕合せが続きます、と書きます。どうだらうね。こんな魔法使ひの娘と、王子さまでは身分がちがひすぎますよ。どんなに好き合つたつて、末は、うまく行かないね。こんな縁談は、不仕合せのもとさ。どうだね？」と言つて、末弟の肩を人指ゆびで、とんと突いた。

「知つてゐますよ、そんな事ぐらゐ。あつちへ行つて！　僕には、僕の考へがあるんですからね。」

「おや、さうかい。」祖母は落ちついたものである。たいてい、末弟の考へといふものがわかつてゐるのである。「大急ぎで、あとを書いて、茶の間へおいで。おなかが、すいたらう。おざふにを食べて、それから、かるたでもして遊んだらいいぢやないか。そんな、競争なんて、つまらない。あとは、大きい姉さんに頼んでおしまひ。あれは、とても上手だから。」

祖母を追ひ出してから、末弟は、おもむろに所謂、自分の考へなるものを書き加へた。

「けれども、これから不仕合せが続きます。魔法使ひの娘と、王子とでは、身分があまりに違ひすぎます。ここから不仕合せが起るのです。あとは大姉さんに、お願ひいたします。ラプンツエルを大事にしてやつて下さい。」と祖母の言つたとほりに、書いてほつと溜息をついた。

その三

けふは二日である。一家そろつて、お雑煮をたべてそれから長女ひとりは、すぐに自分の書斎へしりぞいた。純白の毛糸のセエタアの、胸には、黄色い小さな薔薇の造花をつけてゐる。

机の前に少し膝を崩して坐り、それから眼鏡をはづして、にやにや笑ひながらハンケチで眼鏡の玉を、せつせと拭いた。それが終つてから、また眼鏡をかけ、眼を大袈裟にぱちくりとさせた。急に真面目な顔になり、坐り直して机に頬杖をつき、しばらく思ひに沈んだ。やがて、万年筆を執つて書きはじめた。

――恋愛の舞踏の終つたところから、つねに、真の物語がはじまります。めでたく結ばれたところで、たいていの映画は、the end になるやうでありますが、私たちの知りたいのは、さて、それからどんな生活をはじめたかといふ一事であります。人生は、決して興奮の舞踏の連続ではありません。白々しく興醒《きようざ》めの宿命の中に寝起きしてゐるばかりであります。私たちの王子と、ラプンツエルも、お互ひ子供の時にちらと顔を見合せただけで、離れ難い愛着を感じ、たちまちわかれて共に片時も忘れられず、苦労の末に、再び成人の姿で相逢ふ事が出来たのですが、この物語は決してこれだけでは終りませぬ。お知らせしなければならぬ事は、むしろその後の生活に在るのです。王子とラプンツエルは、手を握り合つて魔の森から遁れ、広い荒野を飲まず食はず終始無言で夜ひる歩いて、やつとお城にたどり着く事が出来たものの、さて、それからが大変です。

王子も、ラプンツエルも、死ぬほど疲れてゐましたが、ゆつくり休んでゐるひまもありませんでした。王さまも、王妃も、また家来の衆も、ひとしく王子の無事を喜び矢継早に此の度の冒険に就いて質問を集中し、王子の背後に頸垂れて立つてゐる異様に美しい娘こそ四年前、王子を救つてくれた恩人であるといふ事もやがて判明いたしましたので、城中の喜びも二倍になつたわけでした。ラプンツエルは香水の風呂にいれられ、美しい軽いドレスを着せられ、それから、全身が埋つてしまふほど厚く、ふんはりした蒲団に寝かされ、寝息も立てぬくらゐの深い眠りに落ちました。ずいぶん永いこと眠り、やがて熟し切つた無花果が自然にぽたりと枝から離れて落ちるやうに、眠り足りてぽつかり眼を醒ましましたが、枕もとには、正装し、すつかり元気を恢復した王子が笑つて立つて居りました。ラプンツエルは、ひどく恥づかしく思ひました。

「あたし、帰ります。あたしの着物は、どこ？」と少し起きかけて、言ひました。

「ばかだなあ。」王子は、のんびりした声で、「着物は、君が着てるぢやないか。」

「いいえ、あたしが塔で着てゐた着物よ。かへして頂戴。あれは、お婆さんが一等いい布ばかり寄せ集めて縫つて下さつた着物なのよ。」

「ばかだなあ。」王子は再び、のんびりした声で言ひました。「もう、淋しくなつたのかい？」

ラプンツエルは、思はずこつくり首肯き、急に胸がふさがつて、たまらなくなり、声を放つて泣きました。お婆さんから離れて、他人ばかりのお城に居るのを淋しく思つたのではありません。それは、まへから覚悟して来た事でございます。それに、あの婆さんは決していい婆さんで無いし、また、たとひ佳いお婆さんであつても、娘といふものは、好きなひとさへ傍にゐて下さつたら、肉親全部と離れたとて、ちつとも淋しがらず、まるで平気なものでございます。

ラプンツエルの泣いたのは、淋しかつたからではありませぬ。それは、きつと恥づかしく、くやしかつたからでありませう。お城へ夢中で逃げて来て、こんな上等の着物を着せられ、こんな柔かい蒲団に寝かされ、前後不覚に眠つてしまつて、さて醒めて落ちついて考へてみると、あたしは、こんな身分ぢや無かつた、あたしは卑しい魔法使ひの娘だつたといふ事が、はつきり判つて、それでゐたたまらない気持になり、恥づかしいばかりか、ひどい屈辱さへ感ぜられ、帰ります等と唐突なことを言ひ出したのではないでせうか。ラプンツエルには、やつぱり小さい頃の、勝気な片意地な性質が、まだ少し残つてゐるやうであります。苦労を知らない王子には、そんな事の判らう筈がありませぬ。ラプンツエルが突然、泣き出したので、頗る当惑して、「君は、まだ、疲れてゐるんだ。」と勝手な判断を下し、「おなかも、すいてゐるんだ。とにかく食事の仕度をさせよう。」と低く呟きながら、あたふたと部屋を出て行きました。

やがて五人の侍女がやつて来て、ラプンツエルを再び香水の風呂にいれ、こんどは前の着物よりもつと重い、真紅の着物を着せました。顔と手に、薄く化粧を施しました。少し短い金髪をも上手にたばねてくれました。真珠の頸飾をゆつたり掛けて、ラプンツエルがすつくと立ち上つた時には、五人の侍女がそろつて、深い溜息をもらしました。こんなに気高く美しい姫をいままで見た事も無し、また、これからも此の世で見る事は無いだらうと思ひました。

ラプンツエルは、食事の部屋に通されました。そこには王さまと、王妃と王子の三人が、晴れやかに笑つて立つてゐました。

「おう綺麗ぢや。」王さまは両手をひろげてラプンツエルを迎へました。

「ほんたうに。」と王妃も満足げに首肯きました。王さまも王妃も、慈悲深く、少しも高ぶる事の無い、とても優しい人でした。

ラプンツエルは、少し淋しさうに微笑んで挨拶しました。

「お坐り。ここへお坐り。」王子は、すぐにラプンツエルの手を執つて、食卓につかせ自分もその隣りにぴつたりくつついて坐りました。可笑しいくらゐに得意な顔でした。

王さまも王妃も軽く笑ひながら着席し、やがてなごやかな食事がはじめられたのでしたが、ラプンツエルひとりは、ただ、まごついて居りました。つぎつぎと食卓に運ばれて来るお料理を、どうして食べたらいいのやら、まるで見当が附かないのです。いちいち隣りの王子のはうを盗み見て、こつそりその手つきを真似て、どうやら口に入れる事が出来ても、青虫の五臓のサラダや蛆のつくだ煮などの婆さんのお料理ばかり食べつけてゐるラプンツエルには、その王さまの最上級の御馳走も、何だか変な味で胸が悪くなるばかりでありました。鶏卵の料理だけは流石においしいと思ひましたが、でも、やつぱり森の烏の卵ほどには、おいしくないと思ひました。

食卓の話題は豊富でした。王子は、四年前の恐怖を語り、また此度の冒険を誇り、王さまはその一語一語に感動し、深く首肯いてその度毎に祝盃を傾けるので、つひには、ひどく酔ひを発し、王妃に背負はれて別室に退きました。王子と二人きりになつてから、ラプンツエルは小さい声で言ひました。

「あたし、おもてへ出てみたいの。なんだか胸が苦しくて。」顔が真蒼でした。

王子は、あまりに上機嫌だつたので、ラプンツエルの苦痛に同情する事を忘れてゐました。人は、自分で幸福な時には、他人の苦しみに気が附かないものなのでせう。ラプンツエルの蒼い顔を見ても、少しも心配せず、

「たべすぎたのさ。庭を歩いたら、すぐなほるよ。」と軽く言つて立ち上りました。

外は、よいお天気でした。もう秋も、なかばなのに、ここの庭ばかりは様々の草花が一ぱい咲いて居りました。ラプンツエルは、やつと、につこり笑ひました。

「せいせいしたわ。お城の中は暗いので、私は夜かと思つてゐました。」

「夜なものか。君は、きのふの昼から、けさまで、ぐつすり眠つてゐたんだ。寝息も無いくらゐに深く眠つてゐたので、私は、死んだのぢやないかと心配してゐた。」

「森の娘が、その時に死んでしまつて、目が醒めてみると、上品なお姫さまになつてゐたらよかつたのだけれど、目が醒めても、やつぱり、あたしはお婆さんの娘だつたわ。」ラプンツエルは本気に残念がつて、さう言つたのでしたが、王子はそれをラプンツエルのお道化と解して、大いに笑ひ興じ、

「さうかね。さうであつたかね。それはお気の毒だつたねえ。」と言つて、また大声を挙げて笑ふのでした。

なんといふ花か、たいへん匂ひの強い純白の小さい花が見事に咲き競つてゐる茨の陰にさしかかつた時、王子は、ふいと立ちどまり一瞬まじめな眼つきをして、それからラプンツエルの骨もくだけよとばかり抱きしめて、それから狂つた人のやうな意外の動作をいたしました。ラプンツエルは堪へ忍びました。はじめての事でもなかつたのでした。森から遁れて荒野を夜ひる眠らず歩いてゐる途中に於いても、これに似た事が三度あつたのでした。

「もう、どこへも行かないね？」と王子は少し落ちついて、ラプンツエルと並んでまた歩き出し、低い声で言ひました。二人は白い花の茨の陰から出て、水蓮の咲いてゐる小さい沼のはうへ歩いて行きます。ラプンツエルは、なぜだか急に可笑しくなつて、ぷつと噴き出しました。

「何。どうしたの？」と王子はラプンツエルの顔を覗き込んで尋ねました。「何が可笑しいの？」

「ごめんなさい。あなたが、へんに真面目なので、つい笑つちやつたの。あたしが今さら、どこへ行けるの？　あたしが、あなたを塔の中で四年も待つてゐたのです。」沼のほとりに着きました。ラプンツエルは、こんどは泣きたくなつて、岸の青草の上に崩れるやうに坐りました。王子の顔を見上げて、「王さまも、王妃さまも、おゆるし下さつたの？」

「もちろんさ。」王子は再び以前の、こだはらぬ笑顔にかへつてラプンツエルの傍に腰をおろし、「君は、私の命の恩人ぢやないか。」

ラプンツエルは、王子の膝に顔を押しつけて泣きました。

それから数日後、お城では豪華な婚礼の式が挙げられました。その夜の花嫁は、翼を失つた天使のやうに可憐に震へて居りました。王子には、この育ちの違つた野性の薔薇が、ただもう珍らしく、ひとつき、ふたつき暮してみると、いよいよラプンツエルの突飛な思考や、残忍なほどの活潑な動作、何ものをも恐れぬ勇気、幼児のやうな無智な質問などに、たまらない魅力を感じ、溺れるほどに愛しました。寒い冬も過ぎ、日一日と暖かになり、庭の早咲きの花が、そろそろ開きかけて来た頃、二人は並んで庭をゆつくり歩きまはつて居りました。ラプンツエルは、みごもつてゐました。

「不思議だわ。ほんたうに、不思議。」

「また、疑問が生じたやうだね。」王子は、二十一歳になつたので少し大人びて来たやうです。「こんどは、どんな疑問が生じたのか、聞きたいものだね。先日は、神様が、どこにゐるのかといふ偉い御質問だつたね。」

ラプンツエルは、うつむいて、くすくす笑ひ、

「あたしは、女でせうか。」と言ひました。

王子は、この質問には、まごつきました。

「少くとも、男ではない。」ともつたいぶつた言ひかたをしました。

「あたしも、やはり、子供を産んで、それからお婆さんになるのでせうか。」

「美しいお婆さんになるだらう。」

「あたし、いやよ。」ラプンツエルは、幽かに笑ひました。とても淋しい笑ひでした。「あたしは、子供を産みません。」

「そりや、また、どういふわけかね。」王子は余裕のある口調で尋ねます。

「ゆうべも眠らずに考へました。子供が生れると、あたしは急にお婆さんになるし、あなたは子供ばかりを可愛がつて、きつと、あたしを邪魔になさるでせう。誰も、あたしを可愛がつてくれません。あたしには、よくわかります。あたしは、育ちの卑しい馬鹿な女ですから、お婆さんになつて汚くなつてしまつたら、何の取りどころも無くなるのです。また森へ帰つて、魔法使ひにでもなるより他はありませぬ。」

　王子は不機嫌になりました。

「君は、まだ、あのいまはしい森の事を忘れないのか。君のいまの御身分を考へなさい。」

「ごめんなさい。もう綺麗に忘れてゐるつもりだつたのに、ゆうべの様な淋しい夜には、ふつと思ひ出してしまふのです。あたしの婆さんは、こはい魔法使ひですが、でも、あたしをずいぶん甘やかして育てて下さいました。誰もあたしを可愛がらないやうになつても、森の婆さんだけは、いつでも、きつと、あたしを小さい子供のやうに抱いて下さるやうな気がするのです。」

「私が傍にゐるぢやないか。」王子は、にがり切つて言ひました。

「いいえ、あなたは駄目。あなたは、あたしを、ずいぶん可愛がつて下さいましたが、ただ、あたしを珍らしがつてお笑ひになるばかりで、あたしは何だか淋しかつたのです。いまに、あたしが子供を産んだら、あなたは今度は子供のはうを珍らしがつて、あたしを忘れてしまふでせう。あたしはつまらない女ですから。」

「君は、ご自分の美しさに気が附かない。」王子は、ひどく口をとがらせて唸るやうに言ひました。「つまらない事ばかり言つてゐる。けふの質問は実にくだらぬ。」

「あなたは、なんにも御存じ無いのです。あたしは、このごろ、とても苦しいのですよ。あたし、やつぱり、魔法使ひの悪い血を受けた野蛮な女です。生れる子供が、憎くてなりません。殺してやりたいくらゐです。」と声を震はせて言つて、下唇を噛みました。

気弱い王子は戦慄しました。こいつは本当に殺すかも知れぬと思つたのです。あきらめを知らぬ、本能的な女性は、つねに悲劇を起します。――

長女は、自信たつぷりの顔つきで、とどこほる事なく書き流し、ここまで書いて静かに筆を擱いた。はじめから読み直してみて、時々、顔をあからめ、口をゆがめて苦笑した。少し好色すぎたと思はれる描写が処々に散見されたからである。口の悪い次男に、あとで冷笑されるに違ひないと思つたが、それも仕方がないと諦めた。自分の今の心境が、そのまま素直にあらはれたのであらう、悲しいことだと思つたりした。でもまた、これだけでも女性の心のデリカシイを描けるのは兄妹中で、私の他には無いのだと、幽かに誇る気持もどこかにあつた。書斎には火の気が無かつた。いま急に、それに気附いて、おう寒い、と小声で呟き、肩をすぼめて立ち上り、書き上げた原稿を持つて廊下へ出たら、そこに意味ありげに立つてゐる末弟と危く鉢合せしかけた。

「失敬、失敬。」末弟は、ひどく狼狽してゐる。

「和ちやん、偵察しに来たのね。」

「いやいや、さにあらず。」末弟は顔を真赤にして、いよいよへどもどした。

「知つてゐますよ。私が、うまく続けたかどうか心配だつたんでせう？」

「実は、さうなんだよ。」末弟は小声であつさり白状した。

「僕のは下手だつたらうね。どうせ下手なんだからね。」

ひとりで、さかんに自嘲をはじめた。

「さうでもないわよ。今回だけは、大出来よ。」

「さうかね。」末弟の小さい眼は喜びに輝いた。「ねえさん、うまく続けてくれたかね。ラプンツエルを、うまく書いてくれた？」

「ええ、まあ、どうやらね。」

「ありがたい！」末弟は、長女に向つて合掌した。

その四

三日目。

元日に、次男は郊外の私の家に遊びに来て、近代の日本の小説を片つ端からこきおろし、ひとりで興奮して、日の暮れる頃、「こりや、いけない。熱が出たやうだ。」と呟き、大急ぎで帰つていつた。果せるかな、その夜から微熱が出て、きのふは寝たり起きたり、けさになつても全快せず、まだ少し頭が重いさうで蒲団の中で鬱々としてゐる。あまり、人の作品の悪口を言ふと、こんな具合ひに風邪をひくものである。

「いかがです、お加減は。」と言つて母が部屋へはひつて来て、枕元に坐り、病人の額にそつと手を載せてみて、「まだ少し、熱があるやうだね。大事にして下さいよ。きのふは、お雑煮を食べたり、お屠蘇を飲んだり、ちよいちよい起きて不養生をしてゐましたね。無理をしては、いけません。熱のある時には、じつとして寝てゐるのが一ばんいいのです。あなたは、からだの弱い癖に、気ばかり強くていけません。」

さかんに叱られてゐる。次男は、意気銷沈の態である。かへす言葉も無く、ただ、幽に苦笑して母のこごとを聞いてゐる。この次男は、兄妹中で最も冷静な現実主義者で、したがつて、かなり辛辣な毒舌家でもあるのだが、どういふものか、母に対してだけは、蔓草のやうに従順である。ちつとも意気があがらない。いつも病気をして、母にお手数をかけてゐるといふ意識が、胸の奥に、しみ込んでゐるせゐでもあらう。

「けふは一日、寝てゐなさい。むやみに起きて歩いてはいけませんよ。ごはんも、ここでおあがり、おかゆを、こしらへて置きました。さと（女中の名）が、いま持つて来ますから。」

「お母さん。お願ひがあるんだけど。」すこぶる弱い口調である。「けふはね、僕の番なのです。書いてもいい？」

「なんです。」母には一向わからない。「なんの事です。」

「ほら、あの、連作を、またはじめてゐるんですよ。きのふ、僕は退屈だつたものだから、姉さんに頼んで無理に原稿を見せてもらつて、ゆうべ一晩、そのつづきを考へてゐたのです。今度のは、ちよつと、むづかしい。」

「いけません、いけません。」母は笑ひながら、「文豪も、風邪をひいてゐる時には、いい考へが浮びません。兄さんに代つてもらつたらどう？」

「だめだよ、兄さんなんか、だめだよ。兄さんにはね、才能が、無いんですよ。兄さんが書くと、いつでも、まるで演説みたいになつてしまふ。」

「そんな悪口を言つては、いけません。兄さんの書くものは、いつも、男らしくて立派ぢやありませんか。お母さんなら、いつも兄さんのが一ばん好きなんだけどねえ。」

「わからん。お母さんには、わからん。どうしたつて、今度は僕が書かなくちやいけないんだ。

あの続きは、僕でなくつちや書けないんだ。お母さんお願ひ。書いてもいいね？」

「困りますね。あなたは、けふは、寝てゐなくちやいけませんよ。兄さんに代つてもらひなさい。あなたは、明日でも、あさつてでも、からだの調子が本当によくなつてから書く事にしたらいいぢやありませんか。」

「だめだ。お母さんは、僕たちの遊びを馬鹿にしてゐるんだからなあ。」大袈裟に深い溜息を吐いて、蒲団を頭から、かぶつてしまつた。

「わかりました。」母は笑つて、「お母さんが悪かつたね。それぢやね、かうしたらどう？　あなたが寝ながら、ゆつくり言ふのを私が、そのまま書いてあげる。ね、さうしませう。去年の春に、あなたがやはり熱を出して寝てゐた時、何やらむづかしい学校の論文を、あなたの言ふとほりに、お母さんが筆記できたんぢやないの。あの時も、お母さんは、案外上手だつたでせう？」

病人は、蒲団をかぶつたまま、返事もしない。母は、途方に暮れた。女中のさとが、朝食のお膳を捧げて部屋へはひつて来た。さとは、十三の時から、この入江の家に奉公してゐる。沼津辺の漁村の生れである。ここへ来て、もう四年にもなるので、家族のロマンチツクな気風にすつかり同化してゐる。令嬢たちから婦人雑誌を借りて、仕事のひまひまに読んでゐる。昔の仇討ち物語を、最も興奮して読んでゐる。女は操が第一、といふ言葉が、たまらなく好きである。命をかけても守つて見せると、ひとりでこつそり緊張してゐる。柳行李の中に、長女からもらつた銀のペーパーナイフを蔵してある。懐剣のつもりなのである。色は浅黒いけれど、小さく引きしまつた顔である。身なりも清潔に、きちんとしてゐる。左の足が少し悪く、こころもち引きずつて歩く様子も、かへつて可憐である。入江の家族全部を、神さまか何かのやうに尊敬してゐる。れいの祖父の銀貨勲章をも、眼がくらむ程に、もつたいなく感じてゐる。長女ほどの学者は世界中にゐない、次女ほどの美人も世界中にゐない、と固く信じてゐる。けれども、とりわけ、病身の次男を、死ぬほど好いてゐる。あんな綺麗な御主人のお伴をして仇討ちに出かけたら、どんなに楽しいだらう、今は、昔のやうに仇討ちの旅といふものが無いから、つまらない、などと馬鹿な事を考へてゐる。

いま、さとは次男の枕元に、お膳をうやうやしく置いて、少し淋しい。次男は蒲団を引きかぶつたままである。母堂は、それを、ただ静かに笑つて眺めてゐる。さとは、誰にも相手にされない。ひつそり、そこに坐つて、暫く待つてみたが、何といふ事も無い。おそるおそる母堂に尋ねた。

「よほど、お悪いのでせうか。」

「さあ、どうでせうかねえ。」母は、笑つてゐる。

突然、次男は蒲団をはねのけ、くるりと腹這ひになり、お膳を引き寄せて箸をとり、寝たまま、むしやむしやと食事をはじめた。さとはびつくりしたが、すぐに落ちついて給仕した。次男の意外な元気の様子に、ほつと安心したのである。次男は、ものも言はず、猛烈な勢ひで粥を啜り、憤然と梅干を頰張り、食慾は十分に旺盛のやうである。

「さとは、どう思ふかねえ。」半熟卵を割りながら、ふいと言ひ出した。「たとへば、だね、僕がお前と結婚したら、お前は、どんな気がすると思ふかね。」実に、意外の質問である。

さとよりも、母のはうが十倍も狼狽した。

「ま！　なんといふ、ばかな事を言ふのです。冗談にも、そんな、ねえ、さとや、お前をからかつてゐるのです。そんな、乱暴な、冗談にも、そんな。」

「たとへば、ですよ。」次男は、落ちついてゐる。先刻から、もつぱら小説の筋書ばかり考へてゐるのである。その譬《たとへ》が、さとの小さい胸を、どんなに痛く刺したか、てんで気附かないでゐるのである。勝手な子である。「さとは、どんな気がするだらうなあ。言つてごらん。小説の参考になるんだよ。実に、むづかしいところなんだ。」

「そんな、突拍子ない事を言つたつて。」母は、ひそかにほつとして、「さとには、わかりませんよ、ねえ、さとや。猛《たけし》（次男の名）は、ばかげた事ばかり言つてゐます。」

「わたくしならば、」さとは、次男の役に立つ事ならば、なんでも言はうと思つた。母堂の当惑さうな眼くばせをも無視して、ここぞと、こぶしを固くして答へた。「わたくしならば、死にます。」

「なあんだ。」次男は、がつかりした様子である。「つまらない。死んぢやつたんでは、つまらないんだよ。ラプンツエルが死んぢやつたら、物語も、おしまひだよ。だめだねえ。ああ、むづかしい。どんな事にしたらいゝかなあ。」しきりに小説の筋書ばかり考へてゐる。さとの必死の答弁も、一向に、役に立たなかつた様子である。

さとは大いにしよげて、こそこそとお膳を片附け、てれ隠しにわざと、おほほほと笑ひながら、またお膳を捧げて部屋から逃げて出て、廊下を歩きながら、泣いてみたいと思つたが、べつに悲しくなかつたので、こんどは心から笑つてしまつた。

母は、若い者の無心な淡泊さに、そつとお礼を言ひたいやうな気がしてゐた。自分の濁つた狼狽振りを恥づかしく思つた。信頼してゐていいのだと思つた。

「どう？　考へがまとまりましたか？　おやすみになつたままで、どんどん言つたらいい。お母さんが、筆記してあげますからね。」

次男は、また仰向に寝て蒲団を胸まで掛けて眼をつぶり、あれこれ考へ、くるしんでゐる態である。やがて、ひどくもつたい振つたおごそかな声で、

「まとまつたやうです。お願ひ致します。」と言つた。母は、ついふき出した。

以下は、その日の、母子協力の口述筆記全文である。

――玉のやうな子が生れました。男の子でした。城中は喜びに沸きかへりました。けれども産後のラプンツエルは、日一日と衰弱しました。国中の名医が寄り集り、さまざまに手をつくしてみましたが愈々はかなく、命のほども危く見えました。

「だから、だから、」ラプンツエルは、寝床の中で静かに涙を流しながら王子に言ひました。

「だから、あたしは、子供を産むのは、いやですと申し上げたぢやありませんか。あたしは魔法使ひの娘ですから、自分の運命をぼんやり予感する事が出来るのです。あたしが子供を産むと、きつと何か、わるい事が起るやうな気がしてならなかつた。あたしの予感は、いつでも必ず当ります。あたしが、いま死んで、それだけで、わざはひが済むといいのですけれど、なんだか、それだけでは済まないやうな恐ろしい予感もするのです。神さまといふものが、あなたのお教へ下さつたやうに、もしいらつしやるならば、あたしは、その神さまにお祈りしたい気持です。あたしたちは、きつと誰かに憎まれてゐます。あたしたちは、ひどくいけない間違ひをして来たのではないでせうか。」

「そんな事は無い。そんな事は無い。」と王子は病床の枕もとを、うろうろ歩き廻つて、矢鱈に反対しましたが、内心は、途方にくれてゐたのです。男子誕生の喜びも束の間、いまはラプンツエルの意味不明の衰弱に、魂も動転し、夜も眠れず、ただ、うろうろ病床のまはりを、まごついてゐるのです。王子は、やつぱり、しんからラプンツエルを愛してゐました。ラプンツエルの顔や姿の美しさ、または、ちがふ環境に育つた花の、もの珍らしさ、或いは、どこやら憐憫を誘ふやうな、あはれな盲目の無智、それらの事がらにのみ魅かれて王子が夢中で愛撫してゐるだけの話で、精神的な高い共鳴と信頼から生れた愛情でもなし、また、お互ひ同じ祖先の血筋を感じ合ひ、同じ宿命に殉じませうといふ深い諦念と理解に結ばれた愛情でもないといふ理由から、この王子の愛情の本質を矢鱈に狐疑するのも、いけない事です。王子は、心からラプンツエルを可愛いと思つてゐるのです。仕様の無いほど好きなのです。ただ、好きなのです。それで、いいではありませんか。純粋な愛情とは、そんなものです。女性が、心の底で、こつそり求めてゐるものも、そのやうな、ひたむきな正直な好意以外のものでは無いと思ひます。精神的な高い信頼だの、同じ宿命に殉じるのだのと言つても、お互ひ、きらひだつたら滅茶々々です。なんにも、なりやしません。何だか好きなところがあるからこそ、精神的だの、宿命だのといふ気障な言葉も、本当らしく聞えて来るだけの話です。そんな言葉は、互ひの好意の氾濫を整理する為か、或いは、情熱の行ひの反省、弁解の為に用ゐられてゐるだけなのです。わかい男女の恋愛に於いて、そんな弁解ほど、胸くその悪いものはありません。ことに、「女を救ふため」などといふ男の偽善には、がまん出来ない。好きなら、好きと、なぜ明朗に言へないのか。をととひ、作家のDさんのところへ遊びに行つた時にも、そんな話が出たけれどDさんは、その時、僕を俗物だと言ひやがつた。さういふDさんだつて、僕があの人の日常生活を親しくちよいちよい覗いてみたところに依ると、なあに御自分の好き嫌ひを基準にしてちやつかり生活してゐるんだ。あの人は、嘘つきだ。僕は俗物だつて何だつてかまはない。事実を、そのままはつきり言ふのは、僕の好むところだ。人間は、好むところのものを行ふのが一ばんいいのさ。脱線を致しました。僕は、精神的だの、理解だけの恋愛を考へられないだけの事です。王子の恋愛は正直です。王子のラプンツエルに対する愛情こそ、純粋なものだと思ひます。王子は、心からラプンツエルを愛してゐました。

「死ぬなんてばかな事を言つてはいけない。」と大いに不満さうに口を尖らせて言ひました。「私は君を、どんなに愛してゐるのか、わからないのか。」とも言ひました。王子は、正直な人でした。でも、正直の美徳だけでは、ラプンツエルの重い病気をなほす事は出来ません。「生きてゐてくれ！」と呻きました。「死んでは、いかん！」と叫びました。他に何も、言ふべき言葉が無いのです。

「ただ、生きて、生きてだけ、ゐてくれ。」と声を落して呟いた時、その時、「ほんたうかね。生きてさへ居れば、いいのぢやな？」といふ嗄れた声を、耳元に囁かれ、愕然として振り向くと、ああ、王子の髪は逆立ちました。全身に冷水を浴びせられた気持でした。老婆が、魔法使ひの老婆が、すぐ背後に、ひつそり立つてゐたのです。

「何しに来た！」王子は勇気の故ではなく、あまりの恐怖の故に、思はず大声で叫びました。

「娘を助けに来たのぢやないか。」老婆は、平気な口調で答へ、それから、にやりと笑ひました。「知つてゐたのだよ。婆さんには、此の世で、わからない事は無いのだよ。みんな知つてゐましたよ。お前さまが、わしの娘を此の城に連れて来て、可愛いがつてゐなさる事は、とうから知つてゐましたよ。ただ、一時の、もて遊びものになさる気だつたら、わしだつて黙つてはゐなかつたのだが、さうでもないらしいので、わしは今まで我慢してやつてゐたのだよ。わしだつて、娘が仕合せに暮してゐると、少しは嬉しいさ。けれども、もう、だめなやうだね。お前さまは知るまいが魔法使ひの家に生れた女の子は、男に可愛がられて子供を産むと、死ぬか、でもなければ、世の中で一ばん醜い顔になつてしまふか、どちらかに、きまつてゐるのだよ。ラプンツエルは、その事を、はつきりは知つてゐなかつたやうだが、でも、何かしら勘でわかつてゐた筈だね。子供を産むのを、いやがつてゐたらうに。可哀さうな事になつたわい。お前さまは、一体、ラプンツエルを、どうなさるつもりだね。見殺しにするか、それとも、わしのやうな醜い顔になつても生かして置きたいか。お前さまは、さつき、どんな事があつても、生きてだけゐておくれ、と念じてゐなさつたが、どうかね、わしのやうな顔になつても、生きてゐたはうがよいのかね。わしだつて、若い頃には、ラプンツエルに決して負けない綺麗な娘だつたが、旅の猟師に可愛がられラプンツエルを産んで、わしの母から死ぬか、生きてゐたいかと訊ねられ、わしは何としても生きてゐたかつたから、生かして置いてくれとたのんだら、母は、まじなひをして、わしの命を助けてくれたが、おかげで、わしはごらんのとほりの美事な顔になりましたよ。どうだね、さつきのお前さまの念願には、嘘が無いかね？」

「死なせて下さい。」ラプンツエルは、病床で幽かに身悶えして、言ひました。「あたしさへ死ねば、もう、みなさん無事にお暮し出来るのです。王子さま、ラプンツエルは、いままでお世話になつて、もう何の不足もございません。生きて、つらい目に遭ふのは、いやです。」

「生かしてやつてくれ！」王子は、こんどは本当の勇気を以て、きつぱりと言ひました。額には苦悶の油汗が浮いてゐました。「ラプンツエルは、この婆のやうな醜い顔になる筈が無い。」

「わしが、なんで嘘など言ふものか。よろしい。そんならば、ラプンツエルを末永く生かして置いてあげよう。どんなに醜い顔になつても、お前さまは、変らずラプンツエルを可愛がつてあげますか？」

その五

次男の病床の口述筆記は、短い割に、多少の飛躍があつたやうである。けれども、さすがに病床の粥腹では、日頃、日本のあらゆる現代作家を冷笑してゐる高慢無礼の驕児も、その特異の才能の片鱗をちらと見せただけで、思案してまとめて置いたプランの三分の一も言ひ現はす事が出来ず、へたばつてしまつた。あたら才能も、風邪の微熱には勝てぬと見える。飛躍が少しはじまりかけたままの姿で、むなしくバトンは次の選手に委ねられた。次の選手は、これまた生意気な次女である。あつと一驚させずば止まぬ態の功名心に燃えて、四日目、朝からそはしてゐた。家族そろつて朝ごはんの食卓についた時にも、自分だけは、特に、パンと牛乳だけで軽くすませた。家族のひとたちの様に味噌汁、お沢庵などの現実的なるものを摂取するならば胃腑も濁つて、空想も萎靡するに違ひないといふ思惑からでもあらうか。食事をすませてから応接室に行きつつ立つたまま、ピアノのキイを矢鱈にたたいた。ショパン、リスト、モオツアルト、メンデルスゾオン、ラベル、滅茶滅茶に思ひつき次第、弾いてみた。霊感を天降らせようと思つてゐるのだ。この子は、なかなか大袈裟である。霊感を得た、と思つた。すました顔をして応接室を出て、それから湯殿に行き靴下を脱いで足を洗つた。不思議な行為である。けれども次女は、此の行為に依つてみづからを浄くしてゐるつもりなのである。変態のバプテスマである。これでもう、身も心も清浄になつたと、次女は充分に満足しておもむろに自分の書斎に引き上げた。書斎の椅子に腰をおろし、アアメン、と呟いた。これは、いかにも突飛である。この次女に、信仰などある筈はない。ただ、自分のいまの緊張を言ひあらはすのに、ちよつと手頃な言葉だと思つて、臨時に拝借してみたものらしい。アアメン、なるほど心が落ちつく。次女はもつたい振り、足の下の小さい瀬戸の火鉢に、「梅花」といふ香を一つ焚べて、すうと深く呼吸して眼を細めた。古代の閨秀作家、紫式部の心境がわかるやうな気がした。春はあけぼの、といふ文章をちらと思ひ浮べていい気持であつたが、それは清少納言の文章であつた事に気附いて少し興覚めた。あわてて机の上の本立から引き出した本は、「ギリシヤ神話」である。すなはち異教の神話である。ここに於いて次女のアアメンは、真赤なにせものであつたといふ事は完全に説明される。この本は、彼女の空想の源泉であるといふ。空想力が枯渇すれば、この本をひらく。たちまち花、森、泉、恋、白鳥、王子、妖精が眼前に氾濫するのださうであるが、あまりあてにならない。この次女の、する事、為す事、どうも信用し難い。ショパン、霊感、足のバプテスマ、アアメン、「梅花」、紫式部、春はあけぼの、ギリシヤ神話、なんの連関も無いではないか。支離滅裂である。さうして、ただもう気取つてゐる。ギリシヤ神話をぱらぱらめくつて、全裸のアポロの挿絵を眺め、気味のわるい薄笑ひをもらした。ぽんと本を投げ出して、それから机の引き出しをあけ、チヨコレートの箱と、ドロツプの鑵を取りだし、実にどうにも気障な手つきで、――つまり、人さし指と親指と二本だけ使ひ、あとの三本の指は、ぴんと上に反らせたままの、あの、くすぐつたい手つきでチヨコレートをつまみ、口に入れるより早く嚥下し、間髪をいれずドロツプを口中に投げ込み、ばりばり嚙み砕いて次は又、チヨコレート、瞬時にしてドロツプ、飢餓の魔物の如くむさぼり食ふのである。朝食の時、胃腑を軽快になさんがため、特にパンと牛乳だけですませて置いた事も、これでは、なんにもならない。この次女は、もともと、よほどの大食ひなのである。上品ぶつてパンと牛乳で軽くすませてはみたが、それでは足りない。とても、足りるものではない。すなはち、書斎に引き籠り、人目を避けてたちまち大食ひの本性を発揮したといふわけなのである。とかく、いつはりの多い子である。チヨコレート二十、ドロツプ十個を嚥下し、けろりとしてトラビヤタの鼻唄をはじめた。唄ひながら、原稿用紙の塵を吹き払ひ、Ｇペンにたつぷりインクを含ませて、だらだらと書きはじめた。頗る態度が悪いのである。

――あきらめを知らぬ、本能的な女性は、つねに悲劇を起します。といふ初枝（長女の名）女史の暗示も、ここに於いて多少の混乱に逢著したやうでございます。ラプンツエルは魔の森に生れ、蛙の焼串や、毒茸など食べて成長し、老婆の盲目的な愛撫の中でわがままいつぱいに育てられ、森の鳥や鹿を相手に遊んで来た、謂はば野育ちの子でありますから、その趣味に於いても、また感覚に於いても、やはり本能的な野蛮なものが在るだらうといふ事は首肯できます。また、その本能的な言動が、かへつて王子を熱狂させる程の魅力になつてゐたのだといふのも容易に推察できる事でございます。けれども、果してラプンツエルは、あきらめを知らぬ女性であらうか。本能的な、野蛮な女性であつた事は首肯出来ますが、いまの此のいのちの瀬戸際に於けるラプンツエルは、すべてを諦めてゐるやうに見えるではないか。死にます、とラプンツエルは言つてゐるのです。死んだはうがよい、と言つてゐるのです。すべてを諦めたひとの言葉ではないでせうか。けれども初枝女史は、ラプンツエルをあきらめを知らぬ女性として指摘して居ります。軽率にそれに反対したら、叱られます。叱られるのは、いやな事ゆゑ、筆者も、とにかく初枝女史の断案に賛意を表することに致します。ラプンツエルは、たしかに、あきらめを知らぬ女性であります。死なせて下さい、等といふ言葉は、たいへんいぢらしい謙虚な響きを持つて居りますが、なほ、よく考へてみると、之は非常に自分勝手な、自惚れの強い言葉であります。ひとに可愛がられる事ばかり考へてゐるのです。自分が、まだ、ひとに可愛がられる資格があると自惚れることの出来る間は、生き甲斐もあり、この世も楽しい。それは当り前の事であります。けれども、もう自分には、ひとに可愛がられる資格が無いといふ、はつきりした自覚を持つてゐながらも、ひとは、生きて行かなければならぬものであります。ひとに「愛される資格」が無くつても、ひとを「愛する資格」は、永遠に残されてゐる筈であります。ひとの真の謙虚とは、その、愛するよろこびを知ることだと思ひます。愛されるよろこびだけを求めてゐるのは、それこそ野蛮な、無智な仕業だと思ひます。ラプンツエルは、いままで王子に、可愛がられる事ばかり考へてゐました。王子を愛する事を忘れてゐました。生れ出たわが子を愛する事をさへ、忘れてゐました。いやいや、わが子に嫉妬をさへ感じてゐたのです。さうして、自分が、もはや誰にも愛され得ないといふ事を知つた時には、死にたい、いつそひと思ひに殺して下さい、等と願ふのです。なんといふ、わがまま者。王子を、もつと愛してあげなければいけません。ラプンツエルは、王子だつて、淋しいお子です。ラプンツエルに死なれたら、どんなに力を落すでせう。ラプンツエルは、王子の愛情に報いなければいけません。生きてゐたい、なんとかして生きたい。自分が、どんなにつらい目に遭つても、子供のために生きたい。その子を愛して、まるまると丈夫に育てたいと一すぢに願ふ事こそ、まさしく、諦めを知つた人間の謙虚な態度ではないでせうか。自分は醜いから、ひとに愛される事は出来ないが、せめて人を、かげながら、こつそり愛して行かう、誰に知られずともよい、愛する事ほど大いなるよろこびは無いのだと、素直に諦めてゐる女性こそ、まことに神の寵児です。そのひとは、よし誰にも愛されずとも、神さまの大きい愛に包まれてゐる筈です。幸福なる哉、なんて、筆者は、おそろしく神妙な事を弁じ立てましたけれども、筆者の本心は、必ずしも以上の陳述のとほりでもないのであります。筆者は、やはり人間は、美しくて、皆に夢中で愛されたら、それに越した事は無いとも思つてゐるのでございますが、でも、以上のやうに神妙に言ひ立てなければ、或いは初枝女史の御不興を蒙むるやも計り難いので、おつかな、びつくり、心にも無い悠遠な事どものみを申し述べました。そもそも初枝女史は、実に筆者の実姉にあたり、かつまた、フランス語の教師なのでありますから、筆者は、つねにその御識見にそむかざるやう、鞠躬如として、もつぱらお追従に之努めなければなりませぬ。長幼、序ありとは言ひながら、幼者たるもの、また、つらい哉。さて、ラプンツエルは、以上述べてまゐりましたやうに、あきらめを知らぬ無智な女性でありますから、自分が、もはや、ひとから愛撫される資格を失つたと思ふより早く、いつそ死にたいと願つてゐます。生きる事は、王子に愛撫される一事だと思ひ込んでゐる様子なので手がつけられません。

けれども王子は、いまや懸命であります。人は苦しくなると、神においのりするものでありますが、もつと、ぎゆうぎゆう苦しくなると、悪魔にさへ狂乱の姿で取り縋りたくなるものです。王子は、いま、せつぱ詰まつて、魔法使ひの汚い老婆に、手を合せんばかりにして頼み込んでゐるのであります。

「生かしてやつてくれ！」と油汗を流して叫びました。悪魔に膝を屈して頼み込んでしまつたのであります。しんから愛してゐる人のいのちを取りとめる為には、自分のプライドも何も、全部捨て売りにしても悔いない王子さま。けなげでもあり、また純真可憐な王子さま。老婆は、にやりと笑ひました。

「よろしい。ラプンツエルを、末永く生かして置いてあげませう。わしのやうな顔になつても、お前さまは、やつぱりラプンツエルを今までどほりに可愛がつてあげるのだね？」

王子は、額の油汗を手のひらで乱暴に拭つて、「顔。私には、いまそんな事を考へてゐる余裕がない。丈夫なラプンツエルを、いま一度見たいだけだ。ラプンツエルは、まだ若いのだ。若くて丈夫でさへあつたら、どんな顔でも醜い筈は無い。さあ、早くラプンツエルを、もとのやうに丈夫にしてやつておくれ。」と、堂々と言つてのけたが、眼には涙が光つてゐました。美しいままで死なせるのが、本当の深い愛情なのかも知れぬ、けれども、ああ、死なせたくはない、ラプンツエルのゐない世界は真暗闇だ、呪はれた宿命を背負つてゐる女の子ほど可愛いものは無いのだ、生かして置きたい、生かして、いつまでも自分の傍にゐさせたい、どんなに醜い顔になつてもかまはぬ、私はラプンツエルを好きなのだ、不思議な花、森の精、嵐気から生れた女体、いつまでも消えずにゐてくれ、と哀愁やら憐憫やら愛撫やら、堪へられぬばかりに苦しくて、目前の老婆さへゐなかつたら、ラプンツエルの痩せた胸にしがみつき声を惜しまずに泣いてみたい気持でした。

老婆は、王子の苦しみの表情を、美しいものでも見るやうに、うつとり眼を細めて、気持よささうに眺めてゐました。やがて、「よいお子ぢや。」と嗄れた声で呟きました。「なかなか、正直なよいお子ぢや。ラプンツエル、お前は仕合せな女だね。」

「いいえ、あたしは不幸な女です。」と病床のラプンツエルは、老婆の呟きの言葉を聞きとつて応へました。「あたしは魔法使ひの娘です。王子さまに可愛がられると、それだけ一そう強く、あたしは自分の卑しい生れを思ひ知らされ、恥づかしく、つらくつて、いつも、ふるさとが懐かしく森の、あの塔で、星や小鳥と話してゐた時のはうが、いつそ気楽だつたやうにも思はれるのです。あたしは、此のお城から逃げ出して、あの森の、お婆さんのところへ帰つてしまはうと、これまで幾度、考へたかわかりません。けれども、あたしは王子さまと離れるのが、つらかつた。あたしは、王子さまを好きなのです。いのちを十でも差し上げたい。王子さまは、とても優しい佳いおかたです。あたしは、どうしても王子さまとお別れする事が出来ず、けふまで愚図愚図、このお城にとどまつてゐたのです。あたしは、仕合せではなかつた。毎日毎日が、あたしにとつて地獄でした。お婆さん。女は、しんから好きなおかたと連れ添ふものぢやないわ。ちつとも、仕合せではありません。ああ、死なせて下さい。あたしは王子さまと生きておわかれする事は、とても出来さうもありませんから、死んでおわかれするのです。あたしがいま死ぬと、あたしも王子さまも、みんな幸福になれるのです。」

「それは、お前のわがままだよ。」と老婆は、にやにや笑つて言ひました。その口調には情の深い母の響きがこもつてゐました。「王子さまは、お前がどんなに醜い顔になつても、お前を可愛がつてあげると約束したのだ。たいへんな熱のあげかたさ。えらいものさ。こんな案配ぢや、王子さまは、お前に死なれたら後を追つて死ぬかも知れんよ。まあ、とにかく、王子さまの為にも、もう一度、丈夫になつてみるがよい。それからの事は、またその時の事さ。ラプンツエル、お前は、もう赤ちやんを産んだのだよ。お母ちやんになつたのだよ。」

ラプンツエルは、かすかな溜息をもらして、静かに眼をつぶりました。王子は激情の果、いまはもう、すべての表情を失ひ、化石のやうに、ぼんやり立つたままでした。

　眼前に、魔法の祭壇が築かれます。老婆は風のやう素早く病室から出たかと思ふと、何かをひつさげてまた現れ、現れるかと思ふと消えて、さまざまの品が病室に持ち込まれるのでした。祭壇は、四本のけものの脚に拠つて支へられ、真紅の布で覆はれてゐるのですが、その布は、五百種類の、蛇の舌を鞣して作つたもので、その真紅の色も、舌からにじみ出た血の色でした。祭壇の上には、黒牛の皮で作られたおそろしく大きな釜が置かれて、その釜の中には熱湯が、火の気も無いのに、沸々と煮えたぎつて吹きこぼれるばかりの勢ひでありました。老婆は髪を振り乱しその大釜の周囲を何やら呪文をとなへながら駈けめぐり、駈けめぐり駈けめぐりながら、数々の薬草、あるいは世にめづらしい品々をその大釜の熱湯の中に投げ込むのでした。たとへば、太古より消える事のなかつた高峰の根雪、きらと光つて消えかけた一瞬まへの笹の葉の霜、一万年生きた亀の甲、月光の中で一粒づつ拾ひ集めた砂金、竜の鱗、生れて一度も日光に当つた事のないどぶ鼠の眼玉、ほととぎすの吐き出した水銀、蛍の尻の真珠、鸚鵡の青い舌、永遠に散らぬ芥子の花、梟の耳朶、てんたう虫の爪、きりぎりすの奥歯、海底に咲いた梅の花一輪、その他、とても此の世で入手でき難いやうな貴重な品々を、次から次と投げ込んで、およそ三百回ほど釜の周囲を駈けめぐり、釜から立ち昇る湯気が虹のやうに七いろの色彩を呈して来た時、老婆は、ぴたりと足をとどめ、「ラプンツエル！」と人が変つたやうな威厳のある口調で病床のラプンツエルに呼びかけました。「母が一生に一度の、難儀の魔法を行ひます。お前も、しばらく辛抱して！」と言ふより早くラプンツエルに躍りかかり、細長いナイフで、ぐさとラプンツエルの胸を突き刺し、王子が、「あ！」と叫ぶ間もなく、痩せ衰へて紙ほど軽いラプンツエルのからだを両手で抱きとつて眼より高く差し挙げ、どぶんと大釜の中に投げ込みました。一声かすかに、鷗の泣き声に似たものが、釜の中から聞えた切りで、あとは又、お湯の煮えたぎる音と、老婆の低い呪文の声ばかりでありました。

あまりの事に、王子は声もすぐには出ませんでした。ほとんど呟くやうな低い声でやうやく、「何をするのだ！　殺せとは、たのまなかつた。釜で煮よとは、いひつけなかつた。かへしてくれ。私のラプンツエルを返してくれ。おまへは、悪魔だ！」とだけは言つてみたものの、それ以上、老婆に食つてかかる気力もなく、ラプンツエルの空のベツドにからだを投げて、わあ！　と大声で、子供のやうに泣き出しました。

老婆は、それにおかまひなく、血走つた眼で釜を見つめ、額から頬から頸から、だらだら汗を流して一心に呪文をとなへてゐるのでした。ふつと呪文が、とぎれた、と同時に釜の中の沸騰の音も、ぴたりと止みましたので、王子は涙を流しながら少し頭を挙げて、不審さうに祭壇を見た時、嗚呼、「ラプンツエル、出ておいで。」といふ老婆の勝ち誇つたやうな澄んだ呼び声に応へて、やがて現はれた、ラプンツエルの顔。

その六

――美人であつた。その顔は、輝くばかりに美しかつた。――と長兄は、大いに興奮して書きつづけた。長兄の万年筆は、実に太い。ソーセージくらゐの大きさである。その堂々たる万年筆を、しかと右手に握つて胸を張り、きゆつと口を引き締め、まことに立派な態度で一字一字、はつきり大きく書いてはゐるが、惜しい事には、この長兄には、弟妹ほどの物語の才能が無いやうである。弟妹たちは、それゆゑ此の長兄を少しく、なめてゐるやうなふうがあるけれども、それは弟妹たちの不遜な悪徳であつて、長兄には長兄としての無類のよさもあるのである。嘘を、つかない。正直である。さうして所謂人情には、もろい。いまも、ラプンツエルが、釜から出て来て、さうして魔法使ひの婆さんの顔のやうに醜く恐ろしい顔をしてゐた等とは、どうしても書けないのである。それでは、あまりにラプンツエルが可哀想だ。王子に気の毒だ、と義憤をさへ感じて、美人であつた、その顔は輝くばかりに美しかつた、と勢ひ込んで書いたのであるが、さて、そのあとがつづかない。どうも長兄は、真面目すぎて、それゆゑ空想力も甚だ貧弱のやうである。物語の才能といふものは、出鱈目の狡猾な人間ほど豊富に持つてゐるやうだ。長兄は、謂はば立派な人格者なのであつて、胸には高潔の理想の火が燃えて、愛情も深く、そこに何の駈引も打算も無いのであるから、どうも物語を虚構する事に於いては不得手なのである。遠慮無く申せば、物語は、下手くそである。何を書いても、すぐ論文のやうになつてしまふ。いまも、やはり、どうも、演説口調のやうである。ただ、まじめ一方である。その顔は輝くばかりに美しかつた。と書いて、おごそかに眼をつぶり暫く考へてから、こんどは、ゆつくり次のやうに書きつづけた。物語にも、なんにもなつてゐないが、長兄の誠実と愛情だけは、さすがに行間に滲み出てゐる。

——その顔は、ラプンツエルの顔ではなかつた。いや、やつぱりラプンツエルの顔である。しかしながら、病気以前のラプンツエルの、うぶ毛の多い、野薔薇のやうな可憐な顔ではなく、(女性の顔を、とやかく批評するのは失礼な事であるが) いま生き返つて、幽かに笑つてゐる顔は、之は草花にたとへるならば、(万物の霊長たる人間の面貌を、植物にたとへるのは無謀の事であるが) まづ桔梗であらうか。月見草であらうか。とにかく秋の草花である。魔法の祭壇から降りて、淋しく笑つた。品位。以前に無かつた、しとやかな品位が、その身にそなはつて来てゐるのだ。王子は、その気高い女王さまに思はず軽くお辞儀をした。

「不思議な事もあるものだ。」と魔法使ひの老婆は、首をかしげて呟いた。「こんな筈ではなかつた。蝦蟇のやうな顔の娘が、釜の中から這つて出て来るものとばかり思つてゐたが、どうもこれは、わしの魔法の力より、もつと強い力のものが、じやまをしたのに違ひない。わしは負けた。もう、魔法も、いやになりました。森へ帰つて、あたりまへの、つまらぬ婆として余生を送らう。世の中には、わしにわからぬ事もあるわい。」さう言つて、魔法の祭壇をどんと蹴飛ばし、煖炉にくべて燃やしてしまつた。祭壇の諸道具は、それから七日七晩、蒼い火を挙げて燃えつづけてゐたといふ。老婆は、森へ帰り、ふつうの、おとなしい婆さんとして静かに余生を送つたのである。

これを要するに、王子の愛の力が、老婆の魔法の力に打ち勝つたといふ事になるのであるが、小生の観察に依れば、二人の真の結婚生活は、いよいよこれから、はじまるもののやうである。王子の、今日までの愛情は、極言すれば、愛撫といふ言葉と置きかへてもいいくらゐのものであつた。青春の頃は、それもまた、やむを得まい。しかしながら、必ずそれは行き詰まる。必ず危機が到来する。王子と、ラプンツエルの場合も、たしかに、その懐妊、出産を要因として、二人の間の愛情が齟齬を来した。たしかに、それは神の試みであつたのである。けれども王子の、無邪気な懸命の祈りは、神のあはれみ給ふところとなり、ラプンツエルは、肉感を洗ひ去つた気高い精神の女性として蘇生した。王子は、それに対して思はずお辞儀をしたくらゐである。ここだ。ここに、新しい第二の結婚生活がはじまる。曰く、相互の尊敬である。相互の尊敬なくして、真の結婚は成立しない。ラプンツエルは、いまは、野蛮の娘ではない。ひとの玩弄物ではないのである。深い悲しみと、あきらめと、思ひやりのこもつた微笑を口元に浮べて、生れながらの女王のやうに落ちついてゐる。王子は、ラプンツエルと、そつと微笑を交しただけで、心も、なごやかになつて楽しいのである。夫と妻は、その生涯に於いて、幾度も結婚をし直さなければならぬ。お互ひが、相手の真価を発見して行くためにも、次々の危機に打ち勝つて、別離せずに結婚をし直し、進まなければならぬ。王子と、ラプンツエルも、此の五年後あるいは十年後に、またもや結婚をし直す事があるかも知れぬが、互ひの一筋の信頼と尊敬を、もはや失ふ事もあるまいから、まづまづ万々歳であらうと小生には思はれるのである。——

長兄は、あまり真剣に力をいれすぎて書いたので、自分でも何を言つてゐるのやら、わけがわからなくなつて狼狽した。物語にも何も、なつてゐない。ぶちこはしになつたやうな気もする。長兄は、太い万年筆を握つたまま、実にむづかしい顔をした。思ひ余つて立ち上り、本棚の本を、あれこれと取り出し、覗いてみた。いいものを見つけた。パウロの書翰集。テモテ前書の第二章。このラプンツエル物語の結びの言葉として、おあつらひむきであると長兄は、ひそかに首肯き、大いにもつたい振つて書き写した。

——この故に、われは望む。男は怒らず争はず、いづれの処にても潔き手をあげて祈らん事を。また女は、羞恥を知り、慎みて宜しきに合《かな》ふ衣もて己を飾り、編みたる頭髪《かみのけ》と金と真珠と価たかき衣もては飾らず、善き業をもて飾とせん事を。これ神を敬はんと公言する女に適へる事なり。女は凡てのこと従順にして静かに道を学ぶべし。われ、女の、教ふる事と、男の上に権を執る事を許さず、ただ静かにすべし。それアダムは前に造られ、エバは後に造られたり。アダムは惑はされず、女は惑はされて罪に陥りたるなり。されど女もし慎みて信仰と愛と潔きとに居らば、子を生む事によりて救はるべし。——

まづこれでよし、と長兄は、思はず莞爾と笑つた。弟妹たちへの、よき戒しめにもなるであらう。このパウロの句でも無かつた事には、僕の論旨は、しどろもどろで甘つたるく、甚だ月並みで弟妹たちの嘲笑の種にせられたかもわからない。危いところであつた。パウロに感謝だ、と長兄は九死に一生を得た思ひのやうであつた。長兄は、いつも弟妹たちへの教訓といふ事を忘れない。それゆゑ、まじめになつてしまつて、物語も軽くはづまず、必ずお説教の口調になつてしまふ。長兄には、やはり長兄としての苦しさがあるものだ。いつも、真面目でゐなければならぬ。弟妹たちと、ふざけ合ふ事は、長兄としての責任感がゆるさないのである。

さて、これで物語は、どうやら五日目に、長兄の道徳講義といふ何だか蛇足に近いものに依つて一応は完結した様子である。けふは、正月の五日である。次男の風邪も、なほつてゐた。昼すこし過ぎに、長兄は書斎から意気揚々と出て来て、

「さあ、完成したぞ。完成したぞ。」と、弟妹たちに報告して歩いて、皆を客間に集合させた。祖父も、にやにや笑ひながら、やつて来た。やがて祖母も、末弟に無理矢理、ひつぱられてやつて来た。母と、さとは客間に火鉢を用意するやら、お茶、お菓子、昼食がはりのサンドヰッチ、祖父のウヰスキイなど運ぶのにいそがしい。まづ末弟から、読みはじめた。祖母は、膝をすすめ、文章の切れめ切れめに、なるほどなるほどといふ賛成の言葉をさしはさむので、末弟は読みながら恥づかしかつた。祖父は、どさくさまぎれに、ウヰスキイの瓶を自分の傍に引き寄せて、栓を抜き、勝手にひとりで飲みはじめてゐる。長兄が小声で、おぢいさん、量が過ぎやしませんかと注意を与へたら、祖父は、もつと小さい声で、ロオマンスは酔うて聞くのが通

なものぢや、と答へた。末弟、長女、次男、次女、おのおの工夫に富んだ朗読法でもつて読み終り、最後に長兄は、憂国の熱弁のやうな悲痛な口調で読み上げた。次男は、噴き出したいのを怺へてゐたが、つひに怺へかねて、廊下へ逃げ出した。次女は、長男の文才を軽蔑し果てたといふやうな、おどけた表情をして、わざと拍手をしたりした。生意気なやつである。

全部、読み終つた頃には、祖父は既に程度を越えて酔つてゐた。うまい、皆うまい、なかでもルミ（次女の名）がうまかつた、とやはり次女を贔屓した。けれども、と酔眼を見ひらき意外の抗議を提出した。

「王子とラプンツエルの事ばかり書いて、王さまと、王妃さまの事には、誰もちつとも触れなかつたのは残念ぢや。初枝が、ちよつと書いてゐたやうだが、あれだけでは足りん。そもそも、王子がラプンツエルと結婚出来たのも、また、それから末永く幸福に暮せたのも、みなこれひとへに、王さまと王妃さまの御慈愛のたまものぢや。王さまと王妃さまが、もし、御理解が無かつたら、王子とラプンツエルとが、どんなに深く愛し合つてゐたとしても、滅茶苦茶ぢや。だからして、王さまと王妃さまの深き御寛容を無視しては、この物語は成立せぬ。お前たちは、まだ若い。さういふ蔭の御理解に気が附かず、ただもう王子さまやラプンツエルの恋慕の事ばかり問題にしてゐる。まだ、いたらんやうぢや。わしは、ヴイクトル・ユーゴーの作品を、せがれにすすめられて愛読したものだが、あれはさすがに隅々まで眼がとどいてゐる。かの、ヴイクトル・ユーゴーは、――」と一段と声を張り挙げた時、祖母に叱られた。子供たちが、せつかく楽しんでゐるのに、あなたは何を言ふのですか、と叱られ、おまけにウヰスキイの瓶とグラスを取り上げられた。祖父の批評は、割合ひ正確なところもあつたやうだが、口調が甚だ、だらしなかつたので、誰にも支持されず黙殺されてしまつた。祖父は急にしよげた。その様を見かねて母は、祖父に、れいの勲章を、そつと手渡した。去年の大晦日に、母は祖父の秘密のわづかな借銭を、こつそり支払つてあげた功労に依つて、その銀貨の勲章を授与されてゐたのである。

「一ばん出来のよかつた人に、おぢいさんが勲章を授与なさるさうですよ。」と母は、子供たちに笑ひながら教へた。母は、祖父にそんな事で元気を恢復させてあげたかつたのである。けれども祖父は、へんに真面目な顔になつてしまつて、

「いや、これは、やつぱり、みよ（母の名）にあげよう。永久に、あげませう。孫たちを、よろしくたのみますよ。」と言つた。

子供たちは、何だか感動した。実に立派な勲章のやうに思はれた。

令嬢アユ

佐野君は、私の友人である。私のはうが佐野君より十一も年上《としうへ》なのであるが、それでも友人である。佐野君は、いま、東京の或る大学の文科に籍を置いてゐるのであるが、あまり出来ないやうである。いまに落第するかも知れない。少し勉強したらどうか、と私は言ひにくい忠告をした事もあつたが、その時、佐野君は腕組みをして頭垂れ、もうかうなれば、小説家になるより他は無い、と低い声で呟いたので、私は苦笑した。学問のきらひな頭のわるい人間だけが小説家になるものだと思ひ込んでゐるらしい。それは、ともかくとして、佐野君は此の頃いよいよ本気に、小説家になるより他は無い、と覚悟を固めて来た様子である。日、一日と落第が確定的になつて来たのかも知れない。もうかうなれば、小説家になるより他は無い、と今は冗談でなく腹をきめたせゐか、此の頃の佐野君の日常生活は、実に悠々たるものである。かれは未だ二十二歳の筈であるが、その、本郷の下宿屋の一室に於いて、端然と正座し、囲碁の独り稽古にふけつてゐる有様を望見するに、どこやら雲中白鶴の趣さへ感ぜられる。時々、背広服を着て旅に出る。鞄には原稿用紙とペン、インク、悪の華、新約聖書、戦争と平和第一巻、その他がいれられて在る。温泉宿の一室に於いて、床柱を背負つて泰然とをさまり、机の上には原稿用紙をひろげ、もの憂げに煙草のけむりの行末を眺め、長髪を掻き上げて、軽く咳《せき》ばらひするところなど、すでに一個の文人墨客の風情がある。けれども、その、むだなポオズにも、すぐ疲れて来る様子で、立ち上つて散歩に出かける。宿から釣竿を借りて、渓流の山女《やまめ》釣りを試みる時もある。一匹も釣れた事は無い。実は、そんなにも釣を好きでは無いのである。餌を附けかへるのが、面倒くさくてかなはない。だから、たいてい蚊針を用ゐる。東京で上等の蚊針を数種買ひ求め、財布にいれて旅に出るのだ。そんなにも好きで無いのに、なぜ、わざわざ釣針を買ひ求め旅行先に持参してまで、釣を実行しなければならないのか。なんといふ事も無い、ただ、ただ、隠君子の心境を味はつてみたいこころからである。

ことしの六月、鮎の解禁の日にも、佐野君は原稿用紙やらペンやら、戦争と平和やらを鞄にいれ、財布には、数種の蚊針を秘めて伊豆の或る温泉場へ出かけた。

四五日して、たくさんの鮎を、買つて帰京した。柳の葉くらゐの鮎を二匹、釣り上げて得意顔で宿に持つて帰つたところ、宿の人たちに大いに笑はれて、頗るまごついたさうである。その二匹は、それでもフライにしてもらつて晩ごはんの時に食べたが、大きいお皿に小指くらゐの「かけら」が二つころがつてゐる様を見たら、かれは余りの恥づかしさに、立腹したさうである。私の家にも、美事な鮎を、お土産に持つて来てくれた。伊豆のさかなやから買つて来たといふ事を、かれは、卑怯な言ひかたで告白した。「これくらゐの鮎を、わけなく釣つてゐる人もあるにはあるが、僕は釣らなかつた。これくらゐの鮎は、てれくさくて釣れるものではない。僕は、わけを話してゆづつてもらつて来た。」と奇妙な告白のしかたをしたのである。

ところで、その時の旅行には、もう一つ、へんなお土産があつた。かれが、結婚したいと言ひ出したのである。伊豆で、いいひとを見つけて来たといふのであつた。

「さうかね。」私は、くはしく聞きたくもなかつた。私は、ひとの恋愛談を聞く事は、あまり好きでない。恋愛談には、かならず、どこかに言ひ繕ひがあるからである。

私が気乗りのしない生返事をしてゐたのだが、佐野君はそれにはお構ひなしに、かれの見つけて来たといふ、その、いいひとに就いて澱みなく語つた。割に嘘の無い、素直な語りかただつたので、私も、おしまひまで、そんなにいらいらせずに聞く事が出来た。

かれが伊豆に出かけて行つたのは、五月三十一日の夜で、その夜は宿でビイルを一本飲んで寝て、翌朝は宿のひとに早く起してもらつて、釣竿をかついで悠然と宿を出た。多少、ねむさうな顔をしてゐるが、それでもどこかに、ひとかどの風騒の士の構へを示して、夏草を踏みわけ河原へ向つた。草の露が冷たくて、いい気持。土堤にのぼる。松葉牡丹が咲いてゐる。姫百合が咲いてゐる。ふと前方を見ると、緑いろの寝巻を着た令嬢が、白い長い両脚を膝よりも、もつと上まであらはして、素足で青草を踏んで歩いてゐる。清潔な、ああ、綺麗。十メエトルと離れてゐない。

「やあ！」佐野君も、無邪気である。思はず歓声を挙げて、しかもその透きとほるやうな柔い脚を確実に指さしてしまつた。令嬢は、そんなにも驚かぬ。少し笑ひながら裾をおろした。これは日課の、朝の散歩なのかも知れない。佐野君は、自分の、指さした右手の処置に、少し困つた。初対面の令嬢の脚を、指さしたり等して、失礼であつた、と後悔した。「だめですよ、そんな、――」と意味のはつきりしない言葉を、非難の口調で呟いて、颯つと令嬢の傍をすり抜けて、後を振り向かず、いそいで歩いた。躓いた。こんどは、ゆつくり歩いた。

河原へ降りた。幹が一抱へ以上もある柳の樹蔭に腰をおろして、釣糸を垂れた。釣れる場所か、釣れない場所か、それは問題ぢやない。他の釣師が一人もゐなくて、静かな場所ならそれでいいのだ。釣の妙趣は、魚を多量に釣り上げる事にあるのでは無くて、釣糸を垂れながら静かに四季の風物を眺め楽しむ事にあるのだ、と露伴先生も教へてゐるさうであるが、佐野君も、それは全くそれに違ひないと思つてゐる。もともと佐野君は、文人としての魂魄を練るために、釣をはじめたのだから、釣れる釣れないは、いよいよ問題でないのだ。静かに釣糸を垂れ、もつぱら四季の風物を眺め楽しんでゐるのである。水は、囁きながら流れてゐる。鮎が、すつと泳ぎ寄つて蚊針をつつき、ひらと身をひるがへして逃れ去る。素早いものだ、と佐野君は感心する。対岸には、紫陽花が咲いてゐる。竹藪の中で、赤く咲いてゐるのは夾竹桃らしい。眠くなつて来た。

「釣れますか？」女の声である。

もの憂げに振り向くと、先刻の令嬢が、白い簡単服を着て立つてゐる。肩には釣竿をかついでゐる。

「いや、釣れるものではありません。」へんな言ひかたである。

「さうですか。」令嬢は笑つた。二十歳にはなるまい。歯が綺麗だ。眼が綺麗だ。喉《のど》は、白くふつくらして溶けるやうで、可愛い。みんな綺麗だ。釣竿を肩から、おろして、「けふは解禁の日ですから、子供にでも、わけなく釣れるのですけど。」

「釣れなくたつていいんです。」佐野君は、釣竿を河原の青草の上にそつと置いて、煙草をふかした。佐野君は、好色の青年ではない。迂闊なはうである。もう、その令嬢を問題にしてゐないといふ澄ました顔で、悠然と煙草のけむりを吐いて、さうして四季の風物を眺めてゐる。

「ちよつと、拝見させて。」令嬢は、佐野君の釣竿を手に取り、糸を引き寄せて針をひとめ見て、「これぢや、だめよ。鮠《はや》の蚊針ぢやないの。」

佐野君は、恥をかかされたと思つた。ごろりと仰向に河原に寝ころんだ。「同じ事ですよ。その針でも、一二匹釣れました。」と嘘を言つた。

「あたしの針を一つあげませう。」令嬢は胸のポケツトから小さい紙包をつまみ出して、佐野君の傍にしやがみ、蚊針の仕掛けに取りかかつた。佐野君は寝ころび、雲を眺めてゐる。

「この蚊針はね、」と令嬢は、金色の小さい蚊針を佐野君の釣糸に結びつけてやりながら呟く。

「この蚊針はね、おそめといふ名前です。いい蚊針には、いちいち名前があるのよ。これは、おそめ。可愛い名でせう？」

「さうですか、ありがたう。」佐野君は、野暮である。何が、おそめだ。おせつかいは、もうやめて、早く向うへ行つてくれたらいい。気まぐれの御親切は、ありがた迷惑だ。

「さあ、出来ました。こんどは釣れますよ。ここは、とても釣れるところなのです。あたしは、いつも、あの岩の上で釣つてゐるの。」

「あなたは、」佐野君は起き上つて、「東京の人ですか？」

「あら、どうして？」

「いや、ただ、――」佐野君は狼狽した。顔が赤くなつた。

「あたしは、この土地のものよ。」令嬢の顔も、少し赤くなつた。うつむいて、くすくす笑ひながら岩のはうへ歩いて行つた。

佐野君は、釣竿を手に取つて、再び静かに釣糸を垂れ、四季の風物を眺めた。ジヤボリといふ大きな音がした。たしかに、ジヤボリといふ音であつた。見ると令嬢は、見事に岩から落ちてゐる。胸まで水に没してゐる。釣竿を固く握つて、「あら、あら。」と言ひながら岸に這ひ上つて来た。まさしく濡れ鼠のすがたである。白いドレスが両脚にぴつたり吸ひついてゐる。

佐野君は、笑つた。実に愉快さうに笑つた。ざまを見ろといふ小気味のいい感じだけで、同情の心は起らなかつた。ふと笑ひを引つ込めて、叫んだ。

「血が！」

令嬢の胸を指《ゆび》さした。けさは脚を、こんどは胸を、指《ゆび》さした。令嬢の白い簡単服の胸のあたりに血が、薔薇の花くらゐの大きさでにじんでゐる。

令嬢は、自分の胸を、うつむいてちらと見て、

「桑の実よ。」と平気な顔をして言つた。「胸のポケツトに、桑の実をいれて置いたのよ。あとで食べようと思つてゐたら、損をした。」

岩から滑り落ちる時に、その桑の実が押しつぶされたのであらう。佐野君は、再び恥をかかされた、と思つた。

令嬢は、「見ては、いやよ。」と言ひ残して川岸の、山吹の茂みの中に姿を消してそれつきり、翌る日も、翌々日も河原へ出ては来なかつた。佐野君だけは、相かはらず悠々と、あの柳の木の下で、釣糸を垂れ、四季の風物を眺め楽しんでゐる。あの令嬢と、また逢ひたいとも思つてゐない様子である。佐野君は、そんなに好色な青年ではない。迂闊すぎるほどである。

三日間、四季の風物を眺め楽しみ、二匹の鮎を釣り上げた。「おそめ」といふ蚊針のおかげと思ふより他は無い。釣り上げた鮎は、柳の葉ほどの大きさであつた。これは、宿でフライにしてもらつて食べたさうだが、浮かぬ気持であつたさうである。四日目に帰京したのであるが、その朝、お土産の鮎を買ひに宿を出たら、あの令嬢に逢つたといふ。令嬢は黄色い絹のドレスを着て、自転車に乗つてゐた。

「やあ、おはやう。」佐野君は無邪気である。大声で、挨拶した。

令嬢は軽く頭をさげただけで、走り去つた。なんだか、まじめな顔つきをしてゐた。自転車のうしろには、菖蒲《あやめ》の花束が載せられてゐた。白や紫の菖蒲の花が、ゆらゆら首を振つてゐた。

その日の昼すこし前に宿を引き上げて、れいの鞄を右手に、氷詰めの鮎の箱を左手に持つて宿から、バスの停留場まで五丁ほどの途を歩いた。ほこりつぽい田舎道である。時々立ちどまり、荷物を下に置いて汗を拭いた。それから溜息をついて、また歩いた。三丁ほど歩いたところに、

「おかへりですか。」と背後から声をかけられ、振り向くと、あの令嬢が笑つてゐる。手に小さい国旗を持つてゐる。黄色い絹のドレスも上品だし、髪につけてゐるコスモスの造花も、いい趣味だ。田舎のぢいさんと一緒である。ぢいさんは、木綿の縞の着物を着て、小柄な実直さうな人である。ふしくれだつた黒い大きい右手には、先刻の菖蒲の花束を持つてゐる。さては此の、ぢいさんに差し上げる為に、けさ自転車で走りまはつてゐたのだな、と佐野君は、ひそかに合点した。

「どう？　釣れた？」からかふやうな口調である。

「いや、」佐野君は苦笑して、「あなたが落ちたので、鮎がおどろいてゐなくなつたやうです。」

佐野君にしては上乗の応酬である。

「水が濁つたのかしら。」令嬢は笑はずに、低く呟いた。

ぢいさんは、幽かに笑つて、歩いてゐる。

「どうして旗を持つてゐるのです。」佐野君は話題の転換をこころみた。

「出征したのよ。」

「誰が？」

「わしの甥ですよ。」ぢいさんが答へた。「きのふ出発しました。わしは、飲みすぎて、ここへ泊つてしまひました。」まぶしさうな表情であつた。

「それは、おめでたう。」佐野君は、こだはらずに言つた。事変のはじまつたばかりの頃は、佐野君は此の祝辞を、なんだか言ひにくかつた。でも、いまは、こだはりもなく祝辞を言へる。だんだん、このやうに気持が統一されて行くのであらう。いいことだ、と佐野君は思つた。

「可愛いがつてゐた甥御さんだつたから、」令嬢は利巧さうな、落ちついた口調で説明した。「をぢさんが、やつぱり、ゆうべは淋しがつて、たうとう泊つちやつたの。わるい事ぢやないわね。あたしは、をぢさんに力をつけてやりたくて、けさは、お花を買つてあげたの。それから、旗を持つて送つて来たの。」

「あなたのお家は、宿屋なの？」佐野君は、何も知らない。

令嬢も、ぢいさんも笑つた。

停留場についた。佐野君と、ぢいさんは、バスに乗つた。令嬢は、窓のそとで、ひらひらと国旗を振つた。

「をぢさん、しよげちや駄目よ。誰でも、みんな行くんだわ。」

バスは出発した。佐野君は、なぜだか泣きたくなつた。

いいひとだ、あの令嬢は、いいひとだ、結婚したいと、佐野君は、まじめな顔で言ふのだが、私は閉口した。もう私には、わかつてゐるのだ。

「馬鹿だね、君は。なんて馬鹿なんだらう。そのひとは、宿屋の令嬢なんかぢやないよ。考へてごらん。そのひとは六月一日に、朝から大威張りで散歩して、釣をしたりして遊んでゐたやうだが、他の日は、遊べないのだ。どこにも姿を見せなかつたらう？　その筈だ。毎月、一日《ついたち》だけがお休みなんだ。わかるかね。」

「さうかあ。カフヱの女給か。」

「さうだといいんだけど、どうも、さうでもないやうだ。おぢいさんが君に、てれてゐたらう？　泊つた事を、てれてゐたらう？」

「わあつ！　さうかあ。なあんだ。」佐野君は、こぶしをかためて、テーブルをどんとたたいた。もうかうなれば、小説家になるより他は無い、といよいよ覚悟のほどを固くした様子であつた。

令嬢。よつぽど、いい家庭のお嬢さんよりも、その、鮎の娘さんのはうが、はるかにいいのだ、本当の令嬢だ、とも思ふのだけれども、嗚呼私は俗人なのかも知れぬ、そのやうな境遇の娘さんと、私の友人が結婚するといふならば、私は、頑固に反対するのである。

恥

菊子さん。恥をかいちやつたわよ。ひどい恥をかきました。顔から火が出る、などの形容はなまぬるい。草原をころげ廻つて、わあつと叫びたい、と言つても未だ足りない。サムエル後書にありました。「タマル、灰を其の首に蒙り、着たる振袖を裂き、手を首にのせて、呼はりつつ去ゆけり」可愛さうな妹タマル。わかい女は、恥づかしくてどうにもならなくなつた時には、本当に頭から灰でもかぶつて泣いてみたい気持になるわねえ。タマルの気持がわかります。

菊子さん。やつぱり、あなたのおつしやつたとほりだつたわ。小説家なんて、人の屑よ。いいえ、鬼です。ひどいんです。私は、大恥かいちやつた。菊子さん。私は今まであなたに秘密にしてゐたけれど、小説家の戸田さんに、こつそり手紙を出してゐたのよ。さうしてたうとう一度お目にかかつて大恥かいてしまひました。つまらない。

はじめから、ぜんぶお話申しませう。九月のはじめ、私は戸田さんへ、こんな手紙を差し上げました。たいへん気取つて書いたのです。

「ごめん下さい。非常識と知りつつ、お手紙をしたためます。おそらく貴下の小説には、女の読者がひとりも無かつた事と存じます。女は、広告のさかんな本ばかりを読むのです。女には、自分の好みがありません。人が読むから、私も読まうといふ虚栄みたいなもので読んでゐるのです。物知り振つてゐる人を、矢鱈に尊敬いたします。つまらぬ理窟を買ひかぶります。貴下は、失礼ながら、理窟をちつとも知らない。学問も無いやうです。貴下の小説を私は、去年の夏から読みはじめて、ほとんど全部を読んでしまつたつもりでございます。それで、貴下にお逢ひする迄もなく、貴下の身辺の事情、容貌、風采、ことごとくを存じて居ります。貴下に女の読者がひとりも無いのは、確定的の事だと思ひました。貴下は御自分の貧寒の事や、吝嗇の事や、さもしい夫婦喧嘩、下品な御病気、それから容貌のずいぶん醜い事や、身なりの汚い事、蛸の脚なんかを齧つて焼酎を飲んで、あばれて、地べたに寝る事、借金だらけ、その他たくさん不名誉な、きたならしい事ばかり、少しも飾らずに告白なさいます。あれでは、いけません。女は、本能として、清潔を尊びます。貴下の小説を読んで、ちよつと貴下をお気の毒とは思つても、頭のてつぺんが禿げて来たとか、歯がぼろぼろに欠けて来たとか書いてあるのを読みますと、やつぱり、余りひどくて、苦笑してしまひます。ごめんなさい。軽蔑したくなるのです。それに、貴下は、とても口で言へない不潔な場所の女のところへも出掛けて行くやうではありませんか。あれでもう、決定的です。私でさへ、鼻をつまんで読んだ事があります。女のひとは、ひとりのこらず、貴下を軽蔑し、顰蹙するのも当然です。私は、貴下の小説をお友だちに隠れて読んでゐました。私が貴下のものを読んでゐるといふ事が、もしお友達にわかつたら、私は嘲笑せられ、人格を疑はれ、絶交せられる事でせう。どうか、貴下に於いても、ちよつと反省をして下さい。私は、貴下の無学あるいは文章の拙劣、あるいは人格の卑しさ、思慮の不足、頭の悪さ等、無数の欠点をみとめながらも、底に一すぢの哀愁感のあるのを見つけたのです。私は、あの哀愁感を惜しみます。他の女の人には、わかりません。女のひとは、前にも申しましたやうに虚栄ばかりで読むのですから、やたらに上品ぶつた避暑地の恋や、あるいは思想的な小説などを好みますが、私は、それればかりでなく、貴下の小説の底にある一種の哀愁感といふものも尊いのだと信じました。どうか、貴下は、御自身の容貌の醜さや、過去の汚行や、または文章の悪さ等に絶望なさらず、貴下独特の哀愁感を大事になさつて、同時に健康に留意し、哲学や語学をいま少し勉強なさつて、もつと思想を深めて下さい。貴下の哀愁感が、もし将来に於いて哲学的に整理できたならば、貴下の小説も今日の如く嘲笑せられず、貴下の人格も完成される事と存じます。その完成の日には、私も覆面をとつて私の住所姓名を明らかにして、貴下とお逢ひしたいと思ひますが、ただ今は、はるかに声援をお送りするだけで止さうと思ひます。お断りして置きますが、これはフアン・レタアではございませぬ。奥様などにお見せして、おれにも女のフアンが出来たなんて下品にふざけ合ふのは、やめていただきます。私はプライドを持つてゐます。」

菊子さん。だいたい、こんな手紙を書いたのよ。貴下、貴下とお呼びするのは、何だか具合が悪かつたけど「あなた」なんて呼ぶには、戸田さんと私とでは、としが違ひすぎて、それに、なんだか親し過ぎて、いやだわ。戸田さんが年甲斐も無く自惚れて、へんな気を起したら困るとも思つたの。「先生」とお呼びするほど尊敬もしてないし、それに戸田さんには何も学問がないんだから「先生」と呼ぶのは、とても不自然だと思つたの。だから貴下とお呼びする事にしたんだけど、「貴下」も、やつぱり少しへんね。でも私は、この手紙を投函しても、良心の呵責は無かつた。よい事をしたと思つた。お気の毒な人に、わづかでも力をかしてあげるのは、気持のよいものです。けれども私は此の手紙には、住所も名前も書かなかつた。だつて、こはいもの。汚い身なりで酔つて私のお家へ訪ねて来たら、ママは、どんなに驚くでせう。お金を貸せ、なんて脅迫するかも知れないし、とにかく癖の悪いおかただから、どんなこはい事をなさるかわからない。私は永遠に覆面の女性でゐたかつた。けれども、菊子さん、だめだつた。とつても、ひどい事になりました。それから、ひとつき経たぬうちに、私は、もう一度戸田さんへ、どうしても手紙を書かなければならぬ事情が起りました。しかも今度は、住所も名前も、はつきり知らせて。

菊子さん、私は可哀想な子だわ。その時の私の手紙の内容をお知らせすると、事情もだいたいおわかりの筈ですから、次に御紹介いたしますが、笑はないで下さい。

「戸田様。私は、おどろきました。どうして私の正体を捜し出す事が出来たのでせう。さうです、本当に、私の名前は和子です。さうして教授の娘で、二十三歳です。あざやかに素破抜かれてしまひました。今月の『文学世界』の新作を拝見して、私は呆然としてしまひました。本当に、本当に、小説家といふものは油断のならぬものだと思ひました。どうして、お知りになつたのでせう。しかも、私の気持まで、すつかり見抜いて、『みだらな空想をするやうにさへなりました。』などと辛辣な一矢を放つてゐるあたり、たしかに貴下の驚異的な進歩だと思ひました。私のあの覆面の手紙が、ただちに貴下の制作慾をかき起したといふ事は、私にとつてもよろこばしい事でした。女性の一支持が、作家をかく迄も、いちじるしく奮起させるとは、思ひも及ばなかつた事でした。人の話に依りますと、ユーゴー、バルザックほどの大家でも、すべて女性の保護と慰藉のおかげで、数多い傑作をものしたのださうです。私も貴下を、及ばずながらお助けする事に覚悟をきめました。どうか、しつかりやつて下さい。時々お手紙を差し上げます。貴下の此の度の小説に於いて、わづかながら女性心理の解剖を行つてゐるのはたしかに一進歩にて、ところどころ、あざやかであつて感心も致しましたが、まだまだ到らないところもあるのです。私は若い女性ですから、これからいろいろ女性の心を教へてあげます。貴下は、将来有望の士だと思ひます。だんだん作品も、よくなつて行くやうに思ひます。どうか、もつと御本を読んで哲学的教養も身につけるやうにして下さい。教養が不足だと、どうしても大小説家にはなれません。お苦しい事が起つたら、遠慮なくお手紙を下さい。もう見破られましたから、覆面はやめませう。私の住所と名前は表記のとほりです。偽名ではございませんから、御安心下さいませ。貴下が、他日、貴下の人格を完成なさつた暁には、かならずお逢ひしたいと思ひますが、それまでは、文通のみにて、かんにんして下さいませ。本当に、このたびは、おどろきました。ちやんと私の名前まで、お知りになつてゐるのですもの。きつと、貴下は、あの私の手紙に興奮して大騒ぎしてお友達みんなに見せて、さうして手紙の消印などを手がかりに、新聞社のお友達あたりにたのんで、たうとう、私の名前を突きとめたといふやうなところだらうと思つてゐますが、違ひますか？　男のかたは、女からの手紙だと直ぐ大騒ぎするんだから、いやだわ。どうして私の名前や、それから二十三歳だといふ事まで知つたか、手紙でお知らせ下さい。末永く文通いたしませう。この次からは、もつと優しい手紙を差し上げませうね。御自重下さい。」

　菊子さん、私はいま此の手紙を書き写しながら何度も何度も泣きべそをかきました。全身に油汗がにじみ出る感じ。お察し下さい。私、間違つてゐたのよ。私の事なんか書いたんぢや無かつたのよ。てんで問題にされてゐなかつたのよ。ああ恥づかしい、恥づかしい。菊子さん、同情してね。おしまひまでお話するわ。

　戸田さんが今月の「文学世界」に発表した「七草」といふ短篇小説、お読みになりましたか。二十三歳の娘が、あんまり恋を恐れ、恍惚を憎んで、たうとうお金持ちの六十の爺さんと結婚してしまつて、それでもやつぱり、いやになり、自殺するといふ筋の小説。すこし露骨で暗いけれど、戸田さんの持味は出てゐました。私はその小説を読んで、てつきり私をモデルにして書いたのだと思ひ込んでしまつたの。なぜだか、二、三行読んだとたんにさう思ひ込んで、さつと蒼ざめました。だつて、その女の子の名前は私と同じ、和子ぢやないの。としも同じ、二十三ぢやないの。父が大学の先生をしてゐるところまで、そつくりぢやないの。あとは私の身の上と、てんで違ふけれど、でも、之は私の手紙からヒントを得て創作したのにちがひないと、なぜだかさう思ひ込んでしまつたのよ。それが大恥のもとでした。

四、五日して戸田さんから葉書をいただきました。それにはかう書かれて居りました。

「拝復。お手紙をいただきました。御支持をありがたく存じます。また、この前のお手紙も、たしかに拝誦いたしました。私は今日まで人のお手紙を家の者に見せて笑ふなどといふ失礼な事は一度も致しませんでした。また友達に見せて騒いだ事もございません。その点は、御放念下さい。なほまた、私の人格が完成してから逢つて下さるのださうですが、いつたい人間は、自分で自分を完成できるものでせうか。不一。」

やつぱり小説家といふものは、うまい事を言ふものだと思ひました。一本やられたと、くやしく思ひました。私は一日ぼんやりして、翌る朝、急に戸田さんに逢ひたくなつたのです。逢つてあげなければいけない。あの人は、いまきつとお苦しいのだ。私がいま逢つてあげなければ、あの人は堕落してしまふかも知れない。あの人は私の行くのを待つてゐるのだ。お逢ひ致しませう。私は早速、身仕度をはじめました。菊子さん、長屋の貧乏作家を訪問するのに、ぜいたくな身なりで行けると思つて？　とても出来ない。或る婦人団体の幹事さんたちが狐の襟巻をして、貧民窟の視察に行つて問題を起した事があつたでせう？　気を附けなければいけません。小説に依ると戸田さんは、着る着物さへ無くて綿のはみ出たドテラ一枚きりなのです。さうして家の畳は破れて、新聞紙を部屋一ぱいに敷き詰めてその上に坐つて居られるのです。そんなにお困りの家へ、私がこなひだ新調したピンクのドレスなど着て行つたら、いたづらに戸田さんの御家族を淋しがらせ、恐縮させるばかりで失礼な事だと思つたのです。私は女学校時代のつぎはぎだらけのスカートに、それからやはり昔スキーの時に着た黄色いジヤケツ。此のジヤケツは、もうすつかり小さくなつて、両腕が肘ちかく迄によつきり出るのです。袖口はほころびて、毛糸が垂れさがつて、まづ申し分ない代物なのです。戸田さんは毎年、秋になると脚気が起つて苦しむといふ事も小説で知つてゐましたので、私のベツドの毛布を一枚、風呂敷に包んで持つて行く事に致しました。毛布で脚をくるんで仕事をなさるやうに忠告したかつたのです。私は、ママにかくれて裏口から、こつそり出ました。菊子さんもご存じでせうが、私の前歯が一枚だけ義歯で取りはづし出来るので、私は電車の中でそれをそつと取りはづして、わざと醜い顔に作りました。戸田さんは、たしか歯がぼろぼろに欠けてゐる筈ですから、戸田さんに恥をかかせないやうに、安心させるやうに、私も歯の悪いところを見せてあげるつもりだつたのです。髪もくしやくしやに乱して、ずいぶん醜いまづしい女になりました。弱い無智な貧乏人を慰めるのには、たいへんこまかい心使ひがなければいけないものです。

戸田さんの家は郊外です。省線電車から降りて、交番で聞いて、わりに簡単に戸田さんの家を見つけました。菊子さん、戸田さんのお家は、長屋ではありませんでした。小さいけれども、清潔な感じの、ちやんとした一戸構への家でした。お庭も綺麗に手入れされて、秋の薔薇が咲きそろつてゐました。すべて意外の事ばかりでした。玄関をあけると、下駄箱の上に菊の花を活けた水盤が置かれてゐました。落ちついて、とても上品な奥様が出て来られて、私にお辞儀を致しました。私は家を間違つたのではないかと思ひました。

「あの、小説を書いて居られる戸田さんは、こちらさまでございますか。」と、恐る恐るたづねてみました。

「はあ。」と優しく答へる奥様の笑顔は、私にはまぶしかつた。

「先生は、」思はず先生といふ言葉が出ました。「先生は、おいででせうか。」

私は先生の書斎にとほされました。まじめな顔の男が、きちんと机の前に坐つてゐました。ドテラでは、ありませんでした。なんといふ布地か、私にはわかりませんけれど、濃い青色の厚い布地の袷に、黒地に白い縞が一本はひつてゐる角帯をしめてゐました。書斎は、お茶室の感じがしました。床の間には、漢詩の軸。私には、一字も読めませんでした。竹の籠には、蔦が美しく活けられてゐました。机の傍には、とてもたくさんの本がうづ高く積まれてゐました。

まるで違ふのです。歯も欠けてゐません。頭も禿げてゐません。きりつとした顔をしてゐました。不潔な感じは、どこにもありません。この人が焼酎を飲んで地べたに寝るのかと不思議でなりませんでした。

「小説の感じと、お逢ひした感じとまるでちがひます。」私は気を取り直して言ひました。

「さうですか。」軽く答へました。あまり私に関心を持つてゐない様子です。

「どうして私の事をご存じになつたのでせう。それを伺ひにまゐりましたの。」私は、そんな事を言つて、体裁を取りつくろつてみました。

「なんですか？」ちつとも反応がありません。

「私が名前も住所もかくしてゐたのに、先生は、見破つたぢやありませんか。先日、お手紙を差し上げて、その事を第一におたづねした筈ですけど。」

「僕はあなたの事なんか知つてゐませんよ。へんですね。」澄んだ眼で私の顔を、まつすぐに見て薄く笑ひました。

「まあ！」私は狼狽しはじめました。「だつて、そんなら、私のあの手紙の意味が、まるでわからなかつたでせうに、それを、黙つてゐるなんて、ひどいわ。私を馬鹿だと思つたでせうね。」

私は泣きたくなりました。私は何といふひどい独り合点をしてゐたのでせう。滅つ茶、滅茶。菊子さん。顔から火が出る、なんて形容はなまぬるい。草原をころげ廻つて、わあつと叫びたい、と言つても未だ足りない。

「それでは、あの手紙を返して下さい。恥づかしくていけません。返して下さい。」

戸田さんは、まじめな顔をしてうなづきました。怒つたのかも知れません。ひどい奴だ、と呆れたのでせう。

「捜してみませう。毎日の手紙をいちいち保存して置くわけにもいきませんから、もう、なくなつてゐるかも知れませんが、あとで、家の者に捜させてみます。もし、見つかつたら、お送りしませう。二通でしたか？」

「二通です。」みじめな気持。

「何だか、僕の小説が、あなたの身の上に似てゐたさうですが、僕は小説には絶対にモデルを使ひません。全部フイクシヨンです。だいいち、あなたの最初のお手紙なんか。」ふつと口を噤んで、うつむきました。

「失礼いたしました。」私は歯の欠けた、見すぼらしい乞食娘だ。小さすぎるジヤケツの袖口は、ほころびてゐる。紺のスカートは、つぎはぎだらけだ。私は頭のてつぺんから足の爪先まで軽蔑されてゐる。小説家は悪魔だ！　嘘つきだ！　貧乏でもないのに極貧の振りをしてゐる。立派な顔をしてゐる癖に、醜貌だなんて言つて同情を集めてゐる。うんと勉強してゐる癖に、無学だなんて言つてとぼけてゐる。奥様を愛してゐる癖に、毎日、夫婦喧嘩だと吹聴してゐる。くるしくもないのに、つらいやうな身振りをしてみせる。私は、だまされた。だまつてお辞儀して、立ち上り、

「御病気は、いかがですか？　脚気だとか。」

「僕は健康です。」

私は此の人のために毛布を持つて来たのだ。また、持つて帰らう。菊子さん、あまりの恥づかしさに、私は毛布の包みを抱いて帰る途々、泣いたわよ。毛布の包みに顔を押しつけて泣いたわよ。自動車の運転手に、馬鹿野郎！ 気をつけて歩けつて怒鳴られました。

二、三日経つてから、私のあの二通の手紙が大きい封筒にいれられて書留郵便でとどけられました。私には、まだ、かすかに一縷の望みがあつたのでした。もしかしたら、私の恥を救つてくれるやうないい言葉を、先生から書き送られて来るのではあるまいか。此の大きい封筒には、私の二通の手紙の他に、先生の優しい慰めの手紙もはひつてゐるのではあるまいか。私は封筒を抱きしめて、それから祈つて、それから開封したのですが、からつぽ。私の二通の手紙の他には、何もはひつてゐませんでした。もしや、私の手紙のレターペーパーの裏にでも、いたづら書きのやうにして、何か感想でもお書きになつてゐないかしらと、いちまい、いちまい、私は私の手紙のレターペーパーの裏も表も、ていねいに調べてみましたが、何も書いてゐなかつた。この恥づかしさ。おわかりでせうか。頭から灰でもかぶりたい。私は十年も、としをとりました。小説家なんて、つまらない。人の屑だわ。嘘ばつかり書いてゐる。ちつともロマンチツクでないんだもの。普通の家庭に落ち附いて、さうして薄汚い身なりの、歯の欠けた娘を、冷く軽蔑して見送りもせず、永遠に他人の顔をして澄ましてゐようといふんだから、すさまじいや。あんなの、インチキといふんぢやないかしら。

十二月八日

けふの日記は特別に、ていねいに書いて置きませう。昭和十六年の十二月八日には日本のまづしい家庭の主婦は、どんな一日を送つたか、ちよつと書いて置きませう。もう百年ほど経《た》つて日本が紀元二千七百年の美しいお祝ひをしてゐる頃に、私の此の日記帳が、どこかの土蔵の隅から発見せられて、百年前の大事な日に、わが日本の主婦が、こんな生活をしてゐたといふ事がわかつたら、すこしは歴史の参考になるかも知れない。だから文章はたいへん下手でも、嘘《うそ》だけは書かないやうに気を附ける事だ。なにせ紀元二千七百年を考慮にいれて書かなければならぬのだから、たいへんだ。でも、あんまり固くならない事にしよう。主人の批評に依れば、私の手紙やら日記やらの文章は、たゞ真面目なばかりで、さうして感覚はひどく鈍いさうだ。センチメントといふものが、まるで無いので、文章がちつとも美しくないさうだ。本当に私は、幼少の頃から礼儀にばかりこだはつて、心はそんなに真面目でもないのだけれど、なんだかぎくしやくして、無邪気《むじやき》にはしやいで甘える事も出来ず、損ばかりしてゐる。慾が深すぎるせゐかも知れない。なほよく、反省をして見ませう。

　紀元二千七百年といへば、すぐに思ひ出す事がある。なんだか馬鹿らしくて、をかしい事だけれど、先日、主人のお友だちの伊馬さんが久し振りで遊びにいらつしやつて、その時、主人と客間で話合つてゐるのを隣部屋で聞いて噴《ふ》き出した。

「どうも、この、紀元二千七百年《しちひやくねん》のお祭りの時には、二千七百年《ななひやくねん》と言ふか、あるいは二千七《しち》百年《ひやくねん》と言ふか、心配なんだね、非常に気になるんだね。僕は煩悶《はんもん》してゐるのだ。君は、気にならんかね。」

　と伊馬さん。

「ううむ。」と主人は真面目に考へて、「さう言はれると、非常に気になる。」

「さうだらう、」と伊馬さんも、ひどく真面目だ。「どうもね、ななひやくねん、といふらしいんだ。なんだか、そんな気がするんだ。だけど僕の希望をいふなら、しちひやくねん、と言つてもらひたいんだね。どうも、ななひやく、では困る。いやらしいぢやないか。電話の番号ぢやあるまいし、ちやんと正しい読みかたをしてもらひたいものだ。何とかして、その時は、しちひやく、と言つてもらひたいのだがねえ。」

　と伊馬さんは本当に、心配さうな口調である。

「しかしまた、」主人は、ひどくもつたい振つて意見を述べる。「もう百年あとには、しちひやくでもないし、ななひやくでもないし、全く別な読みかたも出来てゐるかも知れない。たとへば、ぬぬひやく、とでもいふ――。」

私は噴《ふ》き出した。本当に馬鹿らしい。主人は、いつでも、こんな、どうだつていいやうな事を、まじめにお客さまと話合つてゐるのです。センチメントのあるおかたは、ちがつたものだ。私の主人は、小説を書いて生活してゐるのです。なまけてばかりゐるので収入も心細く、その日暮しの有様です。どんなものを書いてゐるのか、私は、主人の書いた小説は読まない事にしてゐるので、想像もつきません。あまり上手でないやうです。

おや、脱線してゐる。こんな出鱈目《でたらめ》な調子では、とても紀元二千七百年まで残るやうな佳《よ》い記録を書き綴る事は出来ぬ。出直《でなほ》さう。

十二月八日。未明、蒲団《ふとん》の中で、朝の仕度に気がせきながら、園子《そのこ》（今年六月生れの女児）に乳をやつてゐると、どこかのラジオが、はつきり聞えて来た。

「大本営陸海軍部発表。帝国陸海軍は今八日未明西太平洋において米英軍と戦闘状態に入れり。」

しめ切つた雨戸のすきまから、まつくらな私の部屋に、光のさし込むやうに強くあざやかに聞えた。二度、朗々《らうらう》と繰り返した。それを、じつと聞いてゐるうちに、私の人間は変つてしまつた。強い光線を受けて、からだが透明になるやうな感じ。あるいは、聖霊《せいれい》の息吹きを受けて、つめたい花びらをいちまい胸の中に宿したやうな気持ち。日本も、けさから、ちがふ日本になつたのだ。

隣室の主人にお知らせしようと思ひ、あなた、と言ひかけると直ぐに、

「知つてるよ。知つてるよ。」

と答へた。語気がけはしく、さすがに緊張の御様子である。いつもの朝寝坊が、けさに限つて、こんなに早くからお目覚めになつてゐるとは、不思議である。芸術家といふものは、勘《かん》の強いものださうだから、何か虫の知らせとでもいふものがあつたのかも知れない。すこし感心する。けれども、それからたいへんまづい事をおつしやつたので、マイナスになつた。

「西太平洋つて、どの辺だね？　サンフランシスコかね？」

私はがつかりした。主人は、どういふものだか地理の知識は皆無《かいむ》なのである。西も東も、わからないのではないか、とさへ思はれる時がある。つい先日まで、南極が一ばん熱くて、北極が一ばん寒いと覚えてゐたのださうで、その告白を聞いた時には、私は主人の人格を疑ひさへしたのである。去年、佐渡へ御旅行なされて、その土産話に、佐渡の島影《しまかげ》を汽船から望見して、満洲だと思つたさうで、実に滅茶苦茶《めちやくちや》だ。これでよく、大学なんかへ入学できたものだ。ただ、呆《あき》れるばかりである。

「西太平洋といへば、日本のはうの側の太平洋でせう。」

と私が言ふと、

「さうか。」と不機嫌さうに言ひ、しばらく考へて居られる御様子で、「しかし、それは初耳だ

つた。アメリカが東で、日本が西といふのは気持のわるい事ぢやないか。日本は日出づる国と言はれ、また極東とも言はれてゐるのだ。太陽は日本からだけ昇《のぼ》るものだとばかり僕は思つてゐたのだが、それぢや駄目だ。日本が極東でなかつたといふのは、不愉快な話だ。なんとかして、日本が東で、アメリカが西と言ふ方法が無いものか。」

おつしやる事みな変である。主人の愛国心は、どうも極端すぎる。先日も、毛唐《けたう》がどんなに威張つても、この鰹《かつを》の塩辛《しほから》ばかりは嘗《な》める事が出来まい、けれども僕なら、どんな洋食だつて食べてみせる、と妙な自慢をして居られた。

主人の変な呟《つぶや》きの相手にはならず、さつさと起きて雨戸をあける。いいお天気。けれども寒さは、とてもきびしく感ぜられる。昨夜、軒端《のきば》に干して置いたおむつも凍り、庭には霜が降りてゐる。山茶花《さざんくわ》が凛《りん》と咲いてゐる。静かだ。太平洋でいま戦争がはじまつてゐるのに、と不思議な気がした。日本の国の有難さが身にしみた。

井戸端へ出て顔を洗ひ、それから園子のおむつの洗濯にとりかかつてゐたら、お隣りの奥さんも出て来られた。朝の御挨拶をして、それから私が、

「これからは大変ですわねえ。」

と戦争の事を言ひかけたら、お隣りの奥さんは、つい先日から隣組長になられたので、その事かとお思ひになつたらしく、

「いいえ、何も出来ませんのでねえ。」

と恥づかしさうにおつしやつたから、私はちよつと具合がわるかつた。

お隣りの奥さんだつて、戦争の事を思はぬわけではなかつたらうけれど、それよりも隣組長の重い責任に緊張して居られるのにちがひない。なんだかお隣りの奥さんにすまないやうな気がして来た。本当に、之からは、隣組長もたいへんでせう。演習の時と違ふのだから、いざ空襲といふ時などには、その指揮の責任は重大だ。私は園子を背負《せお》つて田舎に避難するやうな事になるかも知れない。すると主人は、あとひとり居残つて、家を守るといふ事になるのだらうが、何も出来ない人なのだから心細い。ちつとも役に立たないかも知れない。本当に、前から私があんなに言つてゐるのに、主人は国民服も何も、こしらへてゐないのだ。まさかの時には困るのぢやないかしら。不精《ぶしやう》なお方だから、私が黙つて揃へて置けば、なんだこんなもの、とおつしやりながらも、心の中では、ほつとして着て下さるのだらうが、どうも寸法が特大だから、出来合ひのものを買つて来ても駄目でせう。むづかしい。

主人も今朝は、七時ごろに起きて、朝ごはんも早くすませて、それから直ぐにお仕事。今月は、こまかいお仕事が、たくさんあるらしい。朝ごはんの時、

「日本は、本当に大丈夫でせうか。」

と私が思はず言つたら、

「大丈夫だから、やつたんぢやないか。かならず勝ちます。」

と、よそゆきの言葉でお答へになつた。主人の言ふ事は、いつも嘘ばかりで、ちつともあて

にならないけれど、でも此のあらたまつた言葉一つは、固く信じようと思つた。

台所で後かたづけをしながら、いろいろ考へた。目色《めいろ》、毛色が違ふといふ事が、之程までに敵愾心《てきがいしん》を起させるものか。滅茶苦茶に、ぶん殴りたい。支那を相手の時とは、まるで気持がちがふのだ。本当に、此の親しい美しい日本の土を、けだものみたいに無神経なアメリカの兵隊どもが、のそのそ歩き廻るなど、考へただけでも、たまらない。此の神聖な土を、一歩でも踏んだら、お前たちの足が腐るでせう。お前たちには、その資格が無いのです。日本の綺麗な兵隊さん、どうか、彼等を滅つちやくちやに、やつつけて下さい。これからは私たちの家庭も、いろいろ物が足りなくて、ひどく困る事もあるでせうが、御心配は要《い》りません。私たちは平気です。いやだなあ、といふ気持は、少しも起らない。こんな辛《つら》い時勢に生れて、などと悔《く》やむ気がない。かへつて、かういふ世に生れて生甲斐をさへ感ぜられる。かういふ世に生れて、よかつた、と思ふ。ああ、誰かと、うんと戦争の話をしたい。やりましたわね、いよいよはじまつたのねえ、なんて。

ラジオは、けさから軍歌の連続だ。一生懸命だ。つぎからつぎと、いろんな軍歌を放送して、たうとう種切れになつたか、敵は幾万ありとても、などといふ古い古い軍歌まで飛び出して来る仕末《しまつ》なので、ひとりで噴《ふ》き出した。放送局の無邪気さに好感を持つた。私の家では、主人がひどくラジオをきらひなので、いちども設備した事はない。また私も、いままでは、そんなにラジオを欲しいと思つた事は無かつたのだが、でも、こんな時には、ラジオがあつたらいいなあと思ふ。ニユウスをたくさん、たくさん聞きたい。主人に相談してみませう。買つてもらへさうな気がする。

おひる近くなつて、重大なニユウスが次々と聞えて来るので、たまらなくなつて、園子を抱いて外に出て、お隣りの紅葉の木の下に立つて、お隣りのラジオに耳をすました。マレー半島に奇襲上陸、香港《ホンコン》攻撃、宣戦の大詔、園子を抱きながら、涙が出て困つた。家へ入つて、お仕事最中の主人に、いま聞いて来たニユウスをみんなお伝へする。主人は全部、聞きとつてから、

「さうか。」

と言つて笑つた。それから、立ち上つて、また坐つた。落ちつかない御様子である。

お昼少しすぎた頃、主人は、どうやら一つお仕事をまとめたやうで、その原稿をお持ちになつて、そそくさと外出してしまつた。雑誌社に原稿を届けに行つたのだが、あの御様子では、またお帰りがおそくなるかも知れない。どうも、あんなに、そそくさと逃げるやうに外出した時には、たいてい御帰宅がおそいやうだ。どんなにおそくても、外泊さへなさらなかつたら、私は平気なんだけど。

主人をお見送りしてから、目刺《めざし》を焼いて簡単な昼食をすませて、それから園子をおんぶして駅へ買ひ物に出かけた。途中、亀井さんのお宅に立ち寄る。主人の田舎から林檎《りんご》をたくさん送つていたゞいたので、亀井さんの悠乃《ゆの》ちやん（五歳の可愛いお嬢さん）に差し上げようと思つて、少し包んで持つて行つたのだ。門のところに悠乃ちやんが立つてゐた。私を見つけると、

すぐにばたばたと玄関に駈け込んで、園子ちゃんが来たわよう、お母ちやま、と呼んで下さつた。園子は私の背中で、奥様や御主人に向つて大いに愛想笑ひをしたらしい。奥様に、可愛いと、ひどくほめられた。御主人は、ジャンパーなど召して、何やらいさましい恰好で玄関に出て来られたが、いままで縁の下に蓆《むしろ》を敷いて居られたのださうで、

「どうも、縁の下を這《は》ひまはるのは敵前上陸に劣らぬ苦しみです。こんな汚い恰好《かつかう》で、失礼。」

とおつしやる。縁の下に蓆などを敷いて一体、どうなさるのだらう。いざ空襲といふ時、這《は》ひ込まうといふのかしら。不思議だ。

でも亀井さんの御主人は、うちの主人と違つて、本当に御家庭を愛していらつしやるから、うらやましい。以前は、もつと愛していらつしやつたのださうだけれど、うちの主人が近所に引越して来てからお酒を吞む事を教へたりして、少しいけなくしたらしい。奥様も、きつと、うちの主人を恨《うら》んでいらつしやる事だらう。すまないと思ふ。

亀井さんの門の前には、火叩《ひたた》きやら、なんだか奇怪な熊手のやうなものやら、すつかりととのへて用意されてある。私の家には何も無い。主人が不精だから仕様が無いのだ。

「まあ、よく御用意が出来て。」

と私が言ふと、御主人は、

「ええ、なにせ隣組長ですから。」

と元気よくおつしやる。

本当は副組長なのだけれど、組長のお方がお年寄りなので、組長の仕事を代りにやつてあげてゐるのです、と奥様が小声で訂正して下さつた。亀井さんの御主人は、本当にまめで、うちの主人とは雲泥《うんでい》の差だ。

お菓子をいただいて玄関先で失礼した。

それから郵便局に行き、「新潮」の原稿料六十五円を受け取つて、市場に行つてみた。相変らず、品が乏《とぼ》しい。やつぱり、また、烏賊《いか》と目刺《めざし》を買ふより他は無い。烏賊二はい、四十銭。目刺し、二十銭。市場で、またラジオ。

重大なニユウスが続々と発表せられてゐる。比島、グワム空襲。ハワイ大爆撃。米国艦隊全滅す。帝国政府声明。全身が震《ふる》へて恥づかしい程だつた。みんなに感謝したかつた。私が市場のラジオの前に、じつと立ちつくしてゐたら、二、三人の女のひとが、聞いて行きませうと言ひながら私のまはりに集つて来た。二、三人が、四、五人になり、十人ちかくなつた。

市場を出て主人の煙草を買ひに駅の売店に行く。町の様子は、少しも変つてゐない。ただ、八百屋さんの前に、ラジオニユウスを書き上げた紙が貼られてゐるだけ。店先の様子も、人の会話も、平生とあまり変つてゐない。この静粛が、たのもしいのだ。けふは、お金も、すこしあるから、思ひ切つて私の履物《はきもの》を買ふ。こんなものにも、今月からは三円以上二割の税が附くといふ事、ちつとも知らなかつた。先月末、買へばよかつた。でも、買ひ溜《だ》めは、あさましくて、いやだ。履物《はきもの》、六円六十銭。ほかにクリイム、三十五銭。封筒、三十一銭などの買ひ物をして帰つた。

　帰つて暫くすると、早大の佐藤さんが、こんど卒業と同時に入営と決定したさうで、その挨拶においでになつたが、生憎《あいにく》、主人がゐないのでお気の毒だつた。お大事に、と私は心の底からのお辞儀をした。佐藤さんが帰られてから、すぐ、帝大の堤さんも見えられた。堤さんも、めでたく卒業なさつて、徴兵検査を受けられたのださうだが、第三乙とやらで、残念でしたと言つて居られた。佐藤さんも、堤さんも、いままで髪を長く伸ばして居られたのに、綺麗さつぱりと坊主頭になつて、まあほんとに学生のお方も大変なのだ、と感慨が深かつた。

　夕方、久し振りで今《こん》さんも、ステツキを振りながらおいで下さつたが、主人が不在なので、実にお気の毒に思つた。本当に、三鷹のこんな奥まで、わざわざおいで下さるのに、主人が不在なので、またそのままお帰りにならなければならないのだ。お帰りの途々、どんなに、いやなお気持だらう。それを思へば、私まで暗い気持になるのだ。

　夕飯の仕度にとりかかつてゐたら、お隣りの奥さんがおいでになつて、十二月の清酒の配給券が来ましたけど、隣組九軒で一升券六枚しか無い、どうしませうといふ御相談であつた。順番ではどうかしらとも思つたが、九軒みんな欲しいといふ事で、たうとう六升を九分する事にきめて、早速、瓶《びん》を集めて伊勢元に買ひに行く。私はご飯を仕掛けてゐたので、ゆるしてもらつた。でも、ひと片附きしたので、園子をおんぶして行つてみると、向ふから、隣組のお方たちが、てんでに一本二本と瓶をかかへてお帰りのところであつた。私も、さつそく一本、かかへさせてもらつて一緒に帰つた。それからお隣りの組長さんの玄関で、酒の九等分がはじまつた。九本の一升瓶をずらりと一列に並べて、よくよく分量を見較《みくら》べ、同じ高さづつ分け合ふのである。六升を九等分するのは、なかなか、むづかしい。

夕刊が来る。珍しく四ペエヂだつた。「帝国・米英に宣戦を布告す」といふ活字の大きいこと。だいたい、けふ聞いたラジオニユウスのとほりの事が書かれてゐた。でも、また、隅々まで読んで、感激をあらたにした。

ひとりで夕飯をたべて、それから園子をおんぶして銭湯に行つた。ああ、園子をお湯にいれるのが、私の生活で一ばん一ばん楽しい時だ。園子は、お湯が好きで、お湯にいれると、とてもおとなしい。お湯の中では、手足をちぢこめ、抱いてゐる私の顔を、じつと見上げてゐる。ちよつと、不安なやうな気もするのだらう。よその人も、ご自分の赤ちやんが可愛くて可愛くて、たまらない様子で、お湯にいれる時は、みんなめいめいの赤ちやんに頬ずりしてゐる。園子のおなかは、ぶんまはしで画いたやうにまんまるで、ゴム鞠《まり》のやうに白く柔く、この中に小さい胃だの腸だのが、本当にちやんとそなはつてゐるのかしらと不思議な気さへする。そしてそのおなかの真ん中より少し下に梅の花の様なおへそが附いてゐる。足といひ、手といひ、その美しいこと、可愛いこと、どうしても夢中になつてしまふ。どんな着物を着せようが、裸身の可愛さには及ばない。お湯からあげて着物を着せる時には、とても惜しい気がする。もつと裸身を抱いてゐたい。

銭湯へ行く時には、道も明るかつたのに、帰る時には、もう真つ暗だつた。燈火管制なのだ。もう之は、演習でないのだ。心の引きしまるのを覚える。でも、これは少し暗すぎるのではあるまいか。こんな暗い道、今まで歩いた事がない。一歩一歩、さぐるやうにして進んだけれど、道は遠いのだし、途方《とはう》に暮れた。あの独活《うど》の畑から杉林にさしかかるところ、それこそ真の闇で物凄かつた。女学校四年生の時、野沢温泉から木島まで吹雪の中をスキイで突破した時のおそろしさを、ふいと思ひ出した。あの時のリユツクサツクの代りにいまは背中に園子が眠つてゐる。園子は何も知らずに眠つてゐる。

背後から、我が大君に召されえたあるう、と実に調子のはづれた歌をうたひながら、乱暴な足どりで歩いて来る男がある。ゴホンゴホンと二つ、特徴のある咳《せき》をしたので、私には、はつきりわかつた。

「園子が難儀してゐますよ。」と私が言つたら、

「なあんだ。」と大きな声で言つて、「お前たちには信仰が無いから、夜道にも難儀するのだ。僕には、信仰があるから、夜道もなほ白昼の如しだね。ついて来い。」

と、どんどん先に立つて歩きました。

どこまで正気なのか、本当に、呆《あき》れた主人であります。

律子と貞子

大学生、三浦憲治君は、ことしの十二月に大学を卒業し、卒業と同時に故郷へ帰り、徴兵検査を受けた。極度の近視眼のため、丙種でした、恥づかしい気がします、と私の家へ遊びに来て報告した。

「田舎の中学校の先生をします。結婚するかも知れません。」

「もう、きまつてゐるのか。」

「ええ。中学校のはうは、きまつてゐるのです。」

「結婚のはうは、自信無しか。極度の近視眼は結婚のはうに差し支へるのか。」

「まさか。」三浦君は苦笑して、次のやうな羨やむべき艶聞を語つた。艶聞といふものは、語るはうは楽しさうだが、聞くはうは、それほど楽しくないものである。私も我慢して聞いたのだから、読者も、しばらく我慢して聞いてやつて下さい。

どつちにしたらいいか、迷つてゐるといふのである。姉と妹、一長一短で、どうも決心がつきません、といふのだから贅沢な話だ。聞きたくもない話である。

三浦君の故郷は、甲府市である。甲府からバスに乗つて御坂峠を越え、河口湖の岸を通り、船津を過ぎると、下吉田町といふ細長い山陰《やまかげ》の町に着く。この町はづれに、どつしりした古い旅籠《はたご》がある。問題の姉妹は、その旅館のお嬢さんである。姉は二十三、妹は十九。ともに甲府の女学校を卒業してゐる。下吉田町の娘さん達は、たいてい谷村か大月の女学校へはひる。地理的に近いからだ。甲府は遠いので通学には困難である。けれども、町の所謂ものもちは、そののお嬢さんを甲府市の女学校にいれたがる。理由のない見識であるが、すこしでも大きい学校に子供をいれるといふ事は、所謂ものもちにとつては、一つの義務にさへなつてゐるやうである。姉も妹も、甲府女学校に在学中は、甲府市の大きい酒屋に寄宿して、そこから毎日、学校に通《かよ》つた。その酒屋さんと、姉妹の家とは、遠縁である。血のつながりは無い。すなはち三浦酒造店である。三浦君の生家である。

三浦君にも妹がひとりある。きやうだいは、それだけである。その妹さんは、二十。下吉田の姉妹と似た年《とし》である。だから三人姉妹のやうに親しかつた。三人とも、三浦君を「兄《にい》ちゃん」と呼んでゐた。まづ、今までは、そんな間柄なのだ。

三浦君は、ことしの十二月、大学を卒業して、すぐに故郷へ帰り徴兵検査を受けたが、極度の近視眼のために、不覚にも丙種であつた。すると、下吉田の妹娘から、なぐさめの手紙が来た。あまり文章が、うまくなかつたさうである。センチメンタル過ぎて、あまくて、三浦君は少し閉口したさうである。けれども、その手紙を読んで、下吉田の姉妹を、ちよつと懐しく思つたさうである。丙種で、三浦君は少からず腐つてゐた矢先でもあつたし、気晴しに下吉田のその遠縁の旅館に、遊びに行かうと思ひ立つた。

姉は律子。妹は貞子。之は、いづれも仮名である。本当の名前は、もつと立派なのだが、それを書いては、三浦君も困るだらうし、姉妹にも迷惑をかけるやうな事になるといけないから、こんな仮名を用ゐるのである。

三浦君が甲府からバスに乗つて、もう雪の積つてゐる御坂峠を越え、下吉田町に着いた頃には日も暮れかけてゐた。寒い。外套の襟を立てて、姉妹の旅館にいそいだ。

途中で逢つたといふのである。姉妹は、呉服屋さんの店先で買ひ物をしてゐた。

「律ちやん。」なぜだか、姉のはうに声をかけた。

「あら。」と、あたりかまはぬ大声を出して、買ひ物を店先に投げとばし、ころげるやうに走つて来たのは、律ちやんではなかつた。貞ちやんのはうであつた。

律子は、ちらと振り返つただけで、買ひ物をまとめて、風呂敷に包み、それから番頭さんにお辞儀をして、それから澄まして三浦君のはうにやつて来て、三浦君から十メートルもそれ以上も離れたところで立ち止り、ショオルをはづして、丁嚀にお辞儀をした。それから、少し笑つて、

「節子さんは？」と言つた。節子といふのは、三浦君の妹の名前である。

律子にさう言はれて、三浦君は、どぎまぎした。なるほど、妹も一緒に連れて来たはうが自然の形なのかも知れぬ。

「急に思ひついて、やつて来たのですよ。みんな見抜かれてしまつたやうな気がして、頰がほてつた。

「急に思ひついて、やつて来たのですよ。こんど田舎の中学校につとめる事になつたので、その挨拶かたがた。」しどろもどろの、まづい弁解であつた。

「行こ行こ。」妹の貞子は、二人を促し、さつさと歩いて、さうして、ただもう、にこにこしてゐる。「久し振りね、実に、久し振りね、夏にも来てくださらなかつたしさ、それから、春にも来てくださらなかつたしさ、さうだ、ひどいひどい、去年の夏も来なかつたんだ、なあんだ、貞子が卒業してから一回も吉田へ来なかつたぢやないか、ばかにしてるわ、東京で文学をやつてるんだつてね、すごいねえ、貞子を忘れちやつたのね、堕落してゐるんぢやない？　兄ちやん！　こつちを向いて、顔を見せて！　さうれ、ごらん、心にやましきものがあるから、こつちを向けない、堕落してるな、さては、堕落したな、丙種になるのは当り前さ、丙種だなんて、貞子が世間に恥づかしいわ、志願しなさいよ、可哀想に可哀想に、男と生れて兵隊さんになれないなんて、私だつたら泣いて、さうして、血判を押すわ、血判を三つも四つも押してみせる、兄ちやん！　でも本当はねえ、貞子は同情してるのよ、あの、あたしの手紙読んだ？　下手だつたでせう？　おや、笑つたな、ちきしやうめ、あたしの手紙を軽蔑したな、さうよ、どうせ、あたしは下手よ、おつちよこちよいの化け猫ですよ、あたしの手紙の、深いふかあい、まごころを蹂躙《じうりん》するやうな悪漢は、のろつて、のろつて、のろひ殺してやるから、さう思へ！なんて、寒くない？　吉田は、寒いでせう？　その頸巻、いいわね、誰に編んでもらつたの？いやなひと、にやにや笑ひなんかしてさ、知つてゐますよ、節ちやんさ、兄ちやんにはね、あたしと節ちやんと二人の女性しか無いのさ、なにせ丙種だから、どこへ行つたつて、もてやしませんよ、さうでせう？　それだのに、意味ありげに、にやにや笑つて、いかにも他にかくれたる女性でもあるやうな振りして、わあい、見破られた、ごめんね、怒つた？　文学をやつてるんですつてね？　むづかしい？　お母さんがね、けさね、大失敗したのよ、さうしてみんなに軽蔑されたの、あのね、――」とめどが無いのである。

「貞子。」と姉は口をはさんだ。「私はお豆腐屋さんに寄つて行くからね、あなた達、さきに行つてよ。」

「豆腐屋？」貞子は少し口をとがらせて、「いいぢやないか。一緒に帰らうよ。いいぢやないか。お豆腐なんて、無いにきまつてゐるんだ。」

「いいえ。」律子は落ちついてゐる。「けさ、たのんで置いたのよ。いま買つて置かなければ、あしたのおみおつけの実《み》に困つてしまふ。」

「商売、商売。」貞子は、あきらめたやうに合点合点した。「ぢや、あたし達だけ、先に行くわよ。」

「どうぞ。」律子は、わかれた。旅館には、いま、四、五人のお客が滞在してゐる。朝のおみおつけを、出来るだけ、おいしくして差し上げなければならぬ。

律子は、そんな子だつた。しつかり者。顔も細長く蒼白かつた。貞子は丸顔で、さうしてただ騒ぎ廻つてゐる。その夜も貞子は、三浦君の傍に附き切りで、頗るうるさかつた。

「兄ちやん、少し痩せたわね。ちよつと凄味が出て来たわ。でも色が白すぎて、そこんとこが気にいらないのだけど、でも、それでは貞子もあんまり慾張りね、がまんするわよ、兄ちやん、こんど泣いた？　泣いたでせう？　いいえ、ハワイの事、決死的大空襲よ、なにせ生きて帰らぬ覚悟で母艦から飛び出したんだつて、泣いたわよ、三度も泣いた、姉さんはね、あたしの泣きかたが大袈裟で、気障《きざ》つたらしいと言つたわ、姉さんはね、あれで、とつても口が悪いの、あたしは可哀想な子なのよ、いつも姉さんに怒られてばつかりゐるの、立つ瀬が無いの、あたし職業婦人になるのよ、いい勤め口を捜して下さいね、あたし達だつて徴用令をいただけるの、遠い所へ行きたいな、うそ、あんまり遠くだと、兄ちやんと逢へないから、つまらない、あたし夢を見たの、兄ちやんが、とつても派手な絣《かすり》の着物を着て、さうして死ぬんだつてあたしに言つて、富士山の絵を何枚も何枚も書くのよ、それが書き置きなんだつてさ、をかしいでせう？　あたし、兄ちやんも文学のためにたうとう気が変になつたのかと思つて、夢の中で、ずいぶん泣いたわ、おや、ニユースの時間、茶の間へラジオを聞きに行きませう、兄ちやん今夜、サフオの話を聞かせてよ、こなひだ貞子はサフオの詩を読んだのよ、いいわねえ、いいえ、あたしなんかには、わからないの、でもサフオは可哀想なひとね、兄ちやん知つてるでせう？

なんだ、知らないのか。」やはり、どうにも、うるさいのである。律子は、台所で女中たちと共にお膳の後片附けやら、何やらかやらで、いそがしい。ちつとも三浦君のところへ話しに来ない。三浦君は少し物足りなく思つた。

あくる日、三浦君は、おいとまをした。バスの停留所まで、姉と妹は送つて出た。その途々、妹は駄々をこねてゐた。一緒にバスに乗つて船津までお見送りしたいといふのである。姉は一言のもとに、はねつけた。

「私は、いや。」律子には、いろいろ宿の用事もあつた。のんきに遊んで居られない。それに、三浦君と一緒にバスに乗つて、土地の人から、つまらぬ誤解を受けたくなかつた。おそろしかつた。けれども貞子は平気だ。

「わかつてるわよ。姉さんは模範的なお嬢さんだから、軽々しくお見送りなんか出来ないのね。でも、あたしは行くわよ。もうまた、しばらく逢へないかも知れないんだものねえ。あたしは断然、送つて行く。」

停留所に着いた。三人、ならんで立つて、バスを待つた。お互ひに気まづく無言だつた。

「私も、行く。」幽かに笑つて、律子が呟いた。

「行かう。」貞子は勇気百倍した。「行かうよ。本当は、甲府まで送つて行きたいんだけど、がまんしよう。船津まで、ね、一緒に行かうよ。」

「きつと、船津で降りるのよ。町の、知つてる人がたくさんバスに乗つてゐるんだから、私たちはお互ひに澄まして、他人の振りをしてゐるのよ。船津でおわかれする時にも、だまつて降りてしまふのよ。私は、それでなくちや、いや。」律子は用心深い。

「それで結構。」と三浦君は思はず口を滑らせた。

バスが来た。約束どほり三浦君は、姉妹とは全然他人の振りをして、ひとりずつと離れて座席にすわつた。なるほど、バスの乗客の大部分はこの土地の人らしく、美しい姉妹に慇懃《いんぎん》な会釈をする。どちらまで？　と尋ねる人もある。

「は、船津まで、買ひ物に。」律子は澄まして嘘を吐いてゐる。完全に、三浦君の存在を忘れてゐるみたいな様子だ。けれども、貞子は、下手くそだ。絶えず、ちらちらと三浦君のはうを見ては、ぷつと噴き出しさうになつて、あわてて窓の外を眺めて、笑ひをごまかしてゐる。松の並木道。坂道。バスは走る。

船津。湖水の岸に、バスはとまつた。律子は土地の乗客たちに軽くお辞儀をして、静かに降りた。三浦君のはうには一瞥もくれなかつたといふ。降りてそのまま、バスに背を向けて歩き出した。貞子は、あわててそそくさと降りて、三浦君のはうを振り返り振り返り、それでも姉の後に附いて行つた。

三浦君のバスは動いた。いきなり妹は、くるりとこちらに向き直つて一散に駈けた。バスも走る。妹は、泣くやうに顔をゆがめて二十メートルくらゐ追ひかけて、立ちどまり、「兄ちやん！」と高く叫んで、片手を挙げた。

以上は、三浦君の羨やむべき艶聞の大略であるが、さて問題は、この姉と妹、どちらにしたらいいか三浦君が迷つてゐるといふ事にあるのだ。

三浦君は、私にも意見を求めた。私ならば一瞬も迷はぬ。確定的だ。けれども、ひとの好ききらひは格別のものであるから、私は、はつきり具体的には指図できなかつた。私は予言者ではない。三浦君の将来の幸、不幸を、たつたいま責任を以て教へてあげる程の自信は無い。私は、その日、聖書の一箇所を三浦君に読ませた。

――イエス或村に入り給へば、マルタと名づくる女おのが家に迎へ入る。その姉妹にマリヤといふ者ありて、イエスの足下に坐し、御言《みことば》を聴きをりしが、マルタ饗応《もてなし》のこと多くして心いりみだれ、御許に進みよりて言ふ「主よ、わが姉妹われを一人のこして働かするを、何とも思ひ給はぬか、彼に命じて我を助けしめ給へ」主、答へて言ふ「マルタよ、マルタよ、汝さまざまの事により、思ひ煩ひて心労《こころづかひ》す。されど無くてならぬものは多からず、唯一つのみ、マリヤは善きかたを選びたり。此《これ》は彼より奪ふべからざるものなり。」(ルカ伝十章三八以下。)

私は、ただ読ませただけで、なんの説明も附加しなかつた。三浦君は、首をかしげて考へてゐたが、やがて、淋しさうに笑つて、「ありがたう。」と言つた。

けれども、それから十日ほど経つて、三浦君から、姉の律子と結婚する事にきめました、といふ実に意外な手紙が来た。なんといふ事だ。私は、義憤に似たものを感じた。三浦君は、結婚の問題に於いても、やつぱり極度の近視眼なのではあるまいか。読者は如何に思ふや。

雪の夜の話

あの日、朝から、雪が降つてゐたわね。もうせんから、とりかかつてゐたおツルちやん(姪)のモンペが出来あがつたので、あの日、学校の帰り、それをとどけに中野の叔母さんのうちに寄つたの。さうして、スルメを二枚お土産にもらつて、吉祥寺駅に着いた時には、もう暗くなつてゐて、雪は一尺以上も積り、なほその上やまずひそひそと降つてゐました。私は長靴をはいてゐたので、かへつて気持がはづんで、わざと雪の深く積つてゐるところを選んで歩きました。おうちの近くのポストのところまで来て、小脇にかかへてゐたスルメの新聞包が無いのに気がつきました。私はのんき者の抜けさんだけれども、それでも、ものを落したりなどした事はあまり無かつたのに、その夜は、降り積る雪に興奮してはしやいで歩いてゐたせゐでせうか、落しちやつたの。私は、しよんぼりしてしまひました。スルメを落してがつかりするなんて、下品な事で恥づかしいのですが、でも、私はそれをお嫂《ねえ》さんにあげようと思つてゐたの。うちのお嫂さんは、ことしの夏に赤ちやんを生むのよ。おなかに赤ちやんがゐると、とてもおなかが空《す》くんだつて。おなかの赤ちやんと二人ぶん食べなければいけないのね。お嫂さんは私と違つて身だしなみがよくてお上品なので、これまではそれこそ「カナリヤのお食事」みたいに軽く召上つて、さうして間食なんて一度もなさつた事は無いのに、このごろはおなかが空いて、恥づかしいとおつしやつて、それからふつと妙なものを食べたくなるんですつて。こなひだもお嫂さんは私と一緒にお夕食の後片附けをしながら、ああ口がにがいにがい、スルメか何かしやぶりたいわ、と小さい声で言つて溜息をついていらしたのを私は忘れてゐないので、その日偶然、中野の叔母さんからスルメを二枚もらつて、これはお嫂さんにこつそり上げませうとたのしみにして持つて来たのに、落しちやつて、私はしよんぼりしてしまひました。

ご存じのやうに、私の家は兄さんとお嫂さんと私と三人暮しで、さうして兄さんは少しお変人の小説家で、もう四十ちかくなるのにちつとも有名でないし、さうしていつも貧乏で、からだ工合が悪いと言つて寝たり起きたり、そのくせ口だけは達者で、何だかんだとうるさく私たちに口こごとを言ひ、さうしてただ口で言ふばかりでご自分はちつとも家の事に手助けしてくれないので、お嫂さんは男の力仕事までしなければならず、とても気の毒なんです。或る日、私は義憤を感じて、

「兄さん、たまにはリユツクサツクをしよつて、野菜でも買つて来て下さいな。よその旦那さまは、たいていさうしてゐるらしいわよ。」

と言つたら、ぶつとふくれて、

「馬鹿野郎！　おれはそんな下品な男ぢやない。いいかい、きみ子（お嫂さんの名前）もよく覚えて置け。おれたち一家が餓ゑ死にしかけても、おれはあんな、あさましい買ひ出しなんかに出掛けやしないのだから、そのつもりでゐてくれ。それはおれの最後の誇りなんだ。」

なるほど御覚悟は御立派ですが、でも兄さんの場合、お国のためを思つて買ひ出し部隊を憎んで居られるのか、ご自分の不精から買ひ出しをいやがつて居られるのか、ちよつとわからないところがございます。私の父も母も東京の人間ですが、父は東北の山形のお役所に長くつとめてゐて、兄さんも私も山形で生れ、お父さんは山形でなくなられ、兄さんが二十《はたち》くらゐ、私がまだほんの子供でお母さんにおんぶされて、親子三人、また東京へ帰つて来て、先年お母さんもなくなつて、いまでは兄さんとお嫂さんと私と三人の家庭で、故郷といふものもないのですから、他の御家庭のやうに、たべものを田舎から送つていただくわけにも行かず、また兄さんはお変人で、よそとのお附合ひもまるで無いので、思ひがけなくめづらしいものが「手にはひる」などといふ事は全然ありませんし、たかだかスルメ二枚でもお嫂さんに差上げたら、どんなにかお喜びなさる事かと思へば、下品な事でせうけれども、スルメ二枚が惜しくて、私はくるりと廻れ右して、いま来た雪道をゆつくり歩いて捜《さが》しました。けれども、見つかるわけはありません。白い雪道に白い新聞包を見つける事はひどくむづかしい上に、雪がやまず降り積り、吉祥寺の駅ちかくまで引返して行つたのですが、石ころ一つ見あたりませんでした。溜息をついて傘を持ち直し、暗い夜空を見上げたら、雪が百万の蛍のやうに乱れ狂つて舞つてゐました。きれいだなあ、と思ひました。道の両側の樹々は、雪をかぶつて重さうに枝を垂れ時々ためいきをつくやうに幽かに身動きをして、まるで、なんだか、おとぎばなしの世界にゐるやうな気持になつて私は、スルメの事をわすれました。はつと妙案が胸に浮びました。この美しい雪景色を、お嫂さんに持つて行つてあげよう。スルメなんかより、どんなによいお土産か知れやしない。たべものなんかにこだはるのは、いやしい事だ。本当に、はづかしい事だ。

人間の眼玉は、風景をたくはへる事が出来ると、いつか兄さんが教へて下さつた。電球をちよつとのあひだ見つめて、それから眼をつぶつても眼蓋《まぶた》の裏にありありと電球が見えるだらう、それが証拠だ、それに就いて、むかしデンマークに、こんな話があつた、と兄さんが次のやうな短いロマンスを私に教へて下さつたが、兄さんのお話は、いつもでたらめばつかりで、少しもあてにならないけれど、でもあの時のお話だけは、たとひ兄さんの嘘のつくり話であつても、ちよつといいお話だと思ひました。

むかし、デンマークの或るお医者が、難破した若い水夫の死体を解剖《かいぼう》して、その眼球を顕微鏡でもつて調べその網膜に美しい一家団欒《だんらん》の光景が写されてゐるのを見つけて、友人の小説家にそれを報告したところが、その小説家はたちどころにその不思議の現象に対して次のやうな解説を与へた。その若い水夫は難破して怒濤に巻きつけられ、岸にたたきつけられ、無我夢中でしがみついたところは、燈台の窓縁《まどぶち》であつた、やれうれしや、たすけを求めて叫ばうとして、ふと窓の中をのぞくと、いましも燈台守の一家がつつましくも楽しい夕食をはじめようとしてゐる、ああ、いけない、おれがいま「たすけてえ！」と凄い声を出して叫ぶとこの一家の団欒が滅茶苦茶になると思つたら、窓縁にしがみついた指先の力が抜けたとたんに、ざあつとまた大浪が来て、水夫のからだを沖に連れて行つてしまつたのだ、たしかにさうだ、この水夫は世の中で一ばん優しくてさうして気高い人なのだ、といふ解釈を下し、お医者もそれに賛成して、二人でその水夫の死体をねんごろに葬つたといふお話。

私はこのお話を信じたい。たとひ科学の上では有り得ない話でも、それでも私は信じたい。私はあの雪の夜に、ふとこの物語を思ひ出し、私の眼の底にも美しい雪景色を写して置いてお家へ帰り、

「お嫂さん、あたしの眼の中を覗いてごらん。おなかの赤ちやんが綺麗になつてよ。」と言はうと思つたのです。せんだつてお嫂さんが、兄さんに、

「綺麗なひとの絵姿を私の部屋の壁に張つて置いて下さいまし。私は毎日それを眺めて、綺麗な子供を産みたうございますから。」と笑ひながらお願ひしたら、兄さんは、まじめにうなづき、

「うむ、胎教か。それは大事だ。」

とおつしやつて、孫次郎といふあでやかな能面《のうめん》の写真と、雪の小面といふ可憐な能面の写真と二枚ならべて壁に張りつけて下さつたところまでは上出来でございましたが、それから、さ

らにまた、兄さんのしかめつらの写真をその二枚の能面の写真の間に、ぴたりと張りつけましたので、なんにもならなくなりました。

「お願ひですから、その、あなたのお写真だけはよして下さい。それを眺めると、私、胸がわるくなつて。」と、おとなしいお嫂さんも、さすがに我慢できなかつたのでせう、拝むやうにして兄さんにたのんで、とにかくそれだけは撤回《てつくわい》させてもらひましたが、兄さんのお写真なんかを眺めてゐたら、猿面冠者みたいな赤ちやんが生れるに違ひない。兄さんは、あんな妙ちきりんな顔をしてゐて、それでもご自身では少しは美男子だと思つてゐるのかしら。呆れたひとです。本当にお嫂さんはいま、おなかの赤ちやんのために、この世で一ばん美しいものばかり眺めてゐたいと思つていらつしやるのだ、けふのこの雪景色を私の眼の底に写して、さうしてお嫂さんに見せてあげたら、お嫂さんはスルメなんかのお土産より、何倍も何十倍もよろこんで下さるに違ひない。

私はスルメをあきらめてお家に帰る途々、できるだけ、どつさり周囲の美しい雪景色を眺めて、眼玉の底だけでなく、胸の底にまで、純白の美しい景色を宿した気持でお家へ帰り着くなり、

「お嫂さん、あたしの眼を見てよ、あたしの眼の底には、とつても美しい景色が一ぱい写つてゐるのよ。」

「なあに？　どうなさつたの？」お嫂さんは笑ひながら立つて私の肩に手を置き、「おめめを、

いつたい、どうなさつたの？」

「ほら、いつか兄さんが教へて下さつたぢやないの。人間の眼の底には、たつたいま見た景色が消えずに残つてゐるものだつて。」

「とうさんのお話なんか、忘れたわ。たいてい嘘なんですもの。」

「でも、あのお話だけは本当よ。あたしは、あれだけは信じたいの、だから、ね、あたしの眼を見てよ。あたしはいま、とつても美しい雪景色をたくさんたくさん見て来たんだから。ね、あたしの眼を見て。きつと、雪のやうに肌の綺麗な赤ちやんが生れてよ。」

お嫂さんは、かなしさうな顔をして、黙つて私の顔を見つめてゐました。

「おい。」

とその時、隣りの六畳間から兄さんが出て来て、「しゆん子（私の名前）のそんなつまらない眼を見るよりは、おれの眼を見たはうが百倍も効果があらあ。」

「なぜ？　なぜ？」

ぶつてやりたいくらゐ兄さんを憎く思ひました。

「兄さんの眼なんか見てゐると、お嫂さんは、胸がわるくなるつて言つていらしたわ。」

「さうでもなからう。おれの眼は、二十年間きれいな雪景色を見て来た眼なんだ。おれは、はたちの頃まで山形にゐたんだ。しゆん子なんて、物心地のつかないうちに、もう東京へ来て山形の見事な雪景色を知らないから、こんな東京のちやちな雪景色を見て騒いでゐやがる。おれの眼なんかは、もつと見事な雪景色を、百倍も千倍もいやになるくらゐどつさり見て来てゐるんだからね、何と言つたつて、しゆん子の眼よりは上等さ。」

私はくやしくて泣いてやらうかしらと思ひました。その時、お嫂さんが私を助けて下さつた。

お嫂さんは微笑んで静かにおつしやいました。

「でも、とうさんのお眼は、綺麗な景色を百倍も千倍も見て来たかはりに、きたないものも百倍も千倍も見て来られたお眼ですものね。」

「さうよ、さうよ。プラスよりも、マイナスがずつと多いのよ。だからそんなに黄色く濁つてゐるんだ。わあい、だ。」

「生意気を言つてやがる。」

兄さんは、ぶつとふくれて隣りの六畳間に引込みました。

貨幣

異国語に於ては、名詞にそれぞれ男女の性別あり。
然《しか》して、貨幣《くわへい》を女性名詞とす。

私は、七七八五一号の百円紙幣です。あなたの財布の中の百円紙幣をちよつと調べてみて下さいまし。或いは私はその中に、はひつてゐるのかも知れません。もう私は、くたくたに疲れて、自分がいま誰の懐の中にゐるのやら、或いは屑籠の中にでもはふり込まれてゐるのやら、さつぱり見当も附かなくなりました。ちかいうちには、モダンな型の紙幣が出て、私たち旧式の紙幣は皆焼かれてしまふのだとかいふ噂も聞きましたが、もうこんな、生きてゐるのだか、死んでゐるのだか、わからないやうな気持でゐるよりは、いつそさつぱり焼かれてしまつて昇天したうございます。焼かれた後で、天国へ行くか地獄へ行くか、それは神様まかせだけれども、ひよつとしたら、私は地獄へ落ちるかも知れないわ。

生れた時には、今みたいに、こんな賤しいていたらくではなかつたのです。後になつたらもう二百円紙幣やら千円紙幣やら、私よりも有難がられる紙幣がたくさん出て来ましたけれども、私の生れた頃には、百円紙幣が、お金の女王で、はじめて私が東京の大銀行の窓口から或る人の手に渡された時には、その人の手は少し震《ふる》へてゐました。あら、本当ですわよ。その人は、若い大工さんでした。その人は、腹掛けのどんぶりに、私を折り畳《たた》まずにそのままそつといれて、おなかが痛いみたいに左の手のひらを腹掛けに軽く押し当て、道を歩く時にも、電車に乗つてゐる時にも、つまり銀行から家へ帰りつくまで、左の手のひらでどんぶりをおさへきりにおさへてゐました。さうして家へ帰ると、その人はさつそく私を神棚にあげて拝みました。私の人生への門出は、このやうに幸福でした。私はその大工さんのお宅にいつまでもゐたいと思つたのです。けれども私は、その大工さんのお宅には、一晩しかゐる事が出来ませんでした。その夜は大工さんはたいへん御機嫌がよろしくて、晩酌などやらかして、さうして若い小柄なおかみさんに向ひ、「馬鹿にしちやいけねえ。おれにだつて、男の働きといふものがある。」などといつて威張り、時々立ち上つて私を神棚からおろして、両手でいただくやうな恰好で拝んで見せて、若いおかみさんを笑はせてゐましたが、そのうちに夫婦の間に喧嘩《けんくわ》が起り、たうとう私は四つに畳まれておかみさんの小さい財布の中にいれられてしまひました。さうしてその翌る朝、おかみさんに質屋に連れて行かれて、おかみさんの着物十枚とかへられ、私は質屋の冷《つめ》たくしめつぽい金庫の中にいれられました。妙《めう》に底冷えがして、おなかが痛《いた》くて困つてゐたら、私はまた外に出されて日の目を見る事が出来ました。こんどは私は、医学生の顕微鏡一つとかへられたのでした。私はその医学生に連れられて、ずいぶん遠くへ旅行しました。さうしてたうとう、瀬戸内海の或る小さい島の旅館で、私はその医学生に捨てられました。それから一箇月近く私はその旅館の、帳場の小簞笥《たんす》の引出しにいれられてゐましたが、何だかその医学生は、私を捨てゝ旅館を出てから間もなく瀬戸内海に身を投じて死んだといふ、女中たちの取沙汰をちらと小耳にはさみました。「ひとりで死ぬなんて阿呆らしい。あんな綺麗《きれい》な男となら、わたしはいつでも一緒に死んであげるのにさ。」とでつぷり太つた四十くらゐの、吹出物だらけの女中がいつて、皆を笑はせてゐました。それから私は五年間四国、九州と渡り歩き、めつきり老け込んでしまひました。さうして次第に私は軽んぜられ、六年振りでまた東京へ舞ひ戻つた時には、あまりに変り果てた自分の身のなりゆきに、つい自己嫌悪しちやひましたわ。東京へ帰つて来てからは私はただもう闇屋の使ひ走りを勤める女になつてしまつたのですもの。五、六年東京から離れてゐるうちに私も変りましたけれども、まあ、東京の変りやうつたら。夜の八時ごろ、ほろ酔ひのブローカーに連れられて、東京駅から日本橋、それから京橋へ出て銀座を歩き新橋まで、その間、ただもうまつくらで、深い森の中を歩いてゐるやうな気持で人ひとり通らないのは勿論、路を横切る猫の子一匹も見当りませんでした。おそろしい死の街の不吉な形相を呈してゐました。それからまもなく、れいのドカンドカン、シユウシユウがはじまりましたけれども、あの毎日毎夜の大混乱の中でも、私はやはり休むひまもなく、あの人の手から、この人の手と、まるでリレー競走のバトンみたいに目まぐるしく渡り歩き、おかげでこのやうな皺《しわ》くちやの姿になつたばかりでなく、いろいろなものの臭気がからだに附いて、もう、恥かしくて、やぶれかぶれになつてしまひました。あのころは、もう日本も、やぶれかぶれになつてゐた時期でせうね。私がどんな人の手から、どんな人の手に、何の目的で、さうしてどんなむごい会話をもつて手渡されてゐたか、それはもう皆さんも、十二分にご存じの筈で、聞き飽き見飽きていらつしやることでせうから、くはしくは申し上げませんが、けだものみたいになつてゐたのは、軍閥とやらいふものだけではなかつたやうに私には思はれました。それはまた日本の人に限つたことでなく、人間性一般の大問題であらうと思ひますが、今宵死ぬかも知れぬといふ事になつたら、物慾も色慾も綺麗《きれい》に忘れてしまふのではないかしらとも考へられるのに、どうしてなかなかそのやうなものでもないらしく、人間は命の袋小路に落ち込むと、笑ひ合はずに、むさぼりくらひ合ふものらしうございます。この世の中にひとりでも不幸な人のゐる限り、自分も幸福にはなれないと思ふ事こそ、本当の人間らしい感情でせうに、自分だけ、或いは自分の家だけの束の間の安楽を得るために、隣人を罵り、あざむき、押し倒し、(いいえ、あなただつて、いちどはそれをなさいました。無意識でなさつて、ご自身それに気がつかないなんてのは、さらに恐るべき事です。恥ぢて下さい。人間ならば恥ぢて下さい。恥ぢるといふのは人間だけにある感情ですから。）まるでもう地獄の亡者がつかみ合ひの喧嘩をしてゐるやうな滑稽で悲惨な図ばかり見せつけられてまゐりました。けれども、私のこのやうに下等な使ひ走りの生活においても、いちどや二度は、ああ、生れて来てよかつたと思つたこともないわけではございませんでした。いまはもうこのやうに疲れ切つて、自分がどこにゐるのやら、それさへ見当がつかなくなつてしまつたほど、まるで、もうろくの形ですが、それでもいまもつて忘れられぬほのかに楽しい思ひ出もあるのです。その一つは、私が東京から汽車で、三、四時間で行き著ける或る小都会に闇屋の婆さんに連れられてまゐりました時のことですが、ただいまは、それをちよつとお知らせ致しませう。私はこれまで、いろんな闇屋から闇屋へ渡り歩いて来ましたが、どうも女の闇屋のはうが、男の闇屋よりも私を二倍にも有効に使ふやうでございました。女の慾といふものは、男の慾よりもさらに徹底してあさましく、凄《すさま》じいところがあるやうでございます。私をその小都会に連れて行つた婆さんも、ただものではないらしく、或る男にビールを一本渡してそのかはりに私を受け取り、さうしてこんどは、その小都会に葡萄酒《ぶだう》の買出しに来て、ふつう闇値の相場は葡萄酒一升五十円とか六十円とかであつたらしいのに、婆さんは膝をすすめてひそひそひそひそいつて永い事ねばり、時々いやらしく笑つたり何かしてたうとう私一枚で四升を手に入れ重さうな顔もせず背負つて帰りましたが、つまり、この闇婆さんの手腕一つでビール一本が葡萄酒四升、少し水を割つてビール瓶につめかへると二十本ちかくにもなるのでせう、とにかく、女の慾は程度を越えてゐます。それでも、その婆さんは、少しもうれしいやうな顔をせず、どうもまつたくひどい世の中になつたものだ、と大真面目で愚痴をいつて帰つて行きました。私は葡萄酒の闇屋の大きい財布の中にいれられ、うとうと眠りかけたら、すぐにまたひつぱり出されて、こんどは四十ちかい陸軍大尉に手渡されました。この大尉もまた闇屋の仲間のやうでした。「ほまれ」といふ軍人専用の煙草を百本(とその大尉はいつてゐたのださうですが、あとで葡萄酒の闇屋が勘定してみましたら八十六本しかなかつたさうで、あのインチキ野郎めが、とその葡萄酒の闇屋が大いに憤慨してゐました)とにかく、百本在中といふ紙包とかへられて、私はその大尉のズボンのポケットに無雑作にねぢ込まれ、その夜、まちはづれの薄汚い小料理屋の二階へお供をするといふ事になりました。大尉はひどい酒飲みでした。葡萄酒のブランデーとかいふ珍らしい飲物をチビチビやつて、さうして酒癖もよくないやうで、お酌の女をずいぶんしつこく罵るのでした。

「お前の顔は、どう見たつて狐以外のものではないんだ。(狐をケツネと発音するのです。どこの方言かしら)よく覚えて置くがええぞ。ケツネのつらは、口がとがつて髭がある。あの髭は右が三本、左が四本。ケツネの屁といふものは、たまらねえ。そこらいちめん黄色い煙がもうもうとあがつてな、犬はそれを嗅ぐとくるくるつとまはつて、ぱたりとたふれる。いや、嘘《うそ》でねえ。お前の顔は黄色いな。妙に黄色い。われとわが屁で黄色く染まつたに違ひない。や、臭い。さては、お前、やつたな。いや、やらかした。どだいお前は失敬ぢやないか。いやしくも帝国軍人の鼻先きで、屁をたれるとは非常識きはまるぢやないか。おれはこれでも神経質なんだ。鼻先きでケツネの屁などやらかされて、とても平気では居られねえ。」などそれは下劣な事ばかり、大まじめでいつて罵《ののし》り、階下で赤子の泣き声がしたら耳ざとくそれを聞きとがめて、「うるさい餓鬼だ、興がさめる。おれは神経質なんだ。馬鹿にするな。あれはお前の子か。これは妙だ。ケツネの子でも人間の子みたいな泣き方をするとは、おどろいた。どだいお前は、けしからんぢやないか、子供を抱へてこんな商売をするとは、虫がよすぎるよ。お前のやうな身のほど知らずのさもしい女ばかりゐるから日本は苦戦するのだ。お前なんかは薄のろの馬鹿だから、日本は勝つとでも思つてゐるんだらう。ばか、ばか。どだいもうこの戦争は話にならねえのだ。ケツネと犬さ。くるくるつとまはつて、ぱたりとたふれるやつさ。勝てるもんかい。だから、おれは毎晩かうして、酒を飲んで女を買ふのだ。悪いか。」

「悪い。」とお酌の女のひとは、顔を蒼くしていひました。

「狐がどうしたつていふんだい。いやなら来なけれあいいぢやないか。いまの日本で、かうして酒を飲んで女にふざけてゐるのは、お前たちだけだよ。お前の給料は、どこから出てるんだ。考へても見ろ。あたしたちの稼ぎの大半は、おかみに差上げてゐるんだ。おかみはその金をお前たちにやつて、かうして料理屋で飲ませてゐるんだ。馬鹿にするな。女だもの、子供だつて出来るさ。いま乳呑児をかかへてゐる女は、どんなにつらい思ひをしてゐるか、お前たちにはわかるまい。あたしたちの乳房からはもう、一滴の乳も出ないんだよ。からの乳房をピチヤピチヤ吸つて、いや、もうこのごろは吸ふ力さへないんだ。ああ、さうだよ、狐の子だよ。顎がとがつて、皺だらけの顔で一日中ヒイヒイ泣いてゐるんだ。見せてあげませうかね。それでも、あたしたちは我慢してゐるんだ。勝つてもらひたくてこらへてゐるんだ。それをお前たちは、なんだい。」といひかけた時、空襲警報が出て、それとほとんど同時に爆音が聞え、れいのドカンドカンシユウシユウがはじまり、部屋の障子がまつかに染まりました。

「やあ、来た。たうとう来やがつた。」と叫んで大尉は立ち上りましたが、ブランデーがひどくきいたらしく、よろよろです。

お酌のひとは、鳥のやうに素早く階下に駆け降り、やがて赤ちやんをおんぶして、二階にあがつて来て、「さあ、逃げませう、早く。それ、危い、しつかり、できそこなひでもお国のためには大事な兵隊さんのはしくれだ。」といつて、ほとんど骨がないみたいにぐにやぐにやしてゐる大尉を、うしろから抱き上げるやうにして歩かせ、階下へおろして靴をはかせ、それから大尉の手を取つてすぐ近くの神社の境内まで逃げ、大尉はそこでもう大の字に仰向に寝ころがつてしまつて、さうして、空の爆音にむかつてさかんに何やら悪口をいつてゐました。ばらばら、ばらばら、火の雨が降つて来ます。神社も燃えはじめました。

「たのむわ、兵隊さん。も少し向ふのはうへ逃げませうよ。ここで犬死にしてはつまらない。逃げられるだけは逃げませうよ。」

人間の職業の中で、最も下等な商売をしてゐるといはれてゐるこの蒼黒く痩せこけた婦人が、私の暗い一生涯において一ばん尊く輝かしく見えました。ああ、慾望よ、去れ。虚栄よ、去れ。

日本はこの二つのために敗れたのだ。お酌の女は何の慾もなく、また見栄もなく、ただもう眼前の酔ひどれの客を救はうとして、渾身の力で大尉を引き起し、わきにかゝへてよろめきながら田圃のはうに避難します。避難した直後にはもう、神社の境内は火の海になつてゐました。

麦を刈り取つたばかりの畑に、その酔ひどれの大尉をひきずり込み、小高い土手の陰に寝かせ、お酌《しやく》の女自身もその傍にくたりと坐り込んで荒い息を吐いてゐました。大尉は、既にぐうぐう高鼾です。

その夜は、その小都会の隅から隅まで焼けました。夜明けちかく、大尉は眼をさまし、起き上つて、なほ燃えつづけてゐる大火事をぼんやり眺め、ふと、自分の傍でこくりこくり居眠りをしてゐるお酌の女のひとに気づき、なぜだかひどく狼狽の気味で立ち上り、逃げるやうに五、六歩あるきかけて、また引返し、上衣の内ポケツトから私の仲間の百円紙幣を五枚取り出し、それからズボンのポケツトから私を引き出して六枚重ねて二つに折り、それを赤ちやんの一ばん下の肌著のその下の地肌の背中に押し込んで、荒々しく走つて逃げて行きました。私が自身に幸福を感じたのは、この時でございました。貨幣がこのやうな役目ばかりに使はれるんだつたらまあ、どんなに私たちは幸福だらうと思ひました。赤ちやんの背中は、かさかさ乾いて、さうして痩せてゐました。けれども私は仲間の紙幣にいひました。

「こんないいところは他にないわ。あたしたちは仕合せだわ。いつまでもここにゐて、この赤ちやんの背中をあたため、ふとらせてあげたいわ。」

仲間はみんな一様に黙つて首肯《うなづ》きました。

解説　小出しにされる〈顔《ダザイ》〉

井原あや

一九〇九年に生まれた作家・太宰治は、今年で生誕一一〇年を迎える。「富嶽百景」（『文体』一九三九年二月〜三月）や「走れメロス」（『新潮』一九四〇年五月）といった教科書等にも収録されることの多い小説や、「道化の華」（『日本浪曼派』一九三五年五月）や「人間失格」（『展望』一九四八年六月〜八月）といった〈太宰治〉のイメージを抱かせる小説など、その創作は多岐にわたり、今なお多くの人を魅了している。

こうした太宰治の創作活動を、〈女性〉というキーワードで眺めてみると、何が見えてくるだろうか。

切り口は様々だろうが、その一つに、女性独白体小説と呼ばれる一群が挙げられよう。たとえば、「女生徒」（『文學界』一九三九年四月）や「千代女」（『改造』一九四一年六月）などがそれにあたる。「女生徒」はタイトル通り、女学校に通う少女を主人公に、女学校での様子や友人との会話なども織り込みながら朝起きてから夜寝るまでの一日を描き、「千代女」では、「十二の時」の綴方をきっかけに、綴方での成功や「女流作家」になることを求める周囲の人々の思惑に悩む一八歳の和子（「来年は、十九です」と語っているところから、今は一八歳であることがわかる）を描いた。特に「女生徒」については、川端康成が絶賛したことでも知られている。川端康成と太宰といえば、太宰が候補の一人となった第一回芥川賞をめぐる応酬もあったので、そうした応酬とこの「女生徒」へ向けられた絶賛との間に大きなギャップを感じてしまうが、川端にとってみれば、それほど「女生徒」に描き出された〈少女〉の姿が魅力的であったのだろう。

これらは女性の語り手によって物語が展開していくため、先に述べた通り女性独白体小説、あるいは女性一人称小説と呼ばれていて、のちにこうした小説のみを収録した創作集『女性』（博文館、一九四二年六月）も刊行された。さらに戦後になると、同じく女性を語り手とした「ヴィヨンの妻」（『展望』一九四七年三月）、「斜陽」（『新潮』一九四七年七月～一〇月）なども発表され、太宰の創作活動のなかで長く用いられた手法といえよう。

さて、今回は同じ〈女性〉であっても、女性雑誌に焦点をあてて太宰の小説を見直してみた。本書に収録された小説（コントも含む）は以下の通りである（以下の一覧では、カッコ内に初出を示した）。

「雌に就いて」（『若草』一九三六年五月）
「喝采」（『若草』一九三六年一〇月）

「あさましきもの」（『若草』一九三七年三月）
「燈籠」（『若草』一九三七年一〇月）
「I can speak」（『若草』一九三九年二月）
「葉桜と魔笛」（『若草』一九三九年六月）
「ア、秋」（『若草』一九三九年一〇月）
「おしやれ童子」（『婦人画報』一九三九年一一月）
「美しい兄たち」（『婦人画報』一九四〇年一月。のちに「兄たち」に改題。）
「老ハイデルベルヒ」（『婦人画報』一九四〇年三月）
「誰も知らぬ」（『若草』一九四〇年四月）
「乞食学生」（『若草』一九四〇年七月〜一二月）
「ろまん燈籠」（『婦人画報』一九四〇年一二月〜一九四一年六月。四一年二月は休載。）
「令嬢アユ」（『新女苑』一九四一年六月）
「恥」（『婦人画報』一九四二年一月）
「十二月八日」（『婦人公論』一九四二年二月）
「律子と貞子」（『若草』一九四二年二月）
「雪の夜の話」（『少女の友』一九四四年五月）
「貨幣」（『婦人朝日』一九四六年二月）

今回収録した小説については、〈雑誌〉というテーマを踏まえ、当時の読者たちが読んだものと近い形で読むことができればと思い、いずれも底本は『太宰治全集』（筑摩書房、一九八九年〜一九九二年）とした。

右に挙げた一覧のうち、『若草』という雑誌については、ここで少し触れておきたい。『若草』は、宝文館の『令女界』の「姉妹雑誌」（井上康文「最初の言葉」『若草』一九二五年一〇月）として刊行された文芸雑誌である。その後、次第に男性読者・投書家も増えていくのだが、たとえば「雌に就いて」が掲載された前後の号には、「令女界でもよくみかけました」（星聖二「座談室」「読者通信」欄『若草』一九三六年四月）、「令女はサヨナラなさつたの？」（ミッチイ「座談室」「読者通信」欄、『若草』一九三六年六月）というように、『令女界』や少女雑誌を経て『若草』にたどり着いたという読者の声もあり、創刊時の性格も踏まえて今回ここに収録した。

以下、当時雑誌を手に取り、太宰の小説を読んだ読者の反応や誌面の構成などにも触れながら、順に小説を見てみたい。

「雌に就いて」は、「ことしの二月二十六日には、東京で、青年の将校たちがことを起した」とある通り、二・二六事件が行われた日、そうした外の緊迫した空気とは別に、「私」と客人が憧れの女性について語り合うという話である。最初のうちこそ憧れの女を妄想する二人の掛け合いで話が進んでいくが、次第に妄想でも空想でもない七年前の「私」と女の情死に重なっていった。この小説については、「いま読むと、話にもなにもならぬほど粗末な個所あり、背中に冷水三斗の実感あります」（山岸外史宛、一九三六年四月二三日）という太宰の書簡も残っている。本人は「粗末」と言うけれど、小説の冒頭には『若草』に発表するということを記していて、読者にはどこか特別感を味わえる作品のようにも思える。そこで作家の思いとは別に、評判が良かったのではないかと思い、『若草』の読者の反応を確認すると、案外そうでもない。読者の反応は二通りに分かれたようで、「太宰治氏の、出色作」「浪曼的な素敵な芳香を放つ独自の其手法に接し得たことが嬉しい」（ふじ・しろ「座談室」「前号合評」欄『若草』一九三六年七月）とその手法を味わう者がいる一方で、「兎も角何んだか判んない作品」（長谷川正男、前掲『若草』）というようにつかみがたい内容だと評する者もいた。当時の評論家とは異なるごく普通の読者たちが、いやごく普通の読者だからこそかもしれないが、案外に辛辣だという点は面白い。しかし、「判んない」という反応が出るのは無理はないかもしれない。この小説のなかでは「私」という人物に関して次のような情報がもたらされる。「僕のたつた一冊の創作集」「死なうと言つた。女も、――」「よしたまへ。空想ぢやない。」「私は死に損ねた。七年たつて、私は未だに生きてゐる。」である。後半の女と「私」の情死話は、一九三〇年に起きた情死事件を想起させる内容であるが、一方、「たつた一冊の創作集」という言葉からは『晩年』（砂子屋書房）が想起されよう。ただ、『晩年』が刊行されるのは一九三六年六月で、「雌に就いて」の方がおよそ一ヵ月早く発表されている。つまり読もうと思えば『晩年』の広告とも読めるのだが、当時の読者にまだ刊行されていない創作集のことまで読み取れというのは難しいだろう。自らの過去を小説のモチーフにするのは太宰お馴染みの手法だが、本作では過去と未来を折り重ねて書くという点が注目されよう。

「喝采」も同じく『若草』に掲載された小説で、「幸福クラブ」に招かれた「私」の講演という体裁で描かれている。「私」は「井伏鱒二」や「舟橋聖一」「吉屋信子」など『若草』で馴染み深い作家たちの名前も紹介しながら、『細胞文藝』という同人誌を刊行していた頃のことを語り出し、中村地平ら周囲の人々の優しさに触れた「いま」までを振り返っている。『若草』は投稿欄も設けていて文芸好きが集まる雑誌なので、読者にとっては作家名や同人誌のことなどが語られるのは興味深いのではないかと思うが、これも捉えどころのない作品として読者の評価は分かれている。「これが太宰氏の現在の境地だとしたら、一寸面白い事になりさう」（葦ソノ枝「座談室」「前号合評」欄『若草』一九三六年一二月）というように楽しみながら読んだ者、それとは反対に「太宰氏の作品は分らない」（沱多生、前掲『若草』）と理解しがたい心境を寄せた者もいた。こうして見てみると、先の「雌に就いて」にしても「喝采」にしても辛辣な意見が寄せられていて、『若草』の読者がそうした集団のように見えてしまうので少し補足しておきたい。『若草』読者の好みの傾向を理解するために、同号に掲載された川端康成の「女学生」の評価を見てみよう。「女学生」は、女学校の寮に暮らす三千代、勝子、艶子の間に生じた嫉妬や愛を描いた物語である。「前号合評」欄では、案の定というのだろうか、読者からの人気は非常に高い。「本号小説中の優篇である」（三井さだを、前掲『若草』）といった評価の他、かつての自分と重ねながら読み、「かみの日の学生生活が眼前に展開されて、少女達の内的生活がムンムンと胸を打つのは、経験者のみだらうか」（葦ソノ枝、前掲『若草』）、「その昔、これにやゝ似た気持を味つた私、川端氏好く御存知ですね」（久海紫弓、前掲『若草』）と共感を寄せる者などもいた。つまり、「女学生」のようにどこか『若草』風な小説であれば読者たちは高く評価したのである。

「あさましきもの」は、『若草』の「春のオーヴァチュア」と題された欄（コント欄）に楢崎勤「連翹の花」、円地文子「女の趣味」、細野孝二郎「春宵佳人図」、菱山修三「言葉以上」とともに掲載された。「オーヴァチュア」（オーバチュア）とは「序曲」を意味し、同号の「編輯後記」を書いた北村秀雄は、この欄について「華麗なる季節の序曲」（『若草』一九三七年三月）と説明しているが、本文中で「弱く、あさましき人の世の姿を、冷く三つ列記した」とある通り、〈春の序曲〉といったイメージとは異なる内容となっている。

「燈籠」は、恋に破れた「私」（さき子）の告白をベースとしながら、自分の生い立ちや家族を語るという内容で、太宰が初めて発表した女性独白体小説である。この作も『若草』に掲載されたのだが、その誌面はこれまでとは様相が異なる。一九三七年七月の盧溝橋事件を契機とする日中戦争により、「燈籠」が掲載された一九三七年一〇月の『若草』巻頭には、「東亜の平和のために」「銃後を護れ」と題された写真が載っていて時局への意識がうかがえるのだ。そうした誌面と呼応するように「座談室」の「前号合評」欄でも銃後や時節柄といった表現が折に触れ用いられているが、読者が太宰の小説に向けるまなざしはこれまでと変わりなく、「原稿料を取るためでなかつたかと疑ひたくなる。前のコントの方がまだよかつたやうな気がする」（島田実「座談室」「前号合評」欄『若草』一九三七年一二月）、「創作では中條百合子氏と太宰治氏とのが断然よかつた」（美山荘児、前掲『若草』）とまたもや評価が割れている。

「I can speak」は、『若草』に掲載された「厳冬コント五篇」のうちの一篇である。ある晩、工場の塀を隔てて「女工さん」（姉）に話しかける酔っ払いの弟の声を「私」は聞いた。弟は、姉に向かって「おらあな、いまに出征するんだ（略）のんだくれの弟だつて、人なみの働きはできるさ。嘘だよ、まだ出征とは、きまつてねえのだ」と語る。その一方で弟は「おらあ、いい子だな、な、いい子だらう？」とまだひどく幼い素振りも見せる。時局を意識した台詞が織り込まれながらも、「白いレンコオト」を着た「白梅」のような弟の姿と、工場の窓から「ほの白」い顔をのぞかせる姉は、暗闇に咲き始めた白梅のような美しさを与えている。「わが歌」ではなく「ま、こんなところかな」と「自分の文学」に妥協した「私」が、健気な姉弟によって「忘れた歌を思ひ出」す、再生・再起の物語と言えよう。ただし、読者からは「「厳冬コント」例月の作品と比して詰らないやうだ」（中田敬「座談室」「前号合評」欄『若草』一九三九年四月）、「厳冬コント五篇。いづれも興味深く読めた」（岡田義一、前掲『若草』）というように、コント全体に向けられたものだが、ここでもまた評価は分かれたようだ。

「葉桜と魔笛」は、『若草』において二作目の女性独白体小説にあたる。「老夫人」が三五年前に腎臓結核で亡くなった一八歳の妹と、その周囲で起きた不思議な出来事を語った物語である。病に侵されながらも「白く美しく笑」う妹と、彼女を守りたい一心で行動を起こす姉（老夫人）。姉妹の愛情を描いた小説は読者にも好評で、「今でも何処か遠い（否一番近くかも知れないが）ところにその如き少女が居るのではなからうかと夢見たりする」（北山冬「座談室」「前号合評」欄『若草』一九三九年八月）というように、〈少女〉を語る物語であった点が読者には大きな魅力であったようだ。このあたりは、先の川端康成による「女学生」に寄せられた評と通底するところがあるだろう。

『若草』には、太宰は小説ばかりでなくコントも発表していたが、「ア、秋」も「秋の手帖」というコント欄に掲載された作品である。「本職の詩人」の引き出しの中、「あきの部のノオト」に書かれた中身を披露するという内容で、『若草』という雑誌の性格を踏まえて考えると、文芸好きな読者たちを意識して書いたのではなかろうか。ただし、「ノオト」の中身は、その時々の思いがつめ込まれたように雑然としていてつかみ難い。

ここで、『若草』への発表は小休止となるが、こうして見てみると、『若草』という雑誌はその名前こそあまり知られていないが、コントにせよ小説にせよ、大切な発表の場であったことがわかる。また、「雌に就いて」や「喝采」など、〈太宰治〉イメージが織り込まれた小説が多く発表されているが、読者はそれよりも『若草』らしい〈少女〉が登場する小説を好む傾向があることなどもわかって興味深い。こうした点は、雑誌という媒体の中に置き戻して読む醍醐味でもあるだろう。『若草』の読者にとって、この「前号合評」は「もつとも楽しみな読者欄、レベルが高くて、私が没なのは恥しいとも思へないくらゐです」（大本昴「座談室」「前号合評」欄『若草』一九四〇年八月）といった〈場〉であった。辛辣な評も気の利いた評も、読者のこうした意識が作り出したものなのだろう。

「おしやれ童子」は『婦人画報』（東京社）に掲載された小説である。太宰は『婦人画報』にも様々な小説を発表した。『婦人画報』は、手芸や料理以外に「洋装」にも力を入れている雑誌で、「おしやれ童子」と同号には、「基本的なワード・ローブ」（田中千代）、「色彩からみたワード・ローブ」（梶本和子）といった記事が掲載されている。前者では、外套やスーツ、ブレザーコート、スカート等を揃えることの大切さが説かれ、後者では「先づ自分の肉体についてよく観察しませう。皮膚の色、頭髪、顔の感じから来る暖かさ、冷たさ、或ひは自分の感情、生活に依つて、自分の望む色を撰び出しますす」というように、自分に似合う色を見つけることの大切さが示されているのだが、こうした言わばお洒落を学ぶ記事と同じ誌面に、今は作家業を営む「彼」の少年の頃からのお洒落遍歴――お洒落も行き過ぎれば珍妙に見えてくるというユーモアが綴られているところにこの小説の面白さがあるだろう。着物の袖口から見える「シヤツの白さ」を目立たせて「天使」に見立てる、「蝶々の翅のやうな」大きい襟を着物の襟に重ねて「貴公子」だと一人勘違いする、「英国の海軍将校」を気取ってマントをつくる、「「め組の喧嘩」の鳶の者の服装」に憧れて紺の股引探しに奔走する…。しかし、途中、「英国の海軍将校」のマントを身につけた際などは「凍え死すとも、厚ぼつたい毛糸の類は用ゐぬ覚悟の様でした」と〈お洒落はガマン〉を体現し、鳶の恰好に凝った際には、「女など眼中になかつたのです。ただ、おのれのロマンチツクな姿態だけが、問題であつたのです」と語る。人からどう見られるかではなく、「おのれ」をいかに追及するかといったところなどは、いつの時代も変わらないお洒落論にも読める。

続く「美しい兄たち」も、「おしやれ童子」と同じ『婦人画報』に掲載された。一九四〇年、つまり当時盛んに使われた〈紀元二六〇〇年〉にあたる年の一月号に掲載されたため、目次を見ると「皇紀二千六百年を迎へて」（室伏高信）や、「日本二千六百年史物語」（浅野晃）なども掲載されている。そうした中で、先の「おしやれ童子」のようなユーモアとはまた異なる雰囲気で、文学や芸術好きな三人の兄たちを「私」が回想している。冒頭で「私」は、「私」たち兄弟は早くに父を亡くしたが、「兄たちは、みんな優しく、さうして大人びてゐましたので、私は、父に死なれても、少しも心細く感じませんでした。長兄を、父と全く同じことに思ひ、次兄を苦労した伯父さんの様に思ひ」と語る。しかし、三兄が結核で亡くなった折、長兄は「手放しで慟哭」し、「父に早く死なれた兄弟は、なんぼうお金はあつても、可哀想なものだと思ひます」という一文で締めくくられている。家長として早く大人にならなければいけなかった長兄の悲しさが透けて見える結末で、同じ雑誌であっても、ユーモアが滲む前作とはぐっと趣を変えた、作家・太宰の幅の広さを感じることのできる作品といえよう。なお、タイトルの「美しい兄たち」は、『皮膚と心』（竹村書房、一九四〇年四月）へ収録される際に「兄たち」に改題された。

「老ハイデルベルヒ」も同じく『婦人画報』に掲載された。「おしやれ童子」にしろ「美しい兄たち」にしろ、そして本作にしろ、どこか〈太宰治〉のイメージが重ねられた小説である。とはいえ、そのイメージは一様ではない。たとえば、「おしやれ童子」では、お洒落に懸命な少年が「本州の北端の一小都会」の中学校に通ったことが、また「美しい兄たち」では、文字通り、その兄たち――県会議員の長兄、結核で死去した三兄が記されていた。同様に「老ハイデルベルヒ」でも「「ロマネスク」といふ小説が、二三の人にほめられて、私は自信の無いままに今まで何やら下手な小説を書き続けなければならない運命に立ち至りました」と、「ロマネスク」（『青い花』一九三四年一二月）に言及している。つまり「八年まへ」と「八年後」を語る「私」には〈太宰治〉が重ねられるのだ。

こうして見てみると、女性雑誌だからといって、女性独白体小説ばかりを描いたわけではなく、むしろ語り手や作中人物に〈太宰治〉を想起させるモチーフを使った太宰お馴染みの小説も多いことがわかる。

ここで再び、二作ほど『若草』掲載作品が続く。「誰も知らぬ」は、「安井夫人」が若かった頃の自分とその周囲の出来事を語る回想形式の小説である。芹川さんと「三田のおかた」との恋を傍観者のごとく冷静に見つめていた「私」（のちの「安井夫人」）だが、二人が駆け落ちし、芹川さんの兄さんが二人を追いかけると知ると、二人の恋に触発されたのか、芹川さんの兄さんを追いかけずにはいられなかった若い日の思い出を語る。こうした「夫人」の回想という形式は、「老夫人」による回想が綴られた前掲「葉桜と魔笛」にも通じていよう。読者からは「別に強い感動は覚えなかつた」（須奈一洋「座談室」「前号合評」欄『若草』一九四〇年六月）という評もあるが、「大いにその作風を以て新境地を開拓して下さい」（染谷政夫、前掲『若草』）といった評も寄せられていた。

「乞食学生」は先の一覧に示した通り、連載小説である。連載第一回目の「編輯後記」に「太宰治氏が、その逞しい横顔をぬつと突き出した「乞食学生」。第一回から、諸君のど肝を抜いてしきりに次回の待たれるもの」（『若草』一九四〇年七月）と書かれている通り、この小説は読者に大変好評であった。作中で、「人喰ひ川」と呼ばれ、「私」が「あぶないんだ。この川は。危険なんだ。」と注意する川こそが、あの玉川上水であるということは、太宰の死後、この小説を手に取った人々が思うことで、当時の読者はこの小説を楽しんだようである。紙幅の都合上、全てを紹介できないが、たとえば、「乞食学生」の最終回はいわば〈夢オチ〉で、夢から覚めた「私」が「茶店の床几にあぐらをかいて、ゆつくりカルピスを啜」る場面が描かれるが、読者もそれに共鳴するように「「乞食学生」はカルピスのとろりとした甘さを感じさせて終りましたね」（山本久雄「座談室」「前号合評」欄『若草』一九四一年二月）と書いていて、最終回まで十分楽しんだ様子がうかがえる。また「今後とも太宰氏の登場をお願ひ致します」（久慈想代、前掲『若草』）というように、太宰の再登場を願う声なども見られた。

この「乞食学生」の最終回と同じ時に『婦人画報』で連載が開始されたのが「ろまん燈籠」である。小説の冒頭に描かれた、「私」が「いきなり単行本として出版した」「まづしい創作集」とは、書下し短篇集『愛と美について』（竹村書房、一九三九年五月）であり、その中で「一ばん作者に愛されてゐる作品」とは、この短篇集に収録された同題の小説のことをさしている。つまり、「愛と美について」に登場した物語を合作する五人の兄妹を、作家の「私」はここで再び登場させ、彼らに「ラプンツエル」の物語を合作させていくのである。彼らをあたたかく見守る母、祖父、祖母の姿も印象的で、同じ連載小説であっても「乞食学生」で見せたユーモアとはまた違った、兄妹が好きな「ロマンス」が描かれた小説である。ただ、一方で『婦人画報』の誌面を見れば、こうした連載の最中に「都市の戦場となる日――貴女は如何に戦ふか?」（一九四一年三月）といった記事が掲載されていた。「もし毒ガスが撒かれたら?」「空襲は恐ろしいだらうか?」といった項目からは、当時の緊迫した状況が伝わってくる。冒頭で「私」は、五人兄妹の物語を「之から叙述するのも、四年前の入江の家の姿である」と断りを入れているが、それはこの「ロマンス」を愛する家族の物語が、先に挙げたような記事が掲載される、緊迫した状況下には向かないことを示しているのではなかろうか。

時局の影を消し「ロマンス」を描いた「ろまん燈籠」と異なり、『新女苑』（実業之日本社）に掲載された「令嬢アユ」は、戦時下であることを意識させる小説となっている。佐野君は「私」に向かって自分が恋した「令嬢」について話すのだが、出征した甥を思う「ぢいさん」と彼を慰める「令嬢」の関係を、佐野君は客と娼婦とは気づかない。「私」に言われてようやく気付くのである。

「恥」も『婦人画報』に掲載された小説だが、これまで同誌に掲載された小説とは趣向を変えた内容となっている。この小説は、一読してわかるように女性独白体小説である。語り手の「私」（和子）が友人の菊子に自分の「恥」を書き連ねるというもので、「私」が恥をかかされた小説家の戸田は、明らかに〈太宰治〉のイメージを帯びた人物として描かれていよう。作中に登場する〈作者〉の姿は本物ではない、フィクションであるというルールを踏み越えてしまった「私」の「恥」が綴られている。「一枚だけ義歯」の前歯をはずして戸田の前で途方に暮れる「私」の姿は笑いを誘うが、同号では「陋劣なる米英に断乎宣戦を布告」という見出しのもと、一二月八日のラジオ放送についても触れていて、誌面は切迫した雰囲気になっている。

その一二月八日を描いたのが、『婦人公論』（中央公論社）に掲載された「十二月八日」で、タイトルが示す通り一九四一年一二月八日、真珠湾攻撃の日を主婦が日記に綴るという形式になっている。つまり、タイトルの「十二月八日」は日記の日付でもあるのだ。次々と「重大なニユウス」が報じられる一方で、「町の様子は、少しも変つてゐない」と「私」は思うが、銭湯帰りの燈火管制の暗い夜道を歩いて「もう之は、演習でないのだ」と実感する。この日記に綴られた一日には、緊張と日常とが入り混じっている。これから先、この戦争がどれほど長く多くの人々を苦しめていくのか、今の読者であればそれがわかるが、「私」にはまだそこまでわかっていない。あるいは、様々な制約のもと〈わかっていない〉ように書くしかないのかもしれない。それゆえこの日記の歯がゆさが際立つのだ。

「律子と貞子」は『若草』に掲載された、三浦君と美しい姉妹との微妙な関係を描いた小説である。大学卒業後、徴兵検査を受け丙種であった三浦君は、故郷へ帰って中学校の教員になるという。遠縁にあたる姉妹（律子と貞子）のどちらと結婚すべきか、三浦君から相談を持ち掛けられた「私」が、その話を「読者」にも伝えるのだが、小説の末尾で「私」は三浦君が律子を選んだことを「実に意外」「義憤に似たものを感じた」と語っている。けれども、冒頭で三浦君が故郷に着き、買い物途中の姉妹を見かけた時、「律ちゃん」と姉に声を掛けた時点で、「私」に相談するまでもなく彼の心は決まっていたといえよう。多くの読者から支持を得た「乞食学生」から少し間があいて発表されたこの小説を、読者はどの様に読んだのであろうか。『若草』の読者からは「〝律子と貞子〟熟葡萄の味なり」（泉澤蝶之介「座談室」「前号合評」欄、『若草』一九四二年四月）、「作者の人柄がしのばれる「律子と貞子」」（原邦三、前掲『若草』）というように好評だったことがうかがえる。

「雪の夜の話」は『少女の友』（実業之日本社）に掲載された小説である。『少女の友』は川端康成や吉屋信子などが少女小説を発表したことでも知られ、かつては中原淳一が表紙や付録も担当し読者たちから熱狂的に支持された少女雑誌である。本書の中では、読者の年齢が最も低い雑誌なのだが、そのせいだろうか、四〇歳近い兄を持つ「私」の年齢は、おそらく一〇代後半に設定されていると思われるが、その口調は、随分幼い少女のようにも思える。

「貨幣」は、本書の中では唯一、戦後（一九四六年二月）に発表された小説である。『婦人朝日』は、戦時中に用紙不足により休刊となり、一九四六年二月に朝日新聞東京本社より復刊した。その復刊第一号に掲載されたのが「貨幣」である。百円紙幣が女性に見立てられ、女性の口調で自らの身の上を語っていく物語であるが、人の手から手へ渡される紙幣はいまや「くたくた」で、「貨幣」が発表されたのと同じ月（一九四六年二月）に行われた、いわゆる新円切り替えによって消えゆく運命にある。「私」は自分が生れた時から、最も幸福だったお酌の女の赤ちゃんの背中を温めた時までを思い出していく。貨幣の「私」が回想を始めてからは、基本的に文字通り回想——過去を語っていくのだが、そのなかに「ああ、欲望よ、去れ。虚栄よ、去れ。日本はこの二つのために敗れたのだ」と、「私」が〈いま〉、つまり戦後から戦時中を振り返る場面がある。こうした点には、戦後の太宰の意識も含まれていよう。

およそ一〇年間、太宰は女性向けの文芸雑誌から始まった『若草』や、女性雑誌、少女雑誌に小説を発表し続けた。こうして一通り本書に収録した小説を眺めてみると、この中で女性独白体小説は七篇。つまり、女性雑誌だからといって、女性を主人公とした小説や女性独白体小説ばかりを執筆していたわけではなく、むしろ何らかの形で〈太宰〉を喚起させる小説の方が多い。そして、そのイメージは一様ではない。お洒落に奔走する少年、父を早くに亡くした兄弟、玉川上水のそばで学生と語り合う「私」、そして小説の中の〈作者〉と実物が異なることを女性読者に指摘される作家。誌面を通して様々に〈太宰〉を取り込みながら読者に小説を提供していったということになるだろう。その幅の広さを改めて教えられたような気がする。

このように太宰は、女性雑誌の中でも〈太宰〉イメージを喚起させる小説を書き続けた。そうした手法は、「恥」においてお約束を踏み越えた女性読者の姿に戯画化されていった。

右に挙げた「恥」は女性独白体小説だが、ここまで見たように女性雑誌だからといって、必ずしも女性独白体小説が発表されるわけではない。とすると、女性独白体小説はどこに発表されていたのだろう。本稿の冒頭に戻るが、「女生徒」や「千代女」が掲載されたのは『文學界』や『改造』といった雑誌であった。ここから先はもっと深く考える必要があるだろうが、女性独白体小説は、〈女性ウケ〉したのではなく、〈文壇ウケ〉する手法だったのではなかろうか。かつて川端が絶賛したように。

※太宰治の小説本文および書簡の引用は、『太宰治全集』（筑摩書房、一九八九年～一九九二年）に拠る。

参考文献

朝日新聞百年史編修委員会編『朝日新聞社史　昭和戦後編』（朝日新聞社、一九九四年七月）
神谷忠孝・安藤宏編『太宰治全作品研究事典』（勉誠社、一九九五年一一月）
安藤宏『太宰治　弱さを演じるということ』（筑摩書房、二〇〇二年一〇月）
遠藤寛子・内田静枝監修、実業之日本社編『『少女の友』創刊一〇〇周年記念号　明治・大正・昭和ベストセレクション』（実業之日本社、二〇〇九年三月）
山内祥史『太宰治の年譜』（大修館書店、二〇一二年一二月）
小平麻衣子編『文芸雑誌『若草』　私たちは文芸を愛好している』（翰林書房、二〇一八年一月）

【著者略歴】

太宰　治（だざい・おさむ）

1909年6月、青森県生れ。学生時代から小説の創作を始める。東大仏文科入学を機に上京。在学中に非合法運動に従事するもやがて転向し、以降、本格的な執筆活動を開始する。1935年に「逆行」が第1回芥川賞の次席となり、翌年、第一創作集『晩年』を刊行。1939年に結婚し、「富嶽百景」や「女生徒」、「走れメロス」などを発表。戦後には『斜陽』がベストセラーとなり、流行作家となる。「人間失格」を発表した1948年の6月に、玉川上水で入水自殺。織田作之助、坂口安吾らと共に「新戯作派」「無頼派」と呼ばれた。

【編者略歴】

井原　あや（いはら・あや）

大妻女子大学ほか非常勤講師。専門は日本近代文学。
主な著書・論文に『〈スキャンダラスな女〉を欲望する　文学・女性週刊誌・ジェンダー』（青弓社、2015）、「戦時下の朗読文学――作家・メディア・投稿」（内海紀子・小澤純・平浩一編『太宰治と戦争』ひつじ書房、2019）など。

太宰治　女性小説セレクション
誰も知らぬ

二〇一九年　七月一〇日　初版第一刷　発行

著　者　太宰　治
編　者　井原あや
発行者　伊藤良則
発行所　株式会社　春陽堂書店
〒一〇三―〇〇二七
東京都中央区日本橋三―四―一六
電　話　〇三―三二七一―〇〇五一
装　丁　志岐デザイン事務所　黒田陽子
印刷・製本　株式会社　ラン印刷
乱丁本・落丁本はお取替えいたします。

ISBN978-4-394-19002-8　C0093